Farming life
in another world.

Presented by
Kinosuke Naito
Illustrated by Yasumo

Farming life
in another world.

Presented by
Kinosuke Naito
Illustrated by Yasumo

「しゅ、
集中しなきゃ」
ニーズ
（蛇神族）
Nid / Snake God

鷲
— Eagle —

「なにを隠しているんだ？」

Farming life in another world. Volume 10

「かんぱい」

Farming life in another world. Volume 10

ランダン
（魔族）
Landan / Magic Human
ビーゼル
（魔族）
Bezel / Magic Human
登場だ」

「魔王と
四天王の

Farming life in another world. Volume 10

10

異世界のんびり農家

Farming life in another world.
Presented by Kinosuke Naito
Illustrated by Yasumo

著 内藤騎之介
イラスト やすも
Farming life in another world.

異世界のんびり農家

Farming life in another world.

Prologue

Presented by
Kinosuke Naito
Illustrated by
Yasumo

〔序章〕

予言

私は神。世界に無数にいる雑多な神の一柱。役目は小さくとも、世界を支えている自負はある。

しかし、そんな私の自負を鼻で笑うような予言がある。

私の管理する世界が崩壊するというのだ。

私を含めた同僚の神たちは、あらゆる手段を講じて予言を覆そうとした。怒られることを覚悟して上役に頭を下げて支援を仰ぎ、誇りを捨ててほかの世界の神たちに協力を要請した。

上役やほかの世界の神たちはなんだかんだ言いながらも、力を貸してくれた。

だが、無駄だった。

予言は覆らない。世界は崩壊する。

世界を支えつつ、崩壊を少しでも先延ばしにするのが私の仕事になった。

そう、崩壊を一日でも、一時間でも、一分でも先延ばしにすることが私の仕事だ。

無駄とも思えることでも、試してみた。

ときには成功することがある。崩壊を少し先延ばしすることができた。

ときには失敗することがある。崩壊が少し近づいた。

現実は残酷だ。

私の数千年に及ぶ努力は、世界の崩壊を数時間、先延ばしにしただけだった。

ああ、このことが残酷なのではない。私程度の力でも数時間の先延ばしが可能だったことは大いなる希望だ。

残酷なのは、私の数千年の労力が、創造神（偉大なる父）の一手で吹き飛ばされたこと。

例えるなら、大手企業に勤務する平社員の私が長年交渉をしながらも難航していた契約の締結を、社長がやってきて一言で締結に至（いた）らせたのを横で見ていた状態。

能力差はわかっているけど、辛（つら）い。

あ、いえ、創造神に謝（あやま）っていただくことでは……す、すみません。恐縮（きょうしゅく）です。


創造神の一手により、世界が崩壊するとの予言は消失した。

大変、喜ばしい。

だが、油断はできない。予言が消えただけで、世界が崩壊しないと保証されたわけではないのだから。


…………。


予言消失祝いの宴席ですか。

えーっと、農業神（のうぎょうのかみ）が音頭をとってくださるのは大変ありがたいのですが、油断は禁物ではないでしょうか?

創造神に見つかれば……創造神も参加する?

えっと、わ、私も参加させていただきます。

世界を支えるために、私は油断せずに頑張りたいと思う。

え？　は、はい、お手伝いですか？　お酒の手配？　お任せください。酒神（さけのかみ）のところにひとっ走りしてきます。

Farming life in another world.

Chapter,1

Presented by
Kinosuke Naito
Illustrated by
Yasumo

〔一章〕

収穫祭

01.家　02.畑　03.鶏小屋　04.大樹　05.犬小屋　06.寮　07.犬エリア　08.舞台　09.宿　10.工場
11.居住エリア　12.風呂　13.ゴルフ場　14.上水路　15.下水路　16.ため池　17.プールとプール施設
18.果樹エリア　19.牧場エリア　20.馬小屋　21.牛小屋　22.山羊小屋　23.羊小屋　24.薬草畑
25.新畑エリア　26.レース場　27.ダンジョンの入り口　28.花畑　29.アスレチック　30.見張り小屋
31.本格的アスレチック　32.動物用温水風呂　33.万能船ドック

1 苗木

武闘会が終わって、村の様子に少し変化が見られる。

まず、武闘会に参加していた南のダンジョンのラミア族と、北のダンジョンの巨人族の何人かが村に残った。秋の収穫まで村で仕事をするらしい。

ラミア族は、酒造りの手伝い。巨人族はガットのところで鍛冶の手伝いだそうだ。頑張ってもらいたい。

武闘会の最中にやってきた天使族の長のマルビットと補佐長のルィンシアは、武闘会が終わっても帰らず、このまま村に滞在する予定。

「冬の間はこちらでお世話になろうと思いまして」

マルビットはそう言って俺の屋敷に向かったと思ったら、すぐに戻ってきた。

「コタツがないんだけど！」

「まだ秋だからな」

そんなマルビットを無視し、ルィンシアが手土産を渡してくれる。

「遅くなりましたが」

羊皮紙で作られた本と、一メートルぐらいに育っている苗木だ。

「代々、天使族の里で育てている木です。この村でもよろしければ」

「ご丁寧にどうも」

天使族の里で育てている木なら、ティアやグランマリアも喜ぶかもしれない。しっかり育ててみよう。

しかし、何の木かな？　実がなってくれたら嬉しいが……。

ルィンシアがティゼル、オーロラのところに行ったあと、キアービットが慌ててやってきた。そして俺が持っている苗木を凝視している。

「うわぁぁ、うわぁぁぁ……」

…………。

危ない木なのだろうか？

俺の質問にキアービットは答えてくれなかった。目を逸らし「見ていませんから」と言って飛んでいった。

仕方がないので、ティアに聞いた。

「これ、なにかわかる？」

「え？　え？　それ？　え？」

ティアも見なかったことにした。

…………。

俺は苗木を隠し、グランマリアに聞いた。

「グランマリア。天使族の里で育てている木があるって聞いたのだけど、知っているか？」

「知っていますが、普通の村と同じで実がなる木を育てているだけで……あ、ひょっとしてあの木のことでしょうか？」

「変わった木があるのか？」

「変わった木というかシンボルですね。説明しましょうか？」

「頼む」

「昔、天使族が神人族と名乗っていた時代に、大地の神と契約して頂いた木があるのです」

「大地の神と契約？　仰々しいな」

「そうですね。まあ、本当かどうかはわかりません。ただ、その木は天使族のシンボルとして崇められ、大事に育てられています。と言っても、なにもしなくても勝手に育つらしいのですけどね」

「そうなのか？」

「ええ、灼熱の地や極寒の地に置かれても、枯れないそうです」

「それは凄いけど、そんな環境に置いたのか？」

「神人族を名乗っていたころの天使族は、無茶をしていたらしいので。恥ずかしいです」

「いや、まあ、うん」

天使族の黒歴史だな。

「ごほん。話を戻しまして、その木が凄いのは枯れないことだけじゃありません。凄いのは、その葉の効用。葉を一枚、潰して塗ればあらゆる怪我が治り。葉を二枚、煎じて飲めばあらゆる病気から回復します。そして、葉を三枚、焼いて食べれば失った四肢すら再生すると言われています」

「それは凄まじいな」

「はい。ですが、全て噂です。本当に怪我が治ったりするかは、わかりません」

「ははは。そうだな。そんな便利な木があったら驚く」

「ですね。ただ、その噂と合わせて天使族のシンボルになっています。もちろん、門外不出。村長に頼まれたとしても、マルビットさまは……あー、見せるかもしれませんが、ルィンシアさまが阻むでしょう。それほどの木です」

なるほど。

そんな木の苗木を俺がもらったから、キアービットやティアは困ったのか。ただ、別に見なかったことにするほどじゃないと思うけどな。

まあ、シンボルらしいから、木の扱いに対する感じ方が俺とは違うのかもしれない。グランマリアには……妊娠中だし、今は黙っておこう。

「ところで、その木の名前は？」

「大袈裟だと思うのですが、天使族の里では世界樹と呼ばれています」

「確かに大袈裟だ」


グランマリアの部屋から出て、苗木を隠していた場所に行く。

さて、この苗木をどうしよう？

まあ、ちゃんと育ててやろうという気持ちに変わりはない。ただ、天使族の大事な木のようだから、そこらに植えて終わりというわけにもいくまい。子供たちが遊んでいるときにぶつかって折ったりするかもしれないしな。

…………。

村で一番安全な場所となれば、俺の屋敷か居住エリア。

植えるのは居住エリアの真ん中にしよう。そして、壁を作る。木を植えた場所の四方を取り囲むような壁。

ハイエルフたちに頼んで、あっという間に完成。

…………見栄えが悪い。

ただの壁だもんな。屋根のない小屋のように加工する。

いいね。

では、さっそく小屋の中央に苗木を植えよう。苗木が育てば木の枝や葉が屋根になるかもしれない。いや、屋根になってほしいな。

俺はそう願い、『万能農具』で地面を掘って苗木を植える準備をした。

離れた場所。

クーデルがグランマリアを見つけた。

「グランマリア、動き回って大丈夫なの？」

「少しは動いたほうがいいのよ。それより、村長知らない？」

「ああ、あっちでなにか作っていたかな。用事なら伝えてくるけど」

「いいわよ。大した話じゃないから」

「だったら尚更よ。大した話じゃないのに、妊婦が動き回らない」

「心配性ね。じゃあ、二人で行きましょう」

「わかったわ。それで、その大した話じゃない話ってのは？」

「さっき、世界樹の話を村長にしたのだけど、伝え忘れがあって」

「伝え忘れ？」

「ええ。世界樹のサイズ。育て始めてから二千年ぐらい経過しているけど、まだ一メートルぐらいしか育ってないって」

「ああ、たしかどこに置いても枯れないけど、相応しい場所じゃないと成長しないのよね」

「そうそう。それも伝えないと。しかし、村長はどうして急に世界樹の話を聞きたがったのかな？」

「マルビットさまやルィンシアさまが来ているから、そこから話を聞いたんじゃない？」

「だったら、詳しい話も二人に聞くと思うんだけど」

「確かに。あ、いたいた……相変わらず、建てるのが速い。もう完成したみたい」

「大きな木をそのまま屋根にしているって、お洒落ね」

「うん、いいね。ところで小屋の周りにニュニュダフネたちが集まっているけど……」

「崇めている？　村長がまたなにかしたのかな？」

「かもね。しかし、あの屋根の木、どこかで見たような…………ま、まさかね」

「……お腹の子に影響があるといけないから、しばらくは見なかったことにするわ」

「そ、それがいいと思う」

2 天使族の出張所建設計画

俺の屋敷の客間で、早めに引っ張り出したコタツに入り、マルビットとルィンシアが夕食後のお茶をしている。

「あの木、凄い勢いで根付いちゃったね」

「想定内です。それに、私たちではあの木を育てられないのも事実。木のことを考えれば、よかったと思います」

「そうだけど、長老たちがうるさいんじゃないかな？」

「里の片隅に植えて放置していた長老たちが、なにを言うのですか？」

「あの木って、長老たちにとっては神人族を名乗っていたときの象徴よ。外に出したってバレたらなにか言ってくるでしょ」

「なにか言ってきたら、やーい神人族〜っと言い返してやってください。それで黙ります」

「一応、私も貴女（あなた）も神人族を名乗っていたころに暴れていたと思うんだけど」

「もう忘れました。今の私はティゼル、オーロラのおばあちゃんです」

「くっ。孫の存在は、素直に羨（うらや）ましい。キアービットに頑張らせないと」

「そのキアービットが来たようです。あの木のことでしょう」

ルィンシアの視線の先にいたキアービットがマルビットに詰め寄った。

「お母さま、あれはなんです！」

マルビットは少し考えてからこう言った。

「やーい神人族〜」

武闘会の再戦が行われた。いや、親子喧嘩（げんか）だな。コタツから下半身を出せないマルビットが不利のようだ。


ちなみに、俺も一緒にコタツに入ってお茶をしている。まだ早いと思っていたが、コタツは十分に魅力的だ。

「それで、ルィンシア。あの木は天使族のシンボルらしいが、このまま育ててもいいのか？」

「駄目なら持ってきません。ここにはティアやキアービットが住んでいますし、ティゼルやオーロラがいます。次世代への引き継ぎの一環とお考えください」

「問題ないならかまわないがな。葉に色々な効能があると聞いたが、調べても？　というか、ルーとフローラがすでに数枚、千切って持っていった」

ティアも千切りたそうだったが、頑張って耐えていた。

その横でフェニックスの雛(ひな)のアイギスが葉を遠慮なく食べて、イマイチみたいな顔をしているのが面白かった。

「調べるのはかまいませんが、一緒にお渡しした書物にある程度のことは書いてありますよ」

「そうなのか？」

「ええ」

後回しにしていたが、頑張って読むことにしよう。いや、ルーにそのまま渡したほうがいいかな？　しかし、ルーも研究好きだな。〝シャシャートの街〟で研究、村に戻って来ても研究とは。

村に来たときは、それほどでもなかった……薬草だなんだと研究していたな。そう考えると、あまり変わっていない。いいことなのか、悪いことなのか。趣味を持つのはいいことだな。あ、いや、趣味と言ったら怒られるか。仕事を持つのはいいことだ。

「村長、前々からお話しさせていただいていた件なのですが」

ルィンシアが羊皮紙を取り出した。

前々からしていた話。天使族の移住の件だ。

「私は天使族の完全移住を検討して進めていたのですが、ガーレット王国から泣きつかれまして頓挫しました」

ガーレット王国は、天使族の里がある国だな。天使族を崇めているらしいから、その崇めている対象が完全移住したらそれは困るだろう。

「極秘に進めていたのですが、ガーレット王国に取り込まれた……いえ、恩を感じている者が若干名いて情報を漏らしたようで……ええ、粛清は終わっています。以後、このようなことはありません」

粛清って、ちょっと怖い単語が聞こえたのだけど……まさか……。

「甘味禁止の刑です。みんなが甘い物を食べているときには、渋い物を渡すようにしています」

……………それは粛清になるのだろうか？　い、いや、怖い刑じゃなくてよかった。

「それで、移住計画は頓挫しましたが、代案として用意したのがこちらになります」

ルィンシアは羊皮紙を俺に渡してくれた。目を通す。

「天使族の出張所建設計画？」

「出張所と書いていますが、本音で話せば冬の別荘です。十人ほどが生活できる広さの家を村に建設させていただければと」

「それはかまわないが、冬だけでいいのか？」

「人数が多いのが冬。それ以外は一人か二人の予定です。天使族にこの村のことを周知させ、愚かな行動をさせないようにするのが目的です」

「愚かな行動？」

俺は、キアービットによって無理やりコタツから引きずり出されたマルビットを見る。

「あれはただの愚か者です。天使族の中には、天使族が一番でないと気がすまない者もいるのです」

「そんな考えの者がいるのか？」

「残念ながら、そちらのほうが主流ですね。この村に来ているのは、その主流から離れた……思考が柔軟な者たちばかりですから」

ルィンシアが一瞬、変わり者と言おうとしたのを察してしまった。

そうか、ティアやグランマリアたちを基準に考えていたが、天使族の中では変わり者なのか。

「もちろん、別荘に来る者には事前に教育を行いますので、この村に迷惑をかけることはないと思います。万が一の場合は、村長の判断で処分していただいてもかまいません」

「そう言われてもな。お客扱いでは駄目なのか？」

「できれば」

「わかった。村にいるあいだは住人として扱おう」

「ありがとうございます。とりあえず、お渡しした羊皮紙の下のほうに、別荘の建設費、滞在費、迷惑料などの予算を書いてあります。ご確認ください」

ご確認くださいと言われたので確認してみた。

うん、すごい額が書かれている。

でもって、これが一年分と。

「滞在中は客として扱うが、村のために働いてもらえると割り引くぞ」

「そのあたりには期待していますが、中には働かない者もいるでしょうから」

ルィンシァの視線の先には、キアービットの脇をくすぐるマルビットがいた。

形勢が逆転したな。

「とりあえず、別荘の建設は了解。場所は居住エリアでかまわないか？」

「お任せします」

「建物に関しての注文は？」

「予算内であれば、問題ありません。ただ、できれば来年の冬前には完成していただけると、色々と助かります」

「んー……これぐらいなら、今年の冬前に完成できるだろ」

俺がそう言うのを待っていたのか、ハイエルフと文官娘がやってきた。

「冬前ではなく、収穫前に完成させてみせましょう。こちらが完成予想図になります」

「でもって、こちらが建設見積もりになります。予算内であることをご確認ください。家具は持ち込みますか？　それとも村でご用意しましょうか？」

話は俺からハイエルフ、文官娘に移行した。

まあ、実務者に任せるのが一番。俺は風呂までの時間、のんびりとコタツを楽しむとしよう。

ん？　そこにいるのは子猫のアリエルか。もう子猫とは呼べないサイズになったな。スラッとして綺麗(きれい)だぞ。お前もコタツに入るか？

俺がコタツの布団をめくって誘うが、無視された。コタツの中はまだ早いようだ。

アリエルはコタツの上に飛び乗り、俺の前で背中を向ける。はいはい、背中を撫(な)でてほしいのね。

俺はアリエルの背中を撫でながら、残っていたお茶を飲んだ。

ルィンシァとハイエルフ、文官娘の話し合いから、明日は別荘作りになりそうだ。

キアービットとの戦いに勝利したマルビットは、コタツに戻ってお茶菓子を食べることを再開した。敗北したキアービットは……人前に出しちゃ駄目な姿で倒れている。くすぐられるのに弱かったようだ。

俺は視線を逸らしつつ、近くにいたスアルリウ、スアルコウの姉妹に救助をお願いした。

3 ある秋の日

早朝、悩み相談を受ける。相手はポンドタートル。

世界樹が育ったので、ポンドタートルの甲羅の皮の価値が下がったのではないかと。

俺にはよくわからないので、ルーに応援を頼んだ。

「貴方の甲羅の皮は薬の材料だけじゃなく、魔法にも使えるし、魔道具にも使えるから。超貴重。あんな葉っぱなんか、目じゃないわ。第一、ポンドタートルの甲羅の皮の知名度は凄いのよ。あっちの葉は天使族が隠していたから、ほとんど誰も知らないんだから」

ルーが一生懸命にポンドタートルの甲羅を褒めてくれたので、なんとか解決したようだ。

相談料としてもらった甲羅の皮は、ルーが喜んで持ち帰った。次からは相談料とかいらないぞ。お前たちは村の住人で、俺は村長だからな。


「それで、ルー。甲羅の皮と葉じゃ、甲羅の皮のほうが上なのか？」

「研究されている期間が違いすぎるから応用の幅では圧倒的にポンドタートルの甲羅の皮のほうが上よ。薬としても、世界樹の葉が文献通りに効果があるかどうかはこれから調べないといけないし」

「葉を一枚、潰して塗ればってのは信じないのか？」

「信じるけど、検証しないとね。副作用があるかもしれないでしょ」

なるほど、確かに。

「緊急時でもない限りは使わないわ」

そうなると、世界樹の葉が必要になる事態は避けたいな。

「早めに検証を終わらせて、使えるようにはしたいけど……天使族が大事にしている木だし、村の外で使うときはティアやグランマリアに相談するわ」

「了解。よろしく頼む」


〝大樹の村〟の居住エリアでは、天使族の別荘作りが始まった。

俺は森で指定されたサイズの木を探して……クロの子供たちが探してくれるので、それを『万能農具』で切り倒し、木材作り。

木材の輸送に巨人族たちが協力してくれたので、昼食前には終わった。ありがとう。

昼食後、ハイエルフ、巨人族はそのまま別荘作りに。

俺も参加しようと思ったが、文官娘から止められた。俺がこれ以上参加すると、予算のグレードが上がるらしい。仕方がないので参加は諦める。

どうしよう、時間が余ってしまった。


…………。


クロの子供たちが、期待した目で俺を見ている。

道具は……ボールを持って来ているのか。わかった。夕食までお前たちと遊ぼう。

犬エリアで、俺はボールを投げる。俺が投げたボールに向かってダダダダッと四頭が一気に走り、ボールを奪い合う。

一頭がボールを咥えた段階で、勝負は終了。

ボールを持って帰ったクロの子供の頭を撫でる。そして、持って帰ったクロの子供は一回休み。

ほかの子供たちに譲ってやってくれ。

俺は次の組に、ボールを投げる。


…………。


うん、途中で休憩を入れよう。腕がね、もうね。

期待した目が痛い。わかった、ランニングだ。一緒に走ろう。


クロの子供たちが喜んでくれてなにより。

大丈夫、ちょっと疲れただけだから。今は横にならせて。すぐに回復するから。


夜になって夕食のあと、俺の前には一匹の拳大サイズのザブトンの子供がいた。

その背中や足には、木片を糸でくくりつけていた。そしてポージング。ははは、かっこいいぞ。

それで、その格好は？　ああ、収穫祭でやる演劇の衣装か。


…………。

俺が手を加えてもいいかな？　各パーツを糸でくくりつけるのではなく、もう少し体にフィットする感じにして……形も木片そのままではなく、動きの邪魔にならないように。防御力アップのために、装甲を各所に。細部にも拘りたい。

ザブトンから布をもらって来てくれ。内側に貼ろう。でもって、隠し彫り。大樹の絵を彫っておこう。

着色。

色は？　赤にしようか。ツヤも出してみよう。

武器は？

持てないから、足先にはめる形がいいな。前足二本だけに装備すると、移動しにくいか。じゃあ、全部の足に装備してみるか？　おおっ、かっこいいぞ。強そうだ。いいね。

ところで、確認してなかったのだが……この衣装は正義の味方側かな？　それとも悪役側かな？　正義の味方側ね。そっかー……。

真っ赤なフルアーマー姿は、正義の味方には見えないこともない。見えないこともないが…………足の武器は外そうか。え？　嫌？

しかし、その武器はちょっと悪っぽい感じがするぞ。装甲が多いのも正義の味方としてはマイナスポイントだし……駄目だ。絶対に脱がない姿勢を見せている。気に入ってくれたのは嬉しいが、演劇を壊すのはな。

わかった、解決策を考えよう。

解決策はすぐに出た。別のザブトンの子供が、提案してくれた。

役をチェンジする。

提案してくれたザブトンの子供が、悪役だそうだ。これまでの練習が無駄になるかもしれないのに、悪いな。

正義の味方は人気だから、みんな練習している？　それは凄いな。ああ、わかっている。正義の味方用の衣装だな。軽装で色は白にしよう。

マントも装備すれば、それっぽく見えるぞー。


翌日。

進化して一回り大きくなったザブトンの子供二匹が俺の前にいた。

えっと、衣装を取り込んだのか？　大丈夫なのか？　いや、かっこいいが……えーと、適応能力が高いというやつなのかな？

困惑している俺の横で、文官娘衆の一人は冷静だった。

「とりあえず、新種ですね。種族名称は……アーマーデーモンスパイダーで。個体名称は赤いほうをレッドアーマー、白いほうをホワイトアーマーとします」

レッドアーマー、ホワイトアーマーは嬉しそうに前足を一本、上げた。

本人が喜んでいるなら、かまわないか。

問題は……木材を持ってその後ろに控えているほかのザブトンの子供たち。お前たちも演劇に出るんだな。

二十四ぐらいいるかな。

…………頑張った。しかし、最初の二匹のように進化はしなかった。

一安心だが、ザブトンの子供たちは残念がっていた。すまない。

だが、今の姿も十分に凛々しいぞ。演劇、頑張ってくれ。


んー、進化に法則があるのかな？　主役級じゃないと駄目とか？　まさかな。

4 ウナギと鷲

ザブトンの子供のレッドアーマーとホワイトアーマーは、屋敷の玄関前でよく見るようになった。

通る人に進化したことを自慢しているのかと思ったら、門番のつもりなのだそうだ。

門番はありがたいが、無理しないようにな。それと演劇の練習もちゃんとするんだぞ。

それはそれで頑張っている？　そうか、楽しみにしているからな。

俺は果樹エリアに行き、そろそろ収穫できそうな果実を収穫する。

主に柿、ミカン、梨、レモン、リンゴ、栗。

栗も果実になるのかな？　まあ、どっちでもいいや。

収穫はザブトンの子供たちが手伝ってくれるので、早く終わる。

収穫したものの運搬は、山エルフがクロの子供たちが引けるサイズの荷車を作ったので、こちらも早く終わる。

なので、早々に味見が始まった。

まずは手伝ってくれたザブトンの子供やクロの子供たちから。

ザブトンの子供たちは、柿を所望か。よしよし、皮を剝いてやろう。

クロの子供たちは、リンゴね。よーし、兎の形にしてやろう。ははは。


翌日、渋柿を干し柿にする作業。

普段はラナノーンの世話に忙しいラスティも、やってきて黙々と手伝う。

ラナノーンは……ライメイレンに預けたのね。ヒイチロウとラナノーンに囲まれてライメイレンは幸せそうだ。

ラスティに言われたのか、ドライムも黙々と手伝ってくれた。ありがとう。お礼は酒でいいかな。去年、仕込んだまだ新しいやつなんだがドワーフたちの評価が高いのがある。酒のお供に茹でた栗も欲しいのね。だけど残念ながら、栗はまだ下準備中だから明日になる。

今日は干したイカ……ワインには合わなそうだな。素直に肉を焼こう。ははは。

ラスティが睨んでいる。干し柿にする作業、頑張ろう。

マイケルさんが久しぶりにやってきた。

「ここは相変わらずですな」

確かに〝シャシャートの街〟や〝五ノ村〟に比べたら、発展が早いとは言えない。だが、それがこの村の良さだ。

マイケルさんがやってきたのは、海産物の輸送ついでに収穫祭の打ち合わせのため。

息子のマーロンも〝五ノ村〟に来ているが、〝五ノ村〟での仕事のために置いてきたそうだ。息子相手でも、仕事優先の姿勢は見習わねば。

…………。

アルフレートやティゼル、ウルザの姿を想像する。

父親として、もう少し厳しくしたほうがいいのだろうか。なかなか、難しそうだな。

まあ、余所の家庭に口を出すのは無粋だが……収穫祭のときにはマーロンを連れてきたらどうだ？〝シャシャートの街〟や〝五ノ村〟に比べたら小さな祭りになるかもしれないが、歓迎するぞ。

マーロンにはビッグルーフ・シャシャートの運営で助けてもらっていると、マルコスたちから何度も聞いているしな。

「わかりました。収穫祭のときには首に縄をつけてでもマーロンを連れてきます」

ははは、マイケルさんは大袈裟だな。

あ、マーロンの従兄弟（いとこ）のティトやランディ、護衛のミルフォードも誘ってもらえるかな。時間に余裕があればでかまわないが。

「そうですな。息子も道連れ……失礼。同行者が増えて嬉しく思うでしょう。お邪魔させてもらいます」

マイケルさんは笑いながら快諾（かいだく）してくれた。うん、楽しみに待っていよう。


マイケルさんが持って来てくれた海産物は、水を張った荷馬車の中にたくさん入っていた。

「身はヌルヌルし、味はイマイチ、さらに血に毒があるので食べる者は少ないというか……漁師から嫌われている魚ですが、これでよかったのですか？」

問題ない。

俺の探していた魚、ウナギだ。

マイケルさんが持ってきてくれたウナギのサイズは俺の知っている60センチ前後。身は……季節的にまだ早いのか太ってはいないな。だが、十分だ。

「何匹いるんだ？」

「二百匹以上です」

「捕獲方法は？」

「綺麗な川の中流に十人ほど連れて行き、捕まえさせました。嫌われている魚なので、簡単に数が集まりました。ただ、季節による増減があるので安定して供給することは難しいかもしれません」

マイケルさんは、笑顔で説明してくれる。たぶん、これが美味しくなることに気づいたのだろう。さすがは商人だ。抜け目がない。

「安定供給の必要はないよ。捕獲できた分を調理して売る形にしたい」

「承知しました」

「と言っても、調理法と味はこれから研究するから……冬に荷馬車一台分、頼めるかな？」

「大丈夫です。代金は……フラウさまと相談させていただきます」

フラウと文官娘衆数人が待機していた。

「よろしく」

俺はさっそく、鬼人族メイドたちとウナギの調理を開始する。

ウナギを捌く知識やウナギ料理の知識は、俺の中にあるテレビ知識のみ。

いや、子供のころに読んだ料理漫画にもあったな。

…………。

無謀な気がするが、頑張ろう。

「絶対、美味いから！」

目指せ、ウナギの蒲焼。

さて、色々やっているのだが……フェニックスの雛のアイギスよ。

その背後に隠しきれない獰猛そうな鳥は誰かな？　ビジュアルから……鷲だな。

羽を広げると、三メートルぐらいになる大きさだ。

アイギスの何倍ものサイズなのだが、アイギスが背中に隠そうとしている。

……無理だ。見なかった振りをするには、鷲の存在感がありすぎる。

どこで拾ったんだ？

世界樹の上のほうに止まっていた？　そこに巣を作って住みたいと？

なるほど。

その許可を出す前に確認だ。鷲は肉食だったよな？　その鷲はザブトンの子供を食べないよな？

次に、村の牛とか馬、羊、鶏とかを狙わないよな？

…………。

よかった、大丈夫そうだ。

エサは自力で、森の中で兎を狩ると意気込んでいる。手間がかからなくていい。

わかった、滞在を許可しよう。

世界樹はそんなに大きくないが、かまわないのか？　村にはもっと大きな木があるが？

ああ、あそこはザブトンが住んでいるから怖いと。怖くはないぞ。

あ、糸に引っかかって怖い目に遭ったと。そこをアイギスに助けてもらったと。なるほど。

で、アイギスはどうして鷲を隠そうとしたんだ？　別に怒らないぞ。

…………。

新しい鳥が来て自分の立場が危ないと思ったと。

ははは、安心しろ。お前はお前だ。他の鳥が来ても、お前に対する扱いが変わったりはしないさ。

俺はそう言ってアイギスを指で突いてやった。アイギスが照れくさそうにしている。


後日、鷲が兎を狩っている場面に出くわした。

うーむ、かっこいい。

見惚れていると、アイギスに足を突かれた。す、すまない。

お前が干し柿に襲いかかる姿も、かっこいいぞ。ラスティを恐れないその行動には、ドライムも感心しているんだから。

ご飯時、ルーが唸っていた。転移門の研究が上手くいっていないからだ。ここ数日、眉間にシワが寄っている。

せっかくの栗ご飯を食べながら、そんな顔をされるのは不本意だ。だが、俺には手助けはできない。ルーの研究内容が、全然理解できないからだ。

魔力の流れがどうとか、精霊の干渉がどうとか、月や星の位置がどうとか、俺にはハードルが高すぎる。

しかし、だからと言って妻が悩んでいるのをそのままにしていいのか？　夫として、やれることがあるのではないか？

俺は食後、ルーに話しかけた。

「ルー。研究で困っている部分を俺に説明してくれないか？」

「え？　でも……」

「俺が理解できたり、何か解決策を考えられたりするとは思ってないさ。ただ、人に説明することで考えをまとめることができるだろ」

俺ができること。それは聞き役となることだ。

研究の助けにはならなくても、ルーのストレス発散にはなるだろう。

「それでね、この二つの数値が太陽を基準にしているみたいなんだけど、設置した場所によって増減が違うの。その理由がわからないのよ」

「どう違うんだ？」

「えーっと、わかりやすく言うと。一つ目の場所だと、基準が十で、一つずつ増えていくの。で、二つ目の場所だと、基準が十一で、二つずつ増えていくの」

「ほうほう」

「三つ目の場所だと、基準が十一で三つずつ増えて……四つ目の場所だと、基準が十で二つずつ増えていく。そんな感じでわけのわからないのが二つもあるのよ。ああ、実際に数字はもっと多いし細かいわよ。一つとか二つはわかりやすく説明するためだから」

「ありがとう。設置場所によって変化する太陽を基準にして二つの数値か……要素として考えるなら普通は自転と公転だよな」

「……え？」

「いや、自転と公転」

「なにそれ？」

「え？」

…………あっ。

ここはファンタジー世界。太陽が動いて、大地が平らな可能性もあった。なにせ夜空には月が二つあるしな。

「すまない忘れてくれ」

「駄目、詳しく」

ルーの目が少し怖かった。

俺はルーに自転と公転を教えた。

自転は地球が回る動き。公転は地球が太陽の周囲を回る動き。それをとても簡単に説明した。

太陽に対しての傾き（かたむ）のある自転、太陽を中心に少しずれた楕円形（だえんけい）の公転軌道だからこそ、季節の変化があると。

「そんな馬鹿なって言いたいけど、今まで説明できなかった色々なことが説明できてしまう」

よかった。前の世界と同じ地動説（ちどうせつ）が通用した。

つまり、大地は球形（きゅうけい）。しかし……。

「大地が球形なのは知られていないのか？」

「そう言われていた時代もあるけど、誰も証明できなかったから……今は、大地はゆるやかな半球形というのが定説よ」

…………。

大空を飛びまわる竜（ドラゴン）の代表として、ハクレンに聞いてみた。

「大地は球形に決まっているでしょ」

ルーは膝から崩れた。

「ちなみにそれ、子供たちに教えちゃっているけど？　駄目だった？」

駄目なことはないぞ。

だが、ルーへの追撃になってしまったな。

ルー、大丈夫か？　起き上がれるか？　駄目か。今日はそのまま寝ると。わかった。

翌日から、ご飯時にルーは唸らなくなったけど、少し遠い目をするようになった。

「私もハクレンさんの授業に出ようかな」

どう返事すればいいかわからなかったので、俺は黙ってご飯を食べることにした。

すまない、俺は無力だ。

ルーが本調子になるまで、十日ほど必要だった。

5 収穫祭に向けて

秋の収穫が終わったあとに行う予定の収穫祭。

各種族や希望団体での出し物を中心とした穏やかな祭りにすると通達している。

なので、各所で練習したり、小道具を作ったりしている姿が見られる。

屋敷の中で一番目立つのがザブトンの子供たち。

一階チーム、二階チーム、三階チーム、屋根裏チーム、地下室チームと五つのチームに分かれ、練習している。

ちなみに、レッドアーマーとホワイトアーマーは一階チーム。一階チームは演劇をするのを知っているが、ほかのチームが何をするかは知らない。聞けば教えてくれるだろうが、当日まで楽しみにしておこう。

屋敷の外では、クロの子供たちが行進の練習をしている。

何頭かは衣装をつけるらしく、ザブトンが仮縫いをしている。仮縫いなのに、なかなか似合っているな。クロの子供たちも誇(ほこ)らしげだ。

ため池では、ポンドタートルたちが水芸の練習。微笑ましい。

世界樹の木の近くでは、巨人族と鷲が何か相談している。

なにをする気か知らないが、危ない真似は駄目だぞ。


さて、お祭り前の空気が広がりつつある村だが、大事な収穫を忘れてはいけない。

収穫祭は、収穫が無事に終わったあとのお祭りなのだから。

……まあ、本格的な収穫までまだ少し時間があるから、今はお祭り前の空気でもかまわないか。

空を見ると、ルィンシァが村に戻ってきた。

妊娠中のグランマリアの代わりに、村の周辺を警戒してくれていたのだ。助かる。

ルィンシァに対して、マルビットは屋敷の客間のコタツに入って不動の構え。

「遊んでいません。ちゃんと仕事をしています」

鬼人族メイドたちが収穫祭で出す新作料理の試食や、ドワーフたちの新しいお酒の試飲だそうだ。

その証拠に、コタツの上には無数の料理皿とお酒。フェニックスの雛のアイギスと、酒スライムも一緒に楽しんでいたようだ。別にかまわないけどな。

「ところでマルビット。背中の翼、子猫たちにガジガジと噛まれているが、大丈夫か？」

俺の言葉にマルビットは背中の翼をパタパタさせて子猫たちを追い払うが、翼の動きが収まると子猫たちは戻ってくる。

「翼、出し入れ自由なんだろ？」

「さっき、そう思って翼を消したら背中を引っかかれたの」

それは申し訳ない。

半纏（はんてん）で背中をガードするか？

警戒の報告を終えて戻って来たルィンシアに、甘やかさないでくださいと注意されてしまった。


屋敷の客間の一角では、グラッファルーンが笑顔でラナノーンを抱きかかえていた。

ラナノーンが大きくなったので、ラスティもラナノーンにべったりではなくなりつつある。いいことだ。グラッファルーンに限らず、これまであまりラナノーンの世話ができなかった鬼人族メイドたちも喜んでいる。

もう少しすれば、ラナノーンもヒイチロウのように竜の姿になれるのかな。あまり急いで大人にならなくていいんだぞ。ははは。

それでドライムはそこで何を？　ラナノーンの順番待ち？　あの様子だと……グラッファルーンは離さないと思うぞ。

ドライムの両腕が寂（さび）しそうだったので、誰か……ティアがオーロラをドライムに預けた。ドライムは困った顔をしているが、まんざらでもなさそうだ。

しかし、その背後でルィンシァが睨んでいる。教えないほうが平和だろうか。それとも、教えたほうが……判断に悩む。


数日後、本格的な収穫作業を開始。

ハクレン、ライメイレン、グラッファルーンに子供たちを任せ、村の住人総出で……マルビットはルィンシァとキアービットが引っ張り出した。よろしくお願いする。


春の収穫、夏の収穫と違い、秋の収穫は〝一ノ村〟、〝二ノ村〟、〝三ノ村〟なども自分たちの村で収穫があり、応援が見込めない。

だが、今年は武闘会から残ってくれたラミア族や巨人族、それにドライムたちがいる。戦力としては申し分ない。頑張ろう。


全ての収穫に、二週間かかった。うん、頑張った。

特筆すべきことは……。

ドライムがダイコンを収穫する様子を見て、ハクレンが私にもできるとダイコンの収穫にチャレンジしたら、葉っぱだけ毟って、ダイコンの白い部分がそのまま畑に残った。その様子にドライムが噴き出し、姉弟喧嘩が始まったことかな。

畑の中での喧嘩だったので思わず『万能農具』の槍を投げてしまった。反省。でも、収穫は真面目に。

収穫が終わると収穫祭。

ほかの村の収穫状況を確認し、三日後に行うと決定。

マイケルさんを招待するための時間も必要だったので、ちょうどいい。一応、収穫を始める前にも連絡しているので大丈夫だと思いたい。

収穫祭までの間も遊んでいるわけではない。

文官娘衆が収穫物を、貯蔵分、ハウリン村への販売分、ゴロウン商会への販売分、魔王、ビーゼルへの販売分、ドースたちへのお裾分けと分けていく。

作物の種類が多いので、管理が少し大変そうだ。だが、今年は武闘会がないので少し楽になっているはずだ。

武闘会の代わりに収穫祭を行うのなら一緒じゃないか？　ふふふ、実は収穫祭の仕切りを始祖さんが担当することになっている。

始祖さんに押しつけたわけじゃないぞ。自薦による立候補だ。

なので始祖さんは少し前から頻繁にやってきては色々と準備をしている。その始祖さんの手足となって動いたのが、リザードマンたち。慣れない作業だったので一部、文官娘衆に助けてもらいながらも頑張っていた。ご苦労さまです。


収穫祭のメイン会場は武闘会を行った場所だが、大事な場所は大樹にある社。

始祖さんのスケジュールでは、ここで一通りの収穫祭の儀式をやったあと、メイン会場に移動となっている。


「村長、これは……焚き火台ですか？」

ハイエルフの一人が、俺が作っている物に興味を持った。

「ああ、始祖さんに言われて作ったんだ。駄目そうか？」

収穫祭中は、ずっと燃やしておきたいということだったので、キャンプファイヤーのように大きな薪を組み上げてみたのだが……。

「いえ、問題はないと思います」

ハイエルフは何か言いたそうだったので、聞いてみた。

「サ、サイズがちょっと……大きすぎるのではないかと」

…………。

確かにちょっと大きいかな。

俺が組んだ薪は、三メートルぐらいの高さになっている。

でも、小さいよりは大きいほうがいいと思う。さあ、もうすぐ収穫祭だ。

6 収穫祭

収穫祭前日。

参加者が次々にやってきた。

まず、始祖さんとフーシュ。三日前から体を清めていたそうだ。そこまで気合を入れなくてもいいんだけど……。

次に魔王とビーゼル、ランダン。グラッツとホウは仕事で、獣人族の三人、リグネは学園行事で不参加。混代竜族（エルダードラゴン）の三人は遠慮するというか、〝シャシャートの街〟で仕事をもらって頑張っているらしい。

ドースとギラル。久しぶりと挨拶（あいさつ）するには頻繁に顔を合わせすぎな気がする。

ライメイレン、ドライム、グラッファルーンは少し前からずっといる。

〝一ノ村〟、〝二ノ村〟、〝三ノ村〟、〝四ノ村〟からの有志……というかほぼ全員。

ゴロウン商会から、マイケルさんとその息子のマーロン、マーロンの従兄弟のティトやランディ、護衛のミルフォード。

温泉地から死霊騎士が三人。

南のダンジョンのラミア族、北のダンジョンの巨人族からの参加者は、武闘会のときからずっといる。

本番は明日なのだが、軽い宴会が始まった。明日、出番がある者は早く寝るように。


早朝。

大樹の社の前に用意された祭壇に、三人の鬼人族メイドたちが個々に大きな平皿を運ぶ。平皿の上には、今年の収穫物がフルーツ盛りのように積まれていた。

平皿は祭壇の正面に並べて置かれた。

鬼人族メイドが下がると、次は三人のハイエルフが登場。

それぞれの手には狩ってきたばかりの兎の肉があり、それを祭壇に並べた。

ハイエルフが下がると、次は三人のドワーフが登場。

個々に大きな樽を抱えており、大丈夫かなと不安になるが……大丈夫だった。ドワーフたちは大きな樽を祭壇に並べ、満足そうに下がった。

そして登場するザブトンと、ザブトンの子供たち。

ザブトンは祭壇の前で自身の糸を紡ぎ出し、三枚の布を作った。

ザブトンの子供たちは、小さなコップを持っていた。そのコップにはハチミツが入っている。当然、コップの数は三つ。祭壇に並べられる。

ザブトンたちが下がると、荘厳な音楽が流れ始めた。

祭壇の近くに待機していた楽隊による演奏だ。楽隊はリザードマン、文官娘衆、獣人族の女の子たちで構成されているが、なぜか指揮者はランダン。

「どうしても指揮者がやりたいと言われまして」

俺の横に控えている文官娘衆の一人が教えてくれた。指揮者に憧れていたのかな？　妙に慣れた感じだし。


ランダンも気になるが、儀式に集中。

音楽が一段落したところで、始祖さん、フーシュ、聖女のセレスが登場。

始祖さんを中央に、左右にフーシュ、セレスが並んだ。

「これより豊穣の神に感謝し、収穫の宴を執り行います」

始祖さんの宣言のあと、始祖さん、フーシュ、セレスは声を揃えて神に対して感謝を祈っていく。

祭壇前にいる俺と各種族の代表たちは、それを厳粛に聞いた。

儀式はこれだけ。本格的にやると十日かかると言われたので、略式でお願いした結果だ。

あとは、会場に移動して宴会が始まる。


武闘会のときと同じように、舞台とそれを取り囲む客席。その外に食事や酒を提供するテントがある。

舞台では、クジで決まったスケジュール通りに出し物が披露された。

『ザブトンの子供一階チームによる演劇』

ザブトンの子供たちだけだとセリフがプラカードになってしまうので、獣人族の女の子たちが協力してセリフを言っている。

レッドアーマー、ホワイトアーマーの対決は見物だった。最後に二匹が協力して真の悪役と戦うシナリオも悪くない。

真の悪役として登場したルーは、なかなか凛々しかった。負けるけど。演技は悪くなかったぞ。

子供たちに罵声(ばせい)を浴びせられるのは覚悟の上だろ？　悪役なんだから。

罵声は覚悟していたけど、泣き叫ばれるとは思わなかったと。

ちょっとメイクが迫力あったからなぁ。いやいや、可愛かったぞ。ははは。

『リザードマンによる集団演武』

槍を持ったリザードマンが一人ずつ舞台に上がり、徐々に数を増やしながらの集団演武。

最後、ダガともう一人が一対一の演武を見せてくれたけど、あれって演武じゃないよな？　ガチなやつだよな？　怪我はないようだけど、危ないことは駄目だぞ。

『ザブトンの子供二階チームによるタップダンス』

舞台の上に板を並べ、その上で六十匹ぐらいのザブトンの子供が足をリズミカルに動かしている。数は多いけど、拳大サイズなので少しボリュームが小さい。このときは会場中が静かにしていた。一体感があった。

『ドワーフによる組み体操』

笛の音に合わせ、きっちり動く姿は凄いが……なぜ、ことあるごとに酒を飲む？　酔ってないと思うけど、最後のピラミッドは違う意味でドキドキした。

『巨人族とラミア族による創作ダンス』

巨人族は大きいので、迫力がある。それが八人。ドタンバタンと踊っている。なんでも神に感謝する踊りらしい。

ラミア族の姿が見えないなと思っていたら、巨人族たちが輪になって最後のポーズをキメたときに輪の真ん中から飛び出してきた。ビックリした。今までどこにいたんだ？

手品要素があるとは、巨人族は侮(あなど)れないな。

『魔王によるイリュージョン』

「イリュージョン！」

魔王がそう言って瞬間移動を見せてくれた。

それなりに練習したのだろう。だが、俺の横に瞬間移動の魔法を使えるビーゼルがいるからなぁ。

「イリュージョン！」

今度は魔王が帽子の中から、子猫たちを取り出した。

一匹、二匹、三匹、四匹…………子猫たち、マルビットには厳しかったのに、魔王の前だと大人しいな。

「イリュージョン！」

魔王は頑張った。

『アイギスによる鷲使い』

地面にいるフェニックスの雛のアイギスがクチバシで肉片を掴み、空中に投げる。それを鷲が空中でキャッチして食べる。

肉片を五つ食べたところで鷲が旋回してアイギスの近くに着地。アイギスと鷲が揃ってポーズを決めてフィニッシュだった。

フィニッシュのポーズ……アイギスが鷲に捕まっているようにしか見えなかったのは言わないで

おこう。


『ハイエルフによる演奏』

最初はハイエルフたちだけだったが、次々と楽器を持った参加者が増えて大演奏になった。

指揮者は最初はリア、途中でランダンに交代した。

ランダン、指揮者に何か思い入れでもあるのだろうか。


ここで一度休憩。

舞台には白い布を張ってスクリーンが作られた。

そこに流される野球名場面集とビッグルーフ・シャシャートのＣＭ。

残念ながら、村の住人の大半は野球のルールを知らない。

なので、凄いプレーの場面には反応がイマイチで、珍プレーと呼ばれる場面が受けた。魔王としては、ちょっと不本意そうだった。

始祖さんに言われ、焚き火台に火を入れることになった。

焚き火台は万が一の事故を用心し、会場の片隅に作っている。

「最初に火を入れると思っていたのだけど？」

始祖さんが忘れているのかと思ったけど、違った。

「太陽が真上に来たぐらいで火を入れるのが正式なのです」

確かに今はお昼だ。

では、さっそく点火しよう。

そう思っていたら、いつの間にか猫がやってきて任せろと一鳴きした。

そして、魔法で着火。

…………あれ？

なにか、いつもの火と違う気が…………一瞬、まっすぐ伸びた火柱がそのまま太陽にまで届くかと思った。

「これはまた見事な」

始祖さんがそう言ったあと、教えてくれた。

「今のは〝原初の火〟ですね。魔法の神が世界を救うために灯した火と言われています」

「へ、へー」

今は火柱も収まって、普通の焚き火になっている。

「えっと、なにか効果があったりは？」

「大昔は魔族を守る火だね。魔族の王の一人があの火に包まれ、魔王が生まれたと……」

始祖さんの説明を火が聞いていたのか、急に火柱が伸びて会場にいる魔王に向かった。

「え？」

魔王、炎上。

「ま、魔王ぉぉぉぉぉぉぉぉぉぉぉぉぉぉぉぉっ！」

俺は慌てた。

慌てて近くにあった水をかけたが、魔王を包んだ火はなかなか消えない。

なにがどうしてこうなった？　いや、それよりも早く火を消さないと。

俺は周囲にいる者に水の魔法を頼んだ。

だが火が消えない。魔王が倒れた。お、おい、まさか……火と魔王が徐々に小さくなっていく。う、嘘だろ。

火が消えるとともに、魔王の姿も消えた。

……………なんだ、これ？　呆然とする俺の肩を始祖さんが叩き、そして舞台を指差した。

白い布のスクリーンの前で、魔王がポーズを決めていた。

「イリュージョン！」

………………………。

槍、投げても怒られないよな？

7 収穫祭の続き

「魔王よ、聞くのだ」

「だ、誰だ？」

「お前のショーを見て、その受けの悪さを嘆いた者だ」

「別に受けが悪かったわけじゃないぞ」

「お義理の拍手で満足と？」

「ぐぬぬ……」

「まあ、よい。これからお前を火で炙る」

「え？　火？」

「安心せよ。お前は傷つかぬ。あとは状況に合わせ、上手くやるのだぞ」

「え？　火？　ひぃぃぃぃぃぃぃぃいっ！　熱いっ、熱いっ、熱……くない？　あれ？　ここは……みんなの視線が私に。そうか、ここか。わかったぞ、謎の声よ！」


カレーを食べながら魔王は、謎の声とそんな会話をしたと証言した。

「心配させたことは謝るが、私にもなにがなんだかわからないのだ」

「きっちり、ポーズを決めてイリュージョンと叫んだのに？」

「そのときは、そうするのが最善だと思ったのだ。ところで私のカレー、いつもより辛くない？　汗と涙が止まらないんだけど」

「心配させた分、辛くしている」

これぐらいはさせてもらう。

あと、始祖さん。魔王が神の声を聞いたかもしれないからって、睨まないように。幻聴かもしれないんだから。

ただ、あの火はなんだったのか？　本当に受けなかった魔王への応援なのだろうか？

…………。

わからん。

俺の作った焚き火台で、火は普通に燃えている。とりあえず、火に向かって言っておこう。

「周りを心配させるようなことはしないように」

ん？　火に言ったんだ。猫に言ったんじゃないぞ。お前は反省しなくていいんだ。ははは、かわいいなぁ。

魔王のイリュージョンで少し遅れているけど、スケジュールは順調に進んでいる。

「さきほどの魔王さまにはビックリさせられました」

ビーゼルはそう言いながらも、フラシアと一緒にフラウたち文官娘衆の演目を楽しんでいる。

ランダンは楽隊と打ち合わせ。

……………。

もう少し、魔王のことを心配してあげてもいいんじゃないかな？　魔王のそばで心配したと怒ったようにウロウロしている子猫たちのほうが、魔王を心配しているように見えてしまう。

いや、普段と変わらないのは、魔王を信頼しているということか。あの程度で魔王は倒れないと。

そう考えると、慌てた自分が恥ずかしい。もう少し、冷静にならねば。

……………いや、無理だな。知り合いが火に包まれたら驚く。冷静でいられる自信がない。

だから、驚くような事態にならないように努力したい。

……………。

魔王のカレー皿に辛さ追加。


舞台では、フラウと文官娘衆による大喜利（おおぎり）っぽいものが展開されている。

フラウが司会だ。

笑いが起きているが、時々、俺には理解できない内容もある。

「つまり、赤い桶（おけ）を持ったその男が、カーセン王ということで」

観客は大爆笑。

だけど俺は疑問に思う。カーセン王って誰だ？　なぜそれがオチになる？

俺以外……〝一ノ村〟住人やリザードマンたち、マイケルさんも笑っているから一般常識なのだろう。

笑っていないのは……俺だけか。疎外感。

こちらの世界での生活も長くなったが、もう少し一般常識を知らないといけないなぁと少し反省。

あと、カーセン王の意味がわからなくても、周囲が笑っているから楽しいことなんだなと一緒に笑う心の余裕を持ちたい。

考えすぎずに素直に楽しむ。子供たちはそれができている。見習わないと。


フラウと文官娘衆による大喜利っぽいものが終わり、クロの子供たちによる集団行動が始まった。

きっちりと統制の取れた動き。尻尾まで揃っている。凄いぞ。

あ、一頭、緊張して足の動きが……もつれて転倒した。

大丈夫か？　よかった。

じゃあ、なにごともなかったように、列に戻るんだ。そうだ。いいぞ、頑張れ。

終わったあと、転倒した一頭が凄く落ち込んでいたので励ます。よしよし。

もちろん、最後まできっちりやりきった者たちを褒めることも忘れない。


舞台の上では、ザブトンによるファッションショーが行われていた。

モデルはリザードマン、ドワーフ、獣人族の女の子、巨人族、ラミア族と各種の体型を用意し、同じコンセプトの服を着せている。

「次のテーマは森の戦士。森の中を縦横無尽に動いて戦う戦士をイメージしました」

ファッションショーの司会をしているのは聖女セレス。

進行役は獣人族のセナ。ザブトンと司会にタイミングを指示している。

ん？　ザブトンが観客から一人を呼び出した。マイケルさんだ。急遽モデルにするようだ。服を用意して……ないな。うん、その場で作るのか。

ザブトンの子供たちも協力し、あっという間に出来上がる。

マイケルさんも慣れたもので、舞台の真ん中できっちりポーズを決めてアピール。盛り上がった。


舞台以外でも頑張ったのが、会場の周囲に設置されたテント。

鬼人族メイドたちによる新作料理を出すテントでは、手に入れたばかりのウナギを使った料理が人気だった。

俺にはまだ味が尖っていると感じられてイマイチなのだけど、リザードマンたちは大いに喜んでいた。

妖精女王の甘味テントは、妖精女王が甘味を提供してくれるのかと思ったけど違った。

妖精女王と甘味を食べながら、甘味の説明を聞くテントだった。

「砂糖を大量に使えば優れた甘味というものではない」

妖精女王は大人モードで、真面目な顔で語っていた。

天使族のマルビットによる、経済講座テントなんてのもあった。

思いっきり真面目な内容にしたら誰も来なくて楽ができると思っていたようだが、いざ誰も来ないとなると寂しくて本気になったようだ。

マイケルさんの息子のマーロンの従兄弟であるティトとランディが、必死になって木板にメモを取っていた。

ガルフの腕試しテントなんてのもあった。

マイケルさんの護衛のミルフォードが、入り浸(びた)っていたらしい。

そう言えば、マーロンはどこに行ったのかな？　楽しんでくれていたらいいけど。

…………ああ、ここにいたか。

酒スライムのテント。

テントの中にはテーブルと酒があるだけ。酒スライムとドワーフたちに囲まれながら、マーロンは思いっきり酒を飲んでいた。飲みすぎは駄目だぞ。ちゃんと料理も……。

「ご注文の炙りウナギと、ウナギの醤油焼きです」

鬼人族メイドが料理を持ってきた。そして、すぐに食べ尽くされて消える。

「あはは……追加、持ってきます」

すまない。


なんだかんだで収穫祭は夜に突入。

夜通しの宴会になるのだが、子供たちは撤収。文句を言わない。いつもの時間より起きているからフラフラしているだろ。

アルフレート、ウルザ。子供たちを引率して屋敷に。

大人たちは宴会に夢中だからな。今日は屋敷でまとめて寝かせる。

ハクレン、子供たちの見張りを頼む。俺も適当なタイミングで引き上げるから。ヒイチロウ、ラナノーンはライメイレン、グラッファルーンが先に屋敷に連れて行ったから大丈夫だ。

ん？　鷲？　フェニックスの雛のアイギスを足で掴んで飛んでいる。……ああ、アイギスが寝てしまったから屋敷に運んでくれるのね。世話をかける。

しかし、鷲って夜でも飛べるんだな。

おっと、感心している場合じゃなかった。グランマリア、そろそろ撤収。妊娠中なんだから、無茶はしないように。料理がいるなら、あとで俺が持っていくから。ああ、わかった。一緒に屋敷に戻ろう。

収穫祭の夜は過ぎていった。

8 収穫祭の反省会

収穫祭の翌日。

各村から来ていた者や来客が帰っていく。

そのとき、代表者が祭壇前の三つに分けたお供え物の作物から一つを持って帰る。

「この村の者は右の作物から。それ以外の者は左の作物から持ち帰るのが一般的かな」

始祖さんがそう説明してくれる。

どの作物を持って帰るかは自由。早い者勝ちだそうだ。そのうえで代表者が作物を持ったら急いで帰るのがマナーなので、来客にだらだらと居座らせないようにする意味があるのかもしれない。

考えてみれば収穫祭は秋の終わり。冬に向けた準備をしなければいけない時期に、言葉は悪いけど客がいるのは迷惑だろう。

まあ、それは普通の村で、この村には余裕があるのでもう少し滞在してくれてもかまわないのだけどな。

挨拶をして帰っていく姿は、ちょっと寂しい。


「ところで、真ん中は？」

「神の取り分ですので、今日の昼まではこのままで。そのあとは村長が受け取ってください」

「わかった」


夜。

屋敷の会議室で、収穫祭の反省会が行われた。

参加者は……自主参加なんだけど、結構な人数が会議室に集まった。自主性が高いと考えるべきか、言いたいことが多いと考えるべきか。

一回目の開催だ。問題点があって当然。意見が多いことを喜ぼう。

「カレーの辛さへの挑戦は、ある程度のところで止めるべきでしょう。辛いだけで美味しくなければカレーではありません」

〝一ノ村〟住人の意見に、魔王が深く頷いた。

ちなみに、ビーゼル、ランダンは先に帰っている。魔王は明日まで、こっちで子猫たちと戯れるらしい。

その魔王が手を挙げ、発言。

「野球の放送に関して、もう少しルールを浸透させる必要がある」

確かに舞台で放送した名場面集は、野球のルールが浸透していなかったので反応が悪かった。

「野球のルールはややこしい部分が多く、見ていても理解できません。ルールを説明してくれる人が必要です」

文官娘衆の一人の意見。

「それに関して、一案があるのですが……」

放送部の代表、イレが手を挙げた。

「野球のルールを説明した映像を撮りましょう。言葉だけの説明よりもわかりやすいですし、野球への興味を持たせることができると思います」

「さすがイレ。見事な考えだ。天才だな」

「ありがとうございます。魔王様」

イレと魔王は仲良くやっているようで、なにより。

「舞台のスケジュールですが、少し詰め込みすぎだと思いました。また、舞台を見ていると周囲のテントを楽しむ余裕がなくなります」

ハイエルフの一人がそう意見を出す。この意見には多くの者が頷いた。

「テントで手がいっぱいになり、舞台を見られなかったのが残念です」

「舞台の様子を各所で放送してくれましたが、数が少なく……」

鬼人族メイドやリザードマンたちからも、なんとかしてほしいと言われた。

次回は、もう少しスケジュールに余裕を持つか、収穫祭を二日構成にして初日をテント、二日目を舞台にするとかのほうがいいかな？

冬の間に考えておこう。

「妖精女王ばかり甘味を食べられてずるいとクレームが出ています。これは子供たちからですね」

「子供たちが来たら分けるように言っただろ？　独占したのか？」

「いえ、ちゃんと分けたのですが子供たちに同行していた大人が止めたので」

俺は会議に参加しているハクレンを見る。

「食べすぎると駄目だから、一人に一つだけにしたのよ。ほかのテントでも食べたりするでしょ」

ハクレンは悪くない。

「子供たち専用の休憩場所は、評判が良かったです」

山エルフの一人がそう報告してくれる。

ただ、休憩場所のメインは子供たちの面倒を見ている大人で、子供たちは常に外に行きたがるので大変だったそうだ。

来年は、子供たちが喜びそうな玩具か何かを置くのがいいかもしれない。

「あと、舞台の進行ですが、ポンドタートルが舞台に上がりにくそうでした」

確かに。

ポンドタートルは亀にしては移動速度が速いが、階段で少してこずった。

途中でそのことに気づいた巨人族がポンドタートルを舞台の中央まで運んでくれたが、事前にスロープなどを用意すべきだった。

ほかに収穫祭をやっている間の警備体制の問題。

キアービットたち天使族と、クロの子供たちが普段通りに頑張ってくれたが、そのために収穫祭には十分に参加できなかった。やはり、来年は二日開催にすべきか。

しかし……。

「文官娘衆の負担はどうだ？　今年は始祖さんが収穫祭の仕切りをやってくれたが、来年は俺たちでやる予定だぞ？」

「武闘会に比べると楽ですね。事前に舞台スケジュールやテントでの内容が報告されたのが大きいです」

それはよかった。

正直、俺は武闘会のほうが楽だったんじゃないかなと疑っていた。

「武闘会は住人の大半が参加しますし、全員がそれなりに熱中しますから……あと、当日に無茶振りをするかたが多く」

無茶振りをするのは俺じゃないよな？　ドースとかギラルとかだよな？


とりあえず、反省会で色々な意見が出たことを喜ぼう。改善し、来年につなげたい。

「村長、いまさらになってしまうのですが……」

文官娘衆の一人が、手を挙げた。

「なにかな？」

「村長の作った焚き火台、今も燃えていますがどうしましょう？　消そうと思って水をかけても小さくなるだけで、消えないんですけど」

…………。

見ないようにしていたのに、見つめさせられた。

問題を起こした火だからなぁ。始祖さん、意見は？

「石製の焚き火台を作り、そこに火を移して村のオブジェにするのはどうかな？」

そうすることにした。

翌日。

石製の焚き火台の設置場所は居住エリアに。

転倒しての火災が怖いので、石製の焚き火台の形は台形。高さは一メートルぐらいに収めた。

子供たちが接近して火傷をしても困るので、周囲に柵を張り巡らせる。

「この火、手を入れても熱くないのですけど？」

獣人族の女の子が火に手を入れて大丈夫とアピールするが、心臓に悪いことをしないでほしい。

「この火は大丈夫でも、ほかの火だと火傷するだろ。子供たちに変なことを覚えさせないためにも、柵は大事」

柵をガッチリ作る。

あー、クロの子供たち、フェニックスの雛のアイギス、それと鷲。そこは水飲み場じゃないぞ。

万が一の防火水置き場。いや、まあ活用してくれるならそっちのほうがいいか。

クロの子供たちは大丈夫だろうけど、アイギスと鷲は火に注意するんだぞ。火傷しないとはいえ心臓に悪いから。まったく。

……アイギス、火に飛び込むんじゃない！

閑話　常識人　マーロン

私の名前はマーロン。

ゴロウン商会の次期会頭であり、現会頭の長男でもある。

だが、それより有名になっているのが、『ビッグルーフ・シャシャートの配置人』という肩書き。

ビッグルーフ・シャシャート内には〝大樹の村〟の直営店であるマルーラ以外にも、街の店が何店も入っている。その店をビッグルーフ・シャシャート内でどこに配置するかの最終決定をするのが私の仕事だから、そのように言われている。

基本、定期的にクジで場所を決めるのだから私の介入はあまりないのだけど、気にしない。

私の仕事は配置人というより、店と客、店同士の争いを仲裁する折衝係だ。

ちなみに、客と客の争いは荒事担当のゴールディに放り投げている。適材適所というやつだ。


さて、そんなふうにビッグルーフ・シャシャートで働いている私に、父さんが言った。

「今年の〝大樹の村〟の収穫祭、お前を連れて行くから」

私は全力で逃げた。自分でも会心の速さだったと思う。しかし、父さんに回り込まれてアームロックを決められた。

「気持ちはわかるが逃げるな」

「私が同行するのは〝五ノ村〟までって、何度も言っているじゃないですか！　絶対に〝大樹の村〟には行きませんよ！」

「村長からご指名だ。断れん。覚悟を決めろ」

「腕が折れても私の心は折れません！」

思い出すのは門番竜（ゲートドラゴン）の巣。

父さんに縛（しば）られ、連れて行かれたことがある。あの恐怖は忘れようにも忘れられない。時々、夢に見るぐらいだ。

なのに、その門番竜の巣の先に行けと？

「大丈夫だ。恐怖を重ねるとなにも感じなくなる。いける、いけるから」

「無理、無理、絶対に無理！　ちょっ、本気で折れる、折れるぅぅぅぅぅっ！」


押し切られた。信じられない。本気で息子の腕を折りにくるとは……。

王都の大商人を相手に食い込んでいった父さんの押しの強さは健在のようだ。

それが我が身に降りかかるとは考えもしなかった。くっ。

従兄弟のティトとランディ、戦闘隊長のミルフォードも道連れなことを頼もしく思おう。ああ、お前たちも腕を極（き）められたか。あれは痛いよなぁ。

だが、ミルフォードはどうした？　お前なら父さんに勝てるだろ？　無理？　話の前に武器を蹴（け）

飛ばされ、腕を極められてから話が出たと……うん、父さんがすまない。

だが、こうなれば覚悟を決めよう。

ん？　当日、逃げたらいいんじゃないか？

ははは、私の妻と子供は父さんの指示で旅行に行ったんだ。

そう、人質。

父さんはそれぐらい平気でするぞ。たぶん、お前たちのところもそうなっているはずだ。

さすがに家族を捨ててまで逃げられない。頑張るしかないと思う。


収穫祭前日。

〝五ノ村〟から転移門を使って〝大樹の村〟に移動。

転移門のことは、極秘だと父さんに言われた。安心してほしい。絶対に言わない。道案内をしてくれたアラクネのアラコさんを見たら、そんな気は欠片も起きない。

アラコさん、災害級の魔物じゃないかな？　逆に早く忘れたい。

転移門の先にあるダンジョンを抜け、見たのは収穫の終わった広大な畑と村だった。

ここは本当に死の森の真ん中なのだろうか？　そんな疑問を持ったが、村長の屋敷に到着するまでにここは死の森の真ん中だと嫌というほど実感した。

まず、インフェルノウルフが行進の練習をしていた。綺麗に並んでいたなぁ。あれだけで、国が滅ぶな。

でもって、その横でデーモンスパイダーの子供かな？　ダンスの練習をしていた。あれでも国が滅ぶな。

さらにあれは妖精女王だよね？　違うって言われても無理。嫌でも感じる存在感。

竜が何頭も飛んでても、違和感が少しもない。

あのでかい狼……フェンリルかな？　じゃあ、あの大きな鷲はフレースヴェルグ？　というか、すっごく神々しい木があるんだけど？　まさかね。

あの木は天使族の里で大事にされている……あそこにいる天使族、天使族の長にそっくりに見えるけど？　絵でしか見たことがないから、違うかもしれない。気のせいかな？　あ、補佐長付きだ。本物だ。

……………だめだ。

め、目を逸らせ。全力で目を逸らすんだ。生き物を見るな。建物だけを見て……あれ？　村の建物、死の森の木で作られている。信じられない。

金は言いすぎだとしても、銀で家を建てたほうが絶対に安い。いや、死の森の木で家を建てるって発想がおかしい。でもってこの家の金属部分は……ハウリン村製？　布はデーモンスパイダーの糸で作られていると……。

ここにいると、価値観が崩れておかしくなりそうだ。

あ、門番竜さん、お久しぶりです。はい、マイケルの息子です。ダイコン？　好きですよ。煮て食べます。はははは。

門番竜を見て、安心できてる。普通に会話できてる。体も震えていない。

自分の成長をこれでもかと実感した。

ちなみに、村長に会うまでに私は五回ほど着替えた。父さんが前日から食事と水分をとるのを極力控えろと言っていた意味がわかった。

私は恐怖から逃れるため、深酒をしてしまった。すごく後悔している。

あと、ずっと寝ているティト、ランディ、ミルフォードがちょっと恨めしい。

収穫祭が終わった。

記憶がほとんどない。

父さんが着ている服が、国宝級になっているのはなぜだろう？

あー……もっとお酒、飲みたい。プリン、美味しかった。ウナギと呼ばれていたイールも……そうだ、イールだ！　漁師に嫌われている魚が、あんなに美味しくなるとは。あれはビッグビジネスになる。

父さんがイールを集めていたのは知っていたけど、これを見越して？

「ふふ、商人の顔になったな」

「父さん」

「いつまでも未熟と思っていたが、お前も一人前の商人になったようだ。これで、いつでもお前に会頭の地位を譲れる。一安心だ」

「ははは、ご冗談を。私はまだまだ未熟者。父さんにはあと五十年は現役でいてもらわないと」

「情けないことを言うな。というか、五十年はさすがに無理だろ。私、人間だぞ」

「村長……いえ、この村の住人に頼めば、寿命ぐらいなんとでもしてくれますよ」

「ははは、……あ、お前、本気だな」

「本気ですよ。絶対に跡は継ぎません！　私は飛ばして、息子にしてください」

「可愛い孫に苦労を背負わせられるかっ！　お前がやるんだよ！」

「嫌です。絶対に嫌。もう決めました。絶対に跡は継ぎません！」

私は父さんのアームロックを防ぎ、がっぷりと組み合った。

跡を継ぐのは本気で無理。私では父さんを越えられません。

「私のアームロックを防いでおいて、なにを言うか！」

「カラアゲにレモン汁を勝手にかけたという理由で竜王（エンペラードラゴン）と暗黒竜（ダークドラゴン）が殴（なぐ）り合う村との交渉は、父さんにお任せします！」

9 のんびりした冬の一日

冬。

寒くなった。寒くなったから冬なのかな？　どっちでもかまわないか。とりあえず、冬だ。

鷲が時々、遠くに移動している。

どこに行っているのかと思ったら、巨人族のいる北のダンジョンだった。北のダンジョンの周辺をエサ場にしているらしい。

収穫祭の少し前に巨人族と話をしていたのは、エサ場情報を聞くためだったようだ。てっきり、収穫祭での出し物の相談だと思っていたのに。

まあ、収穫祭では鷲はフェニックスの雛のアイギスと、巨人族はラミア族と組んで頑張っていたからな。収穫祭の相談じゃないことには気づいていたぞ。

っと、頻繁に北のダンジョンに行くなら巨人族に手紙を運んでもらえるか？　巨人族が読むから板に書いてあってちょっと重いけど。

問題なく持てるな。すまないが頼む。

報酬は……ダイコンでいいのか？　わかった。先払いだ。

俺はダイコンを輪切りにして、数個ずつ空中に放り投げた。

鷲はそれを器用に空中でキャッチし、食べる。上手だな。

ん？　いつの間にかやってきたアイギスが、自分にも投げるように言ってきた。

悪いが、これは手紙を運んでもらう報酬なんだ。

手紙を運ぶのを手伝うから、投げろ？

鷲、アイギスが手伝うとか言っているがかまわないか？　迷惑をかけるぞ。

かまわない？　そうか。

アイギス、最終確認だ。

結果は見えているが、投げていいのか？

かまわないとアイギスは目で返事した。

では、いくぞ。

俺は輪切りにしたダイコンを一つ、空中に放り投げた。できるだけアイギスに近い場所に。

甘いかなと思ったが、アイギスは予想通りにダイコンをキャッチできなかった。

ダイコンをキャッチしたのは、俺のそばにいたクロの子供の一頭。

そのままダイコンを食べて、俺のもとにやってきた。尻尾を振りながら、どうですかの表情。これは褒めるしかない。

俺は落ち込んでいるアイギスを見ないようにしながら、クロの子供の頭を撫でた。アイギスは鷲が慰めていた。


手紙を摑み、背中にアイギスを乗せた鷲を見送ったあと、俺は屋敷の自室でのんびりする。

本当は木工作業をしようと思っていたのだが、ちょっと働きすぎだと鬼人族メイドのアンに注意されてしまった。

俺としてはそんなつもりはないのだが、魔王を見習えとまで言われるとさすがに考える。

見習うのは、魔王が定期的に村に来て子猫たちと戯れていることだろう。あんな感じに、適度に息抜きをしろと。

息抜きはしているつもりなのだが、周囲にはそう見えていなかったということか。反省して、今日はわかりやすくのんびりする。

まず、大きめのソファーに身を沈める。

ふふふ、このソファーは自作。冬の準備の合間に頑張った。この柔らかさにするには苦労した。

…………。

だから働きすぎとか思われるんだろうなぁ。改めて反省。

ソファーの柔らかさを満喫する。まだ日が高いのに、なんたる贅沢。

ん？　ミエルか。

俺の腹の上に……おうっ、お、お前も大きくなったな。魔王がそろそろパートナーを探すのはどうだと言っていたが、どうする？

まだ不要か？　そうかそうか。

ミエルに続き、ラエル、ウエル、ガエル、アリエル、ハニエル、ゼルエル、サマエルと姉猫、子猫たちが次々と俺の腹の上に……重い。そして、俺の腹の上で喧嘩しない。爪が痛いから。

あれ？　え？　俺は猫たちによって、ソファーから追い出された。そして、猫たちはソファーの上で仲良く場所を決めてくつろぐ。

…………。

ひょっとして、そのソファーを猫たちの物だと思っているのかな？


俺は自室のソファーを諦め、客間に向かった。

自室でのんびりしても、周囲にアピールできないと思ったからだ。決して、猫たちに負けたわけじゃない。


客間では……目立つのがコタツと完全に一体化したマルビット。昼間っから酒スライムと一緒に酒を飲んでいる。

魔王を見習えとは言われたが、マルビットを見習えとは言われなかったな。だが、のんびりする達人だろう。

「違います。あれはただの怠け者です」

コタツに近寄ろうとした俺を、ルィンシァが止めた。

そして、マルビットをコタツから引きずり出し、投げ飛ばした。

「キアービットたちの訓練をするので、外に集合ですと伝えたはずです」

「遠慮しますって返事したもん」

「強制参加です」

二人の格闘というかルィンシァの一方的な攻撃が始まった。

コタツの上に残っていたお酒は酒スライムが飲み干し。その酒スライムは、聖女セレスに回収された。

…………。

さてと、どうしたものか。

マルビットのいなくなったコタツに入るべきか。ルィンシァにヘッドロックされながら連行されていたマルビットの姿を思い出すと、抵抗を感じるな。

あとにしよう。

客間の別の一角を見ると、そこには白い布のスクリーンに映し出されたヒイチロウの勇姿。

収穫祭のときの映像だな。

竜の姿で武装し、ポーズを決めている。俺の息子とは思えないほど強そうだ。

人の姿だけど、グラル、ラナノーンも映っている。

五分ほどの映像だが、それを何度も繰り返して見ているライメイレンとドース、ギラル、グラッファルーン。

映像を管理しているイレが困った顔で俺に助けを求めるので、何回目だと聞いた。

「数え切れません。朝からずっとです」

そうか。

諦めろとは言えないので、対策を考える。

ヒイチロウやグラル、ラナノーンを連れてくるのが一番か。映像よりも本物だろう。

「ヒイチロウさま、グラルさまはお勉強中。ラナノーンさまはお昼寝中です」

近くにいた鬼人族メイドが、そう教えてくれた。

…………。

「ヒイチロウたちの勉強が終わるまでだ。頑張れ」

イレのすがるような視線を振り払い、俺は客間を離れた。

子供たちは勉強中か。静かだと思った。

では、子供たちの勉強が終わるまでなにをしよう。

…………。

クロの子供たちが期待した目で俺を見ている。ザブトンの子供たちも。

ふっ、いいだろう。

クロの子供たち、ザブトンの子供たちと遊ぶことにした。

夜。

俺は疲れた身体で食事をとる。

「お休みくださいと申し上げたつもりでしたが？」

アンの視線が痛い。

明日はきっちり休むから、今日は許してほしい。

のんびりした冬の一日だった。

10 昼の酒を飲む

フェニックスの雛のアイギスが、鷲の背中に乗って飛んでいる。

……………。

アイギスは自分で飛ぶことを諦めたのかな？　まあ、仲良くやっているようなのでかまわないか。

ため池で、ポンドタートルたちがそろそろ冬眠すると今年最後の挨拶。

収穫祭での水芸は見事だったぞ。春にまた会おう。

屋敷に戻ると、玄関前でレッドアーマーとホワイトアーマーが挨拶してくれた。

お前たちは冬眠しないんだな。門の番をよろしく頼むぞ。だが、無理はしちゃ駄目だからな。

寒かったら室内に入るように。

俺は自室には戻らず、客間のコタツに潜り込む。客間のコタツは大きいからな。それに、自室にいると子供たちが近寄ってくれない。

俺の部屋には入りにくいらしいのだが、なぜだろう？

そんなことを考えていると、クロとユキがやってきた。

クロは俺の右側、ユキは俺の左側に潜り込む。クロとユキの背中を撫でていると、鬼人族メイドがお茶を持ってきてくれた。緑茶だ。醤油で味付けられた焼きモチが二つ載った小皿が添えられている。ギラルが頑張って搗いた今年のモチだ。

しかし、ギラルは結構な頻度でこっちに来るようになっているが大丈夫なのだろうか？

…………いまさらか。

ライメイレンとかグラッファルーンも、よく来るようになっているし。うん、モチが美味い。

クロが欲しがったが、このモチは渡せない。粘りがあって柔らかいからな、喉(のど)に詰まらせると危ない。モチを食べたいなら、あれにしなさい。

鬼人族メイドに頼み、新しいモチを用意してもらう。俺の前にあるモチと違い、小さく切って乾燥させたモチ。それに醤油を塗りながら、炙ってもらった。

おかきだ。

保存食の一つとして常備するつもりだったが、炙りたてが美味しくて食べ尽くされてしまった。主にドース。まあ、俺も食べたけど。

そのおかきを、お盆に盛ってもらう。一つ食べ、味を確認してからクロとユキに渡した。

…………。

お盆に置くのではなく、手で口に運んでほしいと？　甘えてきたな。お前たちの子供が見たら、呆(あき)れるんじゃないか？

そう思いながらも、おかきを一つずつクロとユキの口に運んでやる。

ははは、小さいけど、ちゃんと噛んでから食べるように。飲み込むんじゃないぞ。

俺は焼きモチを食べ、クロとユキはおかきを味わった。

そんなふうにまったりしていると、マルビットがやってきてコタツに入った。

「……天使族の別荘は完成したと思うが？」

ちゃんと完成させたはずだぞ。なのに、わざわざ屋敷に来たのか？

「別荘に、なぜか仕事部屋があったの」

「……」

へ、部屋をどう使うかは天使族で話し合ってほしい。まあ、仕事から逃げて屋敷に来たのだろう。

「私にもおかき」

「はいはい」

このお盆はクロとユキの分。鬼人族メイドに頼んで、新しくおかきを炙ってもらう。

マルビットがやんわりと鬼人族メイドにお酒をねだったので、おかきと一緒にお酒も出てきた。

「お米の酒ね」

モチやおかきには、ワインよりもこっちだろ。

俺の前にもコップが置かれたので、マルビットに注いでもらう。

半分ぐらいでと言ったのに、溢れそうなぐらい注がれた。零したらもったいないだろ。俺は慌てて一口飲んだ。

一口飲むと、いつの間にか酒スライムがコタツの上に控えているのに気づいた。飲むチャンスを逃さないのはさすがだ。ちゃんとマイコップも持ってきている。

「マルビット、酒スライムにもお酒を」

「はーい」

鬼人族メイドがお酒の供を持ってきてくれたので、昼間から出来上がってしまった。

うう、飲みすぎた。反省。

しかし、結構な時間が経つが子供たちの姿が見えないな。

子供たちが来たら遊ぼうと思っていたのだが？

「子供たちなら、妖精女王と一緒になにか作ってたわよ」

むう。

妖精女王はなんだかんだと子供たちに人気がある。ちょっと嫉妬。

いかん、本当に酔っているな。

冷静に考えれば、酒臭いこの場には子供は近寄らないか。ん？　誰かがやってきた。

「村長、ミエルを見ませんでしたか？」

鬼人族メイドのアンだ。

「姉猫のミエルか？　何かやったのか？」

「ええ、夕食用の魚を盗み食いしました。しかも、お腹のいいところばかり三匹ほど」

…………。

俺はいつの間にか膝の上にいたミエルを、アンに差し出した。

ミエルが、裏切られたと凄い顔で俺を見ている。いやいや、悪いことをしたら叱られなさい。

アンがくいっとアゴでミエルについて来なさいと指示。ミエルは情けない声で鳴きながらアンについていった。

今晩、ミエルは飯抜きだろうな。この屋敷でアンを怒らせるのが一番怖いことを、そろそろ学んだほうがいいぞ。

アンの次はルーな。研究している魔道具や薬草を弄(いじ)ると、烈火(れっか)のごとく怒る。

でもって、フローラ。許可なく発酵(はっこう)小屋に入る者には容赦(ようしゃ)がない。

明日には許してもらえるように口添えしてやろう。

反省した態度を見せるように。

さて、酔い覚ましを兼ねて、俺はおかきを新しく炙る。

「さすがにこれ以上食べると、夕食が困るわよ」

マルビットの意見に同意。

これは俺たちのおかきじゃない。

門番をしているレッドアーマーとホワイトアーマーに持っていってやるんだ。

寒いなか、頑張っているからな。

ああ、もちろん村の警備をしているクロの子供たちの分も炙ってやらないとな。

俺がおかきを炙っていると、ルィンシアがやってきた。

マルビットがコタツの中に潜り込んで隠れたが、クロとユキによって押し出された。

ははは、ルィンシア。悪いがマルビットはこれからおかきを炙る仕事に従事する。そっちの仕事は後回しだ。

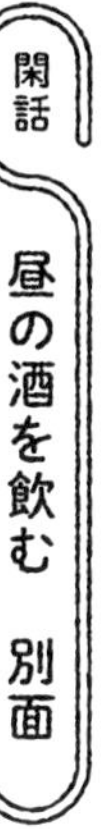

閑話　昼の酒を飲む　別面

私は鬼人族メイドのアズキ。村長に従う者です。

本日の私は村長当番。頑張って村長のそばに控えます。

村長は寒いなか、屋敷の外に出られました。厚着はしているようですが、万が一を考えて羽織れる物を持っていきましょう。

ん？　村長が空を気にしています。ああ、鷲が飛んでいますね。その鷲の背中に、フェニックスの雛のアイギスが乗っているのですか。

アイギス、鷲に甘えているのかもしれませんが、乗ることに慣れてはいけませんよ。飛べない鳥になってしまいます。

おっといけない。

村長はどこに……ため池ですか。私と同じように村長を見守っているハイエルフの一人に、指で教えてもらいました。寒い中、ご苦労さまです。

村長はポンドタートルとお話ししていました。

亀なのに、見事なジェスチャーですね。感心してしまいます。

そして、そのジェスチャーで訴えているのは、冬眠の話。どうやら、春まで一時のお別れのようです。

村長が少し寂しそうです。

村長が屋敷に戻ると、レッドアーマーとホワイトアーマーが出迎えてくれました。

このとても頼もしい門番を突破できる者はいないでしょうと言いたいのですが、この村には突破できるかたが何人もいるので困ります。

村長は自室ではなく、客間のほうに。

自室に子供が近寄らないと嘆いていますが……母親たちが揃って村長の自室には近付かないように子供たちに言っていますからね。村長が直接誘うなどしないかぎり、子供たちは村長の自室には近付きません。

近付いてはいけない理由？　子供だからです。まだその手のことに興味を持つのは早いでしょう。

村長は客間のコタツに足を入れました。私は急いでお茶の準備をします。

すると、インフェルノウルフのクロさんとユキさんがやってきました。自然に村長のそばに行きます。

ふふふ、私は知っていますよ。

村長が外に出たとき、クロさんとユキさんは屋敷の三階の窓から村長を見ていることを。窓に並んでいる姿は、とても愛らしかったです。

そんな素振りを見せず、クロさんとユキさんは村長の左右に。微笑ましいです。

ですが、必要以上の笑顔はよろしくありません。無表情を装いつつ、村長にお茶とおモチをお出しします。

はい、おモチは少し前に搗いたものです。ギラルさまがグラルさまにいいところを見せようとして張り切っていた。ええ、臼と杵が砕けたときのものです。

あのときは、グラルさまがギラルさまを責めて、見ていられませんでした。村長が取り成さなければ、どうなっていたか。

おっと、クロさん。そのおモチは村長のですよ。欲しがってはいけません。

それに、貴方の子供……孫か曾孫か私にはわかりませんが、一頭がモチを食べて喉に詰まらせたじゃありませんか。

パニックになる一頭に、周囲にいたほかのインフェルノウルフが炎を吐きかけ、喉のモチを炭（スミ）にしてことなきを得た事件。私は忘れていませんよ。村長も忘れていなかったようです。

わかりました。おかきですね。

ふふ、初めて作ったとき、ドースさまが次々と食べてライメイレンさまに睨まれていたのを思い出します。

おかきは塩味、醤油味、ゴマ味とありますが、どれにしますか？　お任せ？　承知しました。では、醤油味にします。

持ち運べる火鉢を用意し、村長のいるコタツから見える場所でおかきを炙ります。

うん、いい香りです。

クロさん、そんなにこちらをジッと見ないでください。つまみ食いはしませんから。

村長に炙ったおかきをお盆に載せてお渡しすると、クロさんとユキさんは村長に甘えます。

おかきを口に運べと？　なんと羨ましい。

おっと、いけない。無表情。感情を出さないように。

しばらくすると、天使族の長であるマルビットさまがやってきました。

自然にコタツに入ります。

このマルビットさま。村長の前では駄目駄目な姿を見せていますが、私は知っています。

村長がお休みになった真夜中に、ドースさまやヨウコさま、シソさん、魔王さんたちと真面目な顔で話し合っている姿を。

その姿は、さすが天使族の長といった感じです。

ルーさま、ティアさまを相手に、キアービットさんの結婚相談をしている姿は母親でしたね。コタツに入ってお酒を要求している姿からは想像できませんが。

はい。いま、お持ちします。

おかきだけではお供が物足りないですよね。ご用意いたします。

ですが、夕食のことをお考えください。おっと、酒スライムさんの分もですね。承知しました。

私がそうやって村長とマルビットさま、酒スライムさんのお世話をしていると、台所のほうが少し騒がしいです。

どうしたのかと様子を見ると、猫が一匹、台所から飛び出してきました。

あの模様、ミエルですね。

そして、台所には静かに怒るアンさま。アンさまの前にはお魚があります。夕食用にと解凍していたものですね。

あー、お腹のいい部分だけを一口か二口だけ齧られています。犯人はどう考えてもミエルですね。

アンさまも見ていたようで、私にミエルの所在を聞きます。

私は慌てて後ろを見ますが、ミエルの姿はありません。逃げ足が速い。

しかし、あのミエルは全力で遠くまで逃げるタイプではありません。近くの安全地帯に逃げ込むタイプです。

…………。

村長のそばですね。村長はミエルに限らず猫たちには甘いですから。

私はアンさまに一応、場所を伝えました。

アンさまは少し考え、判断を村長に任せたようです。どうなるのでしょう。

…………。

おおっ、村長がミエルをアンさまに差し出しました。ミエルがすごく驚いています。私も驚いています。

盗み食いは駄目と村長がミエルに注意しています。それを受けてミエルは諦めたようです。さすがにここからの逃亡はないでしょう。

ここで逃げると、アンさまの怒りが頂点に達し、もうご飯が出てこなくなるからです。ミエルも、それを理解しています。

ならば、なぜ盗み食いをしたと言いたいのですが……食欲には勝てなかったのでしょうか。私はアンさまにしぶしぶ従いながら部屋から出ていく愚かなミエルを見送ります。

気を取り直すと、村長が移動できる火鉢でおかきを炙っていました。

玄関の門番をしているレッドアーマーとホワイトアーマーに持っていくそうです。

村長の手作り。羨ましいです。おっと、お手伝いします。

ルィンシアさまがやってきて、マルビットさまはコタツの中に隠れましたが、クロさん、ユキさんによってコタツの外に押し出されました。

その姿に、思わず噴き出してしまいました。失礼。

村長がマルビットさまを誘い、私を含めて三人でおかきを炙りました。共同作業です。ふふふ。

少しして、アルフレートさまやティゼルさま、ウルザさまなどのお子さまたちがやってきて、炙られているおかきをジッと見ました。

欲しくても、ねだることはしません。

村長の息子や娘であるアルフレートさまやティゼルさまが不用意に欲しいなどと言えば、村の住人が迷惑するとルーさまやティアさまが教えているからです。子供らしさが少し足りない気もしますが、必要な教育でしょう。

誘われるまで、待ちます。本当は、そんなふうに欲しいという態度を見せるのも駄目なのですよ。

ですが、ウルザさまは遠慮しません。村長におかきをねだりました。

……おかしい。ウルザさまも、ハクレンさまから同様の教育を受けているはずなのに。

ウルザさまのおねだりがきっかけで、アルフレートさまやティゼルさま、ほかのお子さまたちもおかきを欲しがりました。あとでそれぞれのお母さまに叱られますよ。

私の内心とは違い、村長は笑顔で了承しました。

ああ、そんなに調子に乗って炙ると、夕食が……し、仕方がありません。ここは私が嫌われ役になりましょう。

「夕食のことを考え、少しだけですよ」

余った分は、私が頑張って食べます。ドースさまを呼ぶという手もありますしね。

あれ？　ドースさまがコタツに入って待機している。遠慮なく持ってこいとジェスチャー。わかりました。よろしくお願いします。

村長はお子さまたちと交流を持てたことで機嫌がよかったです。

ちなみに、おかきを差し入れられたレッドアーマーとホワイトアーマーは、感激の踊りを村長に見せていました。

その後ろに、他のザブトンさんの子供たちが羨ましそうにしていて……ええ、夕食のあと、村長と私でザブトンさんの子供たちのために、おかきを炙りました。

大変でしたが、充実した一日でした。

余談。

妖精女王がおかきをボリボリと食べていました。

「甘くありませんが、かまわないのですか？」

「イマイチね。でも、甘くないお菓子を食べることで、甘いお菓子がさらに美味しく……あ、おかきも美味しい。美味しいから取り上げないで」

閑話　魔力の濾過（ろか）と循環（じゅんかん）

ここも久しぶりに来たが……賑（にぎ）やかだな。

お祭り騒ぎじゃないか。

俺が驚いていると、大きな蛇がやってきた。

蛇神（へびのかみ）だ。

「久しいな、虎神（とらのかみ）よ」

「たしかに。下位の存在となら比較的顔を合わせているが、同じ階位の蛇神と会うのは五百年ぶりぐらいか？」

「八百年ぶりだ」

「そうだったか。まあ、細かいことはいい。あの騒ぎはなんなんだ？」

「世界樹が成長したんだ」

「世界樹の成長って……この世界のか？」

「そうだ。これで魔力の動きと働きが改善する」

「おおっ」

俺は思わず声をあげた。それだけの衝撃だ。


世界樹は、一つの世界に一本だけ育つことが許された。苗は何本も存在できるが、成樹となれるのは一本だけ。そう神に定められた特別な樹木だ。

そして、世界樹は世界に満ちる膨大な魔力を濾過する装置でもあり、循環させる装置でもある。

簡単に言えば、魔力のクリーニング装置とそれを送り出すポンプ。

人の体で例えるなら、腎臓と心臓。

魔力のある世界においては失うことのできない大事な器官だ。

しかし、その大事な器官は、八百年ほど前に一頭の竜によって燃やされてしまった。

普通なら世界樹の成樹なら竜が吐(は)いたとはいえ炎になど屈するはずがないのだが、この世界の世界樹は少し特殊な環境下にあった。

それは世界に満ちている魔力の量。この世界の魔力は、魔力のあるほかの世界と比べて、少なくても八倍以上はある。

世界樹はその機能を限界まで酷使(こくし)していたのだろう。

それゆえ、燃えてしまった。

問題はここからだ。

世界樹の成樹が失われると、予備としておかれている世界樹の苗の一本が育つはずなのだが、なぜか育たなかった。

苗が植えられた環境が悪いのか、それともなにか世界樹のシステムに不具合があったのか。原因はいまもってわかっていない。

当時、世界を管理している神々が、原因追及よりも魔力の循環や濾過をなんとかすることを優先したからだ。先々のことを考えれば世界樹が育たない原因を究明し、世界樹の再生を目指すべきであったと俺は思うが、魔力量の多いこの世界では魔力の循環と濾過が止まった状態で放置することはできなかった。

百年ほどの時を消費し、世界の理（ことわり）の隙（すき）をつくような方法で魔力の循環と濾過が行われた。ただ、世界樹が担（にな）っていた魔力量には及ばず、その七割にとどまった。

それは世界に大きな負担となった。


即座にではないが、循環しない魔力、濾過されない魔力は各地で災害を引き起こし、土地を汚染し、異質な魔物や魔獣を生み出し始める。それを止める手段がない。

世界樹が育たない原因の究明も行われたが、成果はあがらない。

そうしているうちに世界樹の苗が一本、また一本と失われ、最後の一本になっていたのだが……。

ここで急に世界樹の成長が認められたとなれば、喜ばずにはいられない。

ああ、喜んでいるだけでは駄目だな。

「成長した原因はなんだ？　今後に備えて記録しているか？」

「もちろんやっている。だが……まあ、その、なんだ」

俺の質問に、蛇神が少し苦笑いしたような表情を見せる。

「世界樹が育ったのは、例の話題の場所だ。話は聞いているだろ？」

例の場所？

この世界の神のあいだで話題になっている場所と言えば、一つしかない。

「あの村か」

俺の予想に、蛇神がしっかりと頷く。

なるほどなるほど。

うーむ、あの村の働きは予想ができないな。素晴らしい。

そして、目の前の蛇神はすばやくあの村に使徒を派遣している。蛇神の抜け目ない動きに嫉妬を覚えたので、負け惜しみを言っておこう。

「いいのか？　あの村に手を出すと上から怒られるぞ」

「派遣したのは俺の下位存在の使徒だ。大事にはならんさ、それに、目的は世界樹への挨拶だ」

「むう。まあ、挨拶は大事だな」

「うむ。あと、軽い調査もある」

「軽い調査？」

「育っている世界樹が正常かどうかをな」

……はぁ？

「ちょっと魔力の循環と濾過量が多いんだ。これまでの倍以上というか……計測不能」

「なにそれ？　怖い」

「あの村のせいだと言い張りたいんだけど、そう報告するわけにもいかんだろ？　で、循環と濾過量には拘らず、正常に動いていれば問題なしということにすると結論が出てな」

「それでいいのか？」

「正論だけで世界が維持できるなら、残務作業も特別作業もないさ」

「そ、そりゃそうだけどな……」

まあ、この話題を続けても仕方がないか。

とりあえず俺がしなければいけないことは……。

「あれだけ騒いでいるんだ。このあとで宴会の予定があったりするよな？」

「あるよ。参加は関係者だけなんだが……俺の招待枠で参加させてやろう」

「ありがたく招待を受けよう。あと、農業神にも挨拶させてもらえれば」

俺がこの世界に来た当初の目的は、あの村で作られた酒が創造神と農業神に奉納(ほうのう)されたという噂を聞いたからだ。

世界で神に捧(ささ)げられた物は、神が受け取ることができる。

噂では、ここ数千年で一番の酒だというではないか。飲みたい。創造神にねだる勇気はないが、農業神なら大丈夫だろう。

「挨拶？　ああ、酒目的か。あいかわらずだな」

「まあな」

「まあ、頼めば飲ませてくれるだろうが、いまの農業神に近づいたら世界樹にまつわる苦労話を聞かされるぞ」

「酒を飲みながらでいいなら、いくらでも聞くさ」

「そりゃ頼もしいが……俺に助けを求めるなよ」

「わかってるって」

…………。

あー、蛇神よ。

宴会に参加している農業神、俺より上の位階というか最上位の農業神なんだけど、どういうことかな？

「少し前に喜ばしいことがあってな、この世界に居座ってる。あと、もう少ししたら創造神も来るから注意な。うん、一番上の創造神。ありがたいよなー」

それ、俺に伝えなかった理由は？

「被害者は多いほうが……違った。喜びはみんなで分け合う精神だ」

このやろう。
酒がなかったら暴れているところだった。

異世界のんびり農家

02

02

01

02

Farming life in another world.

Chapter,2

Presented by
Kinosuke Naito
Illustrated by
Yasumo

〔 二章 〕

子供の喧嘩

01.五ノ村　02.深い森

世の中に神がいることを知っていますか？　いるのです。

知らない、見たことがないと言われても困ります。いるのです。

いいから、とりあえずいるという前提で話を聞きなさい。

世の中には神がいるのです。

神にもランクがあり、まあ難しい話は横に置いておいて、簡単に上神（じょうしん）、中神（ちゅうしん）、下神（げしん）がいると思いなさいよ。


上神は本当に凄（すご）い。

恐れ多くて直視もできないレベルの存在。神の中の神。争おうとは思っちゃ駄目。というか思えない存在。

これが上神。

例？　面倒臭いわね。まあ、創造神とか時の神とか、普通に神様って言われてぱっと思いつく有名所は全部、上神と思って問題ないから。

本当はこの上神の上にまだ凄いのがいるんだけど、そっちは気にしなくて大丈夫。神の世界の話になるから。


中神は上神の指示に従う神。

イメージから中間管理職っぽいけど、全然違う。

人間の世界でいうと？　えーっと……大陸の覇王。うん、それぐらいのイメージ。

え？　よくわからない？　困ったわね。じゃあ……そうだ。

上神を王様としたら、中神は大臣とか将軍とかそんな感じ。

いける？　理解できた？　よかった。


下神はその中神の手足となって働く神。

これはもう、本当に山のようにいるわけ。大臣や将軍って、部下がいっぱいいるでしょ。それと同じ。

ありがたくもなんともないって感じなんだけど、下神の中には上手くやって信仰を集めて崇められているのもあるんだけどね。

あー、色々と問題があるから名前は出さないわよ。


で、ここが本題。

下神には動物神がいるの。ああ、動物神という神がいるんじゃなくて、狼の神とか、狐の神とか種族ごとにいるわけよ。

新しい種族が生まれたら、同時にその神も生まれるからどんな種族にもいるわよ。貴方（あなた）の種族にもいるから安心しなさい。

話を戻して……いいですか、よく聞いてください。

私が、その下神の一人、蛇の神の使いなのです！

私は胸を張りました。


捕まりました。

なぜ！　まって、真実！　私は真実を言っているのよ！　嘘（うそ）じゃない！　本当のこと！

証明？　いや、そんなの証明できる人っているの？　貴方は自分が何者か証明できるの？　無理でしょ？　証明書？　詐欺師（さぎし）が使う武器をどうしろと？

とりあえず、私が怪しいかもしれないけどいきなり牢屋（ろうや）はないんじゃないかな？　いや、確かに正門が閉まっていたから、こっそり入ろうとしたけど。悪気はないのよ。


牢屋で文句を言っていると、迎えが来ました。狐の神の部下です。

自由気ままに遊んでいると聞いていたのですけど、こんな場所でなにを？　ここの責任者？　嘘でしょ？　お金持ちじゃない。ちょっと寄付しなさいよ。こっち、生活が苦しいんだから。
神の使いと言ってもお給料をもらっているわけじゃないからね。
信者を集めて稼げ？　嫌よ、面倒臭い。あー、ごめんごめん。謝るから見捨てないで。そして、
お願いだからここから出して。

ふう、助かりました。持つべきは権力を持った友人でしょうか。

友達じゃないとか言わないように。

え？　どうしてここに来たのかって？

蛇の神の神託ですよ。

大事な木が育ったから、急いでそこに参じなさいって……。

この寒いのによ。暖かくなってからだと遅いって。

あ、大事な木はここにあるわけじゃないわよ。

信じられないかもしれないけど、死の森の真ん中にあるらしいの。

どうやってそんな危険な場所に行くのよって文句を言ったら、ここに来るように言われたの。なんとかなるからって。

あー……ひょっとして、貴女に送ってもらえってことかしらね。

貴女なら死の森にも入れるでしょ？　あはは、睨(にら)まないでよ。冗談だから。

え？　参じるだけなのかって？　ふっ、もちろん違うわ。

その木の所有権を主張し、蛇の神のシンボルとするのよ！

蛇の神がそう言ったのかって？　違うわよ。

でも、そんな危険な場所に行って、木の前で奉納舞を踊るだけってもったいなくない？　どうせライバルとかいないし。

いたら？　当然、叩きのめす。大丈夫、大丈夫。場所は死の森よ。ライバルはいないって。

でも、ここからどうやって死の森に行くのかしらね？

……………。

あの、さっきから目が怖いんですけど？　いやいや、私は知っているから。貴女のその目、笑っているように見えるときが一番、危険だって。

私、貴女に喧嘩を売ったりはしてないつもりなんだけど。

そうでしょ？　別にここで暴れようってわけじゃないんだから。

え？　死の森の真ん中に連れて行ってくれる？　本当に？　木にも心当たりがあるの？　やった、ありがとう。

そして、蛇の神よ。ここへの導き、感謝します。

……………なに、ここ？　村？　え？　あれ？　それっぽい木が二本あるけど、どっちだろ？　あ、小さいほうね。ありがとう。

近づけばわかる神々しいオーラ。

でもって、その木の上にいるのは鷲（わし）の神の使い？　すでに来ていましたか。そうですか。

死の森の真ん中にさすがですね。え？　木の所有権を争うのかって？

ま、まさか。あははは。そのようなことは、微塵（みじん）も考えておりません。

はい、奉納舞を踊らせていただければ、すぐに帰ります。ええ、少しの間、お邪魔します。


なにここ？　おかしい。

狐の神の部下が桁外（けたはず）れの強さを持っているのは知っていたけど、その狐の神の部下と戦えるのがゴロゴロいる。

というか竜（ドラゴン）がいる。しかも、混代竜族（エルダードラゴン）じゃない。本気になれば神すら殺せるシャレにならない神代竜族（エンシェントドラゴン）が……って、暗黒竜（ダークドラゴン）がいるぅぅうっ！

なぜここに？　ここは暗黒竜の巣？　いや、竜王（エンペラードラゴン）までいるから……わけがわからない。

わかるのは、ここが危険だということ。

早く踊って帰ろう。うん、それがいい。

あれ？　狐の神の部下、どうしたの？　伴奏（ばんそう）？　いやいや、そんなの必要ないから。大事（おおごと）にしないで。人を集めないで。みんな私より強そうだから、心臓に悪いの。

あ、そこの子供になら勝てそう。

…………あれ？

あの子供って……ぎゃぁぁぁぁぁぁぁぁぁぁぁっ！　ウルブラーザだ！　人間のくせに神を殺せる領域まで登り詰めた英雄だ！

神の使いである私なんて、瞬殺される。

敵じゃない。敵じゃないのよ。私は平和の使者です。

こ、こ、こ、こ、心を穏やかにしてこの場を乗り切る。そう、乗り切るのよ私！　頑張れ！

「さ、寒い中、お集まりいただき、ありがとうございます。未熟ながらも奉納舞を踊らせていただきます」

私はできるだけ周囲の人物と目を合わせないように、地面を見ながら踊り始める。

蛇の神よ。恨みますよ。

…………。

あれ？　地面を見て踊っていた私の視界に、一匹の黒猫が入りました。

…………。

…………。

…………………………………………………。

上神がいるぅぅぅぅぅぅぅぅぅぅぅぅぅぅぅぅぅぅぅぅぅっ！

いいえ、お気遣いなく。いいえ、帰ります。いいえ、お土産とかいりませんから。冬の大変な季節ですから。ありがとうございます。はい、ではこれだけで。いいえ、本当にすみません。調子に乗ってご迷惑をおかけして、まことに申し訳ありませんでした。はい、今日から心を入れ換えて真面目に生きていきます。だから許してください。

狐の神の部下、お願いだから私をここから放り出して！

私の名前はニーズ。

蛇の神の使いとして長年生きているけど、今回ほど死を身近に感じたことはなかった。

二度と死の森には近づかない。絶対に。

そう誓い、私は自分の住処（すみか）への帰路についた。

蛇の神よ。情けがあるなら、百年ほど神託をお休みください。お願いします。

狐の神の部下、迷惑なのはわかっているので、なにをしに来たという顔で私を見ないで。ええ、お別れを言って二日で帰って来たら私でもそんな顔をするけど。

神託よ、神託。仕方がないでしょ。私の存在意義なんだから。大丈夫、大丈夫よ。今回は死の森じゃないから。

ここ、〝五ノ村〟だっけ？　ここで働きなさいって。

そう、迷惑をかけた分、謝罪の意味を込めて。だから、受け入れて。

いらないとか言わない。私、使えるよ。色々できるよ。神託だって受けられるし。

え？　蛇の神専用の神託でしょって？　普通はそうでしょ？

色々な神の神託を受けられるのって、聖女ぐらい……え？　ここに聖女がいるの？

…………。

わ、私の存在意義がぁぁぁぁぁぁぁぁぁっ！

1 ニーズの訪問とガルフの成長

ヨウコが珍しく客を連れてきた。

ニーズですと丁寧に挨拶(あいさつ)してくれた。腰の低い人だ。

なんでも世界樹の前で奉納舞を行いたいらしい。

宗教的な儀式ではあるけど、世界樹の成長を喜びたいだけと必死にお願いしてくるので許可した。

ヨウコが万が一のときは責任を持つとまで言ったしな。

ヨウコの友人なのだろうか？　違う？　ただの知人？　そうなのか？

「うむ、友人などとは恐れ多くてとてもとても」

ヨウコが恐れ多いって……見た感じは銀髪の美人さんだけど……厚着した普通の村娘にしか見えないぞ？

「擬態だ。例えるなら、妖精女王に近い存在になる」

なるほど。

「認めたくはないが、あれでもあやつは優秀な神の代弁者だ。蛇の神専門だがな。神に認められるために厳しい修行に耐えるその姿には……感服するの一言だ」

ヨウコがそこまで言うのは珍しいな。

「我は戦闘が楽しくて、そちらに力を入れてしまったからな。神事に関しては、あやつの足元にも及ばん。まあ、戦闘ではあやつは我の足元にも及ばんがな」

ヨウコは勉強になるからと暇な者に声をかけ、奉納舞を見学するように促した。俺も見学する。

場所は当然、世界樹の前なので外。寒い。

わざわざ、こんな時期にとも思わないでもないが……木が成長したのって、俺が『万能農具』で土を作ったり植えたりしたからかな？　本来なら、普通に春とか夏に育つとか。

となれば迷惑をかけたのは俺か。申し訳ない。

奉納舞の衣装なのか、巫女っぽい服に着替えたニーズの踊りは、たしかに見事だった。

何気ない所作に風格がある。そして、神聖な空気を感じる。始祖さんが真面目にやっているときと同じだ。

しかし、なぜ視線が下なのだろう？　あの踊りなら、もっと視線は上でもかまわないと思うのだけど……？

あ、こら。猫が奉納舞をしているニーズに近付き、驚かせてしまった。申し訳ない。

いい踊りを見せてもらった。

ヨウコの話では、こういった儀式をしてもらったら謝礼としてお金を払うものらしい。

向こうから押しかけてきて、終わったらこちらからお金を出すのってどうなのかなと思うが、お金を払ってもいいと思える踊りだった。世界樹もなんだか喜んでいるみたいだしな。

ヨウコがお金の入った袋を用意してくれていたが、俺からもお金を出して入れておく。

こちらをお納めください。いえいえ、ご遠慮なさらずに。こら、ヨウコ。生活が苦しいのだろうとか生々しいことを言わない。

宿を用意しますので、本日はお泊まりください。夕食も用意しますよ……え？　すぐに帰る？

そう言わずに…………残念だ。

では、お土産を。遠慮なさらずに。

冬場での長滞在は迷惑だからと、早々に帰ってしまった。

ふーむ、立派な人だ。ヨウコが恐れ多いと言うのも理解できる。あの厚着はどうかと思うが。


さて。

寒いついでだ。大樹の前に移動してお祈りをする。

ああ、みんなは俺につき合わなくてもいいぞ。寒いし。……わかった。みんなでお祈りしよう。

ニーズが残ってくれたら大樹の前でも奉納舞をしてもらいたかった。世界樹だけ奉納されるのはどうかと思うしな。俺にとっては世界樹よりも大樹だ。

…………。

お祈りだけでなく、踊ったほうがいいのかな？　いや、あの見事な踊りを見たあとで真似をするのは勇気がいる。大樹の上で寝ているザブトンやザブトンの子供たちを起こしてもいけないしな。

こういったのは気持ち。社（やしろ）にも挨拶し、撤収。

屋敷で温かい飲み物を用意してもらおう。


数日後。

「ニーズは〝五ノ村〟に滞在することになった」

そうヨウコから報告を受けた。

「我としては、世俗にまみれずに神事に邁進してほしいと思うのだがな。いずれ、神へと到るだろうに」

それはたしかに応援したいな。滞在費は大丈夫なのか？　必要なら〝大樹の村〟から出してもいいぞ。

「滞在費は〝五ノ村〟で手配しているから大丈夫だ。ニーズは教会で働きたいらしい。そのうちセレスからも報告があるだろう」

わかった。なにかあったらよろしく頼む。

「うむ」

ヨウコに任せれば安心だろう。

どうも俺は凡人らしく、ああいった神聖な存在には気後れしてしまう。

ん？　どうした猫？　相手をしてほしいのか？　お腹を撫でてやろう。ヨウコも撫でるか？　ははは、恐れ多いってなんだよ。


屋敷内でガルフとダガが剣術の練習をしていた。もちろん、木刀でだ。

模擬戦のようだが、ガルフが一勝するまでにダガが五勝ぐらいしている。

…………。

その様子を見ていてウルザが一言。

「ガルフのおじちゃんの剣は、わかりやすい。ダガのおじちゃんの剣は、わかりにくい」

どういうことだろうとガルフは考え込んだが、俺は素直にウルザに聞いた。

「攻撃してくるタイミングがわかりやすいの」

本当かな？　意識してガルフとダガの練習を見る。

…………。

……………………。

……………………………………。

全然、わからない。

ガルフの攻撃は変幻自在。緩急もあるし、パターンがあるのかもしれないが俺にはわからない。

ただ、ウルザの言っていることが嘘ではないのはダガの動きでわかった。

ダガにはガルフの攻撃してくるタイミングがわかっているようだ。未来でも見ているのかと思うぐらい、先回りしていることが数回あった。

うーむ、素人には理解できない世界なのかもしれない。

しかし、そうなると理解できるウルザはなんだ？　剣の天才か？　剣の道を歩ませるべきだろうか？　木刀を持って楽しそうに振り回している姿を見て少し考える。

本人が希望するなら、それもいいだろう。でも、今は自衛のための剣の練習だからな。

そんなふうにウルザを見ていると、ガルフが吠えた。

「うおおおおっ！」

見るとガルフがダガに一本、入れていた。

そして、それから連続でガルフが勝利を重ねていく。


休憩のとき、ダガがガルフに聞いた。

「気づいたようだな」

「ああ、わかった。ズルいぞ。教えてくれたらいいじゃないか」

「自分で気づかないと直らん」

「まあ、そうかもしれないが……」

「なんにせよ慢心（まんしん）はいかんぞ。俺の利点が一つ減っただけにすぎないからな」

「わかってるよ」

「うむ、精進（しょうじん）するように」

二人の会話の意味がわからないので、ウルザに聞いた。

「ガルフのおじちゃん、攻撃するときに尻尾が少し上がるの。正面からじゃわかりにくいけど、脇腹あたりの毛の動きを見れば攻撃してくるタイミングがわかっちゃう」

……………やはり、ウルザは剣の天才なのかもしれない。

あ、ウルザ。俺は無理だから。ガルフかダガに相手してもらいなさい。

「俺は無理だ。ガルフ、相手を頼む」

「用事か？」

「クセの件がバレたって、リアさん、アンさんに報告してくる」

「……え？　ダガ以外にも知っている人がいたのか？」

「村の住人の大半は知っているぞ。ああ、誰も触れ回っちゃいない。自力で気づいているからな」

「……た、たまらんなぁ」

そう言いながらも、楽しそうなガルフだった。


ガルフとウルザの戦いは……身長差でガルフが勝利していた。

「あ、危なかった」

「お父さん、もっと長い武器が欲しい」

ははは。

2 熱いお茶を飲む

今は冬だ。外は寒い。だが、屋敷の中は暖かい。各所に保温石(ホットストーン)を使った暖房器具が設置されているからだ。

屋敷のホールが広く、なかなか暖かくならないのが難点だったけど、仕切りを立てたり、カーテンを張って暖かい空気が逃げないようにしている。お陰で屋敷の中ではそれほど厚着じゃなくても生活ができる。

快適だ。

だからだろう。薄着でカキ氷を楽しんでいる者がいる。マルビットと妖精女王だ。

二人ともイチゴのシロップを選択したようだ。別にカキ氷を楽しむのはかまわないが、もう少し季節感を大事にしてほしい。

あと、それで子供たちの人気を集めるのはどうなんだろう？　台所から、それぞれの好みのカキ氷を手にしたアルフレート、ティゼル、ウルザ、ナート、グラルがやってきた。

台所にいる鬼人族メイドが子供たちの体を気遣ったのか、小さいカキ氷だ。

そのサイズなら食べてもいいぞ。だけど、体を冷やしすぎないようにな。あと、寒い場所に行くときはちゃんと厚着するように。

俺はカキ氷を食べないのかって？　ああ、今はいいかな。

俺はコタツに入り、善哉(ぜんざい)を楽しむ。モチは二つ。お供は緑茶だ。

部屋が暖かいからコタツの中の保温石は取り外し、機能させていない。雰囲気重視。

客間の窓から外を見ると、雪が降っている。

ふふ、客間の窓には窓ガラスが使われている。〝五ノ村〟で作られた窓ガラスだ。この透明度は、ガラス技師の努力の成果だな。

窓を開けなくても、外の景色が楽しめるのはありがたい。

その窓から見た雪は、これまでの経験から積もる降り方だ。しばらくは外に出られないな。外はさらに寒いだろう。

馬や牛、山羊(やぎ)、羊の小屋は大丈夫だろうか？　防寒対策はしたつもりだが、あとで見にいかないとな。

…………。

アルフレート、その手に持っているのはなんだ？　板なのはわかっているんだ。

それを組み立ててなにをって……山エルフの作だな。そのミニプール。

水圧に耐えられるようにしてある工夫が見える。それなのに子供でも組み立てられる簡易さは見事だ。

いやいや、まてまて。まさか、それを使うのか？

…………すでに子供たちは水着を用意している。なんて用意のいい。

ミニプールの水はマルビットの魔法で出すのね。

わかった。止めない。

ただしマルビット、水じゃなくてお湯にするように。あと、遊んだあとは片づけを忘れるな。

ミニプールのまわり、絶対に濡れるから。


俺はコタツに入りながら、外を見る。

明日は寒くなるな。

背後で季節にそぐわない賑やかな声を聞きながら、熱い緑茶を楽しんだ。


雪が降っても、連絡員のケンタウロス族は〝三ノ村〟から定時連絡にやってくる。

「大丈夫だったか？」

「はい。ご心配、ありがとうございます。問題はありません」

道中の〝一ノ村〟、〝二ノ村〟でも問題はないとのこと。

まあ、そうそう問題が起きても困る。

「一点。ラッシャーシさまより、ご報告があります」

連絡員のケンタウロス族と一緒に移動していたのは文官娘衆の一人、ラッシャーシ。〝三ノ村〟

の世話係だ。

ここ数日、〝大樹の村〟と〝三ノ村〟を行き来していた。

「報告します。ケンタウロス族の代表、グルーワルドさんが〝三ノ村〟住人の一人との結婚を望んでいます」

「そうなの？　それはめでたい」

「相手はポロ男爵とともにやってきた移住者で、身元の調査は完了しています。思想的にも問題はなく、グルーワルドさんの相手として無難ではあると思うのですが、問題が一点」

問題？　なんだろう？

「身分差です」

「え？」

「グルーワルドさんは、魔王国子爵。対して相手の男性は爵位を持たない平民です」

「あー……なんとなくそれが問題なのはわかるが、当人たちが気にしなければ問題ないんじゃないかな？」

魔王国の住人は、身分差とか爵位にそれほど拘らないイメージなのだが？　ビーゼルに相談したら、あっという間に子爵位をグルーワルドに与えてくれたぐらいだし。グラッツが求婚しているロナーナは平民だぞ？

「当人は気にしなくても周囲……ほかの男性陣ですね。特にポロ男爵に仕えていた者が気にします」

そんなものか。あ、いやそうなるか。

ポロ男爵の移住時に、身分差を考慮して〝三ノ村〟の代表であるグルーワルドが子爵になったのだった。

「そこでご提案なのですが……子爵位を返上させるのはどうでしょう？」

「返上？」

「はい。実はポロ男爵より相談を受けておりまして、現状は魔王国の貴族として活動できておらず、男爵位を返上したいと」

そうなの？

「はい。それにあわせ……同タイミングでもかまわないでしょうが、ポロ男爵が返上したあと、期間をあけてからグルーワルドさんが子爵位を返上するという形でいかがでしょう」

「いかがでしょうと言われても困るな。グルーワルドは爵位の返上に関してはどう言っているんだ？」

「すごく前向きです」

「すごく？」

「はい。重荷だったようで……」

「そうか。それなら、ビーゼルに相談しないとな」

こちらから相談して子爵にしてもらったのに、都合が悪くなったから返すというのはなんだか申し訳ない。

「爵位の返上って簡単にできるのか？」

「村長なら簡単です」

へ？　どういうことだろう？　……まあ、簡単ならかまわないか。

「よろしくお願いします。グルーワルドさんの結婚は、爵位の件が片付いてから改めてということで進めます」

「わかった」

俺はラッシャーシの提案に乗った。乗ったが、結婚を希望する者をあまり待たせてもよくない。

次にビーゼルの顔を見たら、相談するとしよう。

「おじいちゃんと一緒に遊ぶか？」

俺が後ろを見ると、ビーゼルが孫のフラシアを抱きかかえていた。

…………。

俺の心の準備ができていないが、相談するとしよう。

ラッシャーシ、すまないが熱いお茶を二つ頼む。

俺はビーゼルに、グルーワルドの子爵位とポロの男爵位を返上することを相談した。勝手な言い分だと思うが、なんとかならないだろうかと。

結論、なんとかなった。

事前にラッシャーシがビーゼルに話を通していたらしい。さすが文官娘衆。ありがとう。

でも、それなら先に一言、欲しかった。

ビーゼルとしては、俺が許可すれば問題なしの姿勢だった。手間をとらせて申し訳ない。はいはい、フラシアと遊んでてください。

ん？　おじいちゃんよりパパのほうがいい？　ははは、そうかそうか。

…………。

ビーゼル、睨むんじゃない。純粋な娘の気持ちを優先するのだ。

あ、こら、ビーゼル。無理やりに仕事の話を続けるな。くっ、ポロの話か……仕方がない。フラシアはホリーに任せる。

「それで、ポロの話ってなんだ？」

「ポロ男爵領の話になります。戦場になっていたのは知っていますね？」

「ああ、知っている」

　ビーゼルは完全に仕事モードだ。

「その領地なのですが、実は先年に戦線が西に移動し、奪還いたしました」

「そうなのか？　それなら、ポロたちに伝えてやれば戻りたがるんじゃないのか？」

「ラッシャーシからすでに伝わっているかと。その上で男爵位の返上という流れになったと思います。領地に拘れば、再編成の邪魔になりますから」

「再編成？」

「ええ。長年、戦場になっていましたので……男爵が領地に戻ったところで独自の力では復興できないでしょう。国で一括管理し、復興するための再編成です」

「それじゃ、男爵領は？」

「そのまま消滅です。目立つ功績があれば、新しい領地を与えられることもありますが……」

　ポロに目立った功績はないと。

「その話を俺に聞かせたのは？」

「ポロ男爵は、魔王国の領主の一人であることよりも、〝三ノ村〟の住人の一人であることを望んだようです。魔王国の王政に関わる者として不甲斐(ふがい)なさを謝罪します。そして、どうかポロ男爵のことをよろしくお願いします」

「もちろんだ。ポロはすでに村の住人だ。しかし……」

この話は、別に今じゃなくてよかったよな？　そんなにフラシアが俺を選んだことが気に入らなかったのか。

俺、父親だぞ。勝って当然。

あと、謝罪するのはビーゼルじゃなくて、あっちで猫と遊んでいる魔王がすべきじゃないだろうか？　魔王が簡単に謝罪するわけにはいかないから、ビーゼルが代わりに謝ってくれたのかな？魔王、猫に謝っているけど。

あれ？　ビーゼルは？　ビーゼルの姿が消えた？

俺の近くにいたラッシャーシの指(さ)す方向を見ると、ホリーからフラシアを受け取ろうとするビーゼル。

…………。

ラッシャーシ、俺は全力でフラシアのもとに行こうと思うが、どうだろう？

「クローム伯にとっては、ここでしか会えない孫ですから。少しはお譲りください」

「君はビーゼルの側につくと？」

「今回、グルーワルドさん、ポロさんの件で骨を折ってもらいますので。それに、男爵領周辺は当主不在の領地も多く、継承問題も含めて大変だそうです」

そう言われると、少しは譲ろうと思わなくもない。

…………十数える間は譲ろう。

「せめて百で」

ラッシャーシは優しいなぁ。そんなラッシャーシに仕事だ。

「戦地の復興に関して、寄付をしたい。その手配を頼む」

「承知しました」


魔王は子猫たち……正確にはミエル、ラエル、ウエル、ガエルの四匹の姉猫たちのパートナー候補を連れてきていた。とある村でネズミ退治で大活躍している若い雄猫(オス)だそうだ。

とりあえず一匹を連れてきて様子見とのこと。上手(うま)く行きそうなら、数を連れてくるそうだ。

魔王は水を抜いた室内ミニプールをお見合い会場とし、その中に雄猫を入れ、続いて姉猫たちを入れる。

え？　いやいや、まてまて。いきなり会わせるのは早いんじゃないか？

たしかに体は母猫のジュエル並のサイズになっているけど、姉猫たちはまだまだ子供。ええい、プールから姉猫たちを出すんだ。姉猫たちが苛(いじ)められたらどうするんだ。

いや、それどころか乱暴に……ああっ、考えたくないっ！

「村長、そんな心配は必要なさそうですよ」

お見合い会場を用意したであろう鬼人族メイドに促(うなが)されて見ると……。

雄猫は完全に仰向けで降伏姿勢。その雄猫を、四匹の姉猫たちが取り囲んでいた。

………。

カツアゲの現場かな？　雄猫の情けない鳴き声が聞こえる。

姉猫たちのお見合いは失敗だった。

雄猫はビーゼルに連れられ、一足先に帰っていった。心に傷を負っていなければいいが。

いや、姉猫たちのほうも……こっちは普段通りみたいだな。

あと、お前たち。俺よりも魔王の言うことを聞くのはなぜだ？　飼い主は俺だぞ。あんまり世話をしていないが。

ん？　猫……姉猫たちの父親、ライギエル。お前だけだな。魔王がいるときでも、俺に懐いてくれるのは。よしよし。

ライギエルを撫でていると、姉猫たちがダッシュでやってきて俺の手とライギエルの間に入ろうとする。

はいはい、ライギエルよりもお前たちを撫でろと……ライギエルを撫でるのをやめたら、また魔王のところに戻るのか！

………。

ライギエル、娘の教育って難しいな。

ライギエルの優しい鳴き声の返事に、ちょっと癒された。

番外　雄猫

俺は猫。名はない。

俺は真面目に生きてきたつもりだ。村人の邪魔にならないように、ちゃんと仕事もしていた。愛想も忘れない。

だが、体には触らせない。なぜ村人は俺の腹を触ろうとする。そこは駄目だ。ええい、譲って背中。背中なら撫でることを許そう。尻尾の付け根は駄目！

とある日、俺は村人に捕獲された。

そのときは、また体を洗う日かと落ち着いていた。体を洗われるのは嫌いではない。うん、足が震えているのは寒い時期だからだ。

だが違った。

俺は村人によって、偉そうな人に渡された。偉そうな人は満面の笑みで俺を見ている。

嫌な予感がする。俺になにかするのか？　どんなことをするつもりだ？　俺はその想像をしながら、眠ってしまった。気絶じゃないぞ。眠ってしまっただけだ。

しかし、なにもされなかった。

偉そうな人から、さらに偉そうな人へと渡され、さらにさらに偉そうな人へと渡された。

なんだ？　どうなるのだ？

途中、体を洗われたり、食事をしたりしながら、最終的に俺と同じような年の猫ばかりいる部屋に連れてこられた。

同族を見て少し安心したが、それもすぐに不安に変わった。

雄猫しかいない。喧嘩をする気はないが、絡まれると面倒だ。

とりあえず、早々に絡んできた雄猫は……ああ、都会暮らしだな。雰囲気でわかる。だから一蹴。

田舎のネズミに比べれば、都会暮らしの雄猫など敵ではない。

この姿を雌猫が見ていれば、キャーキャーとうるさいことだったろう。ふっ。

部屋の中央に陣取り、鎮座。もう絡んでくるんじゃないぞ。

それから、食事を十回ほどしたころかな。

俺はものすごく偉そうな人に抱きかかえられた。どこかへ俺を連れて行こうとしているようだ。

地獄を見た。

あれ、猫じゃない。魔獣。そりゃ、交配は可能かもしれない。だけど無理。不可能。あの魔獣たち、村で一番強い番犬よりも圧倒的に強い。番犬と戦ったことないけど確信できる。

それが四匹。四姉妹だそうだ。

その魔獣四姉妹の婿探しのようだったが、気に入られなくてよかった。本当によかった。いや、確かに美人だったけど。

俺には綺麗な死神にしか見えなかった。生きてるって素晴らしい。

その後、俺はものすごく偉そうな人の家で生活をしている。

首輪を付けられたのは不満だが、これがないと家の中を自由に移動できないらしい。

この家、めちゃくちゃ大きいからネズミがいる。でもって、このネズミも魔獣。出会ったとき、俺は死を覚悟した。

けど大丈夫。

あの魔獣四姉妹に比べれば、全然強くない。

魔獣ネズミは俺が歯向かってくるとは考えていなかったのか、油断してくれていた。幸運だった。

ものすごく偉そうな人に見せに行ったら、褒めてくれた。嬉しい。

なので魔獣ネズミを狩りまくった。ものすごく偉そうな人以外からも、褒めてもらえた。

ふふふっ、嬉しい。

しかし、調子に乗って狩りすぎた。最近は、魔獣ネズミの姿を見ない。失敗した。ネズミを狩りすぎたら、追い出される。わかっていたことなのに。

不安に思っていたが、追い出されることはなかった。

ものすごく偉そうな人から専用の部屋まで与えられた。日当たりがよくて嬉しい。食事も美味しいし。


難点は一つ。

時々、ものすごく偉そうな人から、あの魔獣四姉妹の匂いがする。

いや、あの四姉妹だけじゃない。さらに別の匂いも……その匂いが取れるまで、抱っこは禁止。

背中を撫でるのは許す。尻尾の付け根は駄目。


俺は猫。

名前はものすごく偉そうな人から付けてもらった。

アーサー。

ものすごく偉そうな人の部下たちからは、食料庫の騎士と呼ばれている。


番人と大臣が顔を合わせていた。

「大臣。あの猫、どう考えても普通の猫じゃないですよね？」

「当然だ。厄介者（やっかいもの）のゴーズラットを城から一掃（いっそう）した猫だぞ。厨房（ちゅうぼう）関係者が、あの猫を手放すなと大（だい）

絶賛だ」

「でも、生物学的には普通の猫なんですけどねぇ」

「あれは死線を乗り越えた者だけが持つ強さだ。愛と悲しみを感じる」

4 猛吹雪

天候がかなり荒れるからと、鷲がフェニックスの雛のアイギスを俺の部屋のコタツの中に隠しに来た。

なぜ俺の部屋のコタツの中に隠す？　アイギスも大人しく隠されているんじゃない。

いや、それどころではないか。

鷲がそのまま俺の部屋に留まっていることから、本当に天候が荒れるのだろうと慌てて村人に連絡をした。少し遅れて、ハイエルフのリア、天使族のティアからも天候の異変を確認。上空の〝四ノ村〟からも連絡が入った。

それから半日。屋敷の外は凄いことになっていた。

猛吹雪だ。雪が荒れ狂っている。

牛や馬、山羊や羊、鶏などを小屋に押し込んでよかった。さすがにこんな天候で外にいたら危ない。小屋の中なら安全だしな。

まあ、窮屈かもしれないが少しの間は我慢してほしい。

もちろん、牛や馬たちだけでなく、野外で活動しているクロの子供も小屋や屋敷に入れている。

小屋や屋敷に入れるとき、クロの子供たちは天気ぐらいで大袈裟なという顔をしていたが、今の外の猛吹雪を見て助かったという顔をしている。クロやユキはどうかわからないが、村で生まれた世代にはこの猛吹雪は初体験だろう。俺も初体験だし。

森の蜂たちの巣は、元から冬前に板で雪避け、風避けを追加しているので大丈夫だろう。

見回ると、蜂は蜂で悪天候に備えていた。頼もしい。

大樹の上で寝ているザブトンに関しては、大丈夫だと起きているザブトンの子供たちが教えてくれた。よかった。

門番をやってくれているレッドアーマーとホワイトアーマーは屋敷の中に避難している。謝らなくていいぞ。暖かい場所で番を頼む。

屋敷のほうは猛吹雪でもビクともしない。

ただ、窓ガラスを使っている部分が危ないかもしれないので木板で塞いでいる。

なので、室内は魔法の明かりや魔道具の明かりだけになるが……まったく問題ない。食料や燃料の備蓄も十分だ。猛吹雪が一ヵ月続いてもなんとかなる。

まあ、一ヵ月も続くとなるとほかに問題が出そうだけど。


さすがにこの天候なので、ケンタウロス族の連絡員の移動は中止。

これは今回だけでなく、以前から天候による中止を打ち合わせていた成果だ。

これぐらいの天候でも飛び出しそうだが、無茶はしないでほしいと伝えているから大丈夫だろう。


〝四ノ村〟は上空だし天候の影響は受けないので心配無用。

〝五ノ村〟はかなり南方にあり、この辺りと天候が違うので心配は少ない。

心配なのは〝一ノ村〟、〝二ノ村〟、〝三ノ村〟だな。大丈夫だろうか？

温泉地も心配だ。死霊騎士は大丈夫だろうが、ライオン一家はどうなのだろう？　いざというときは、温泉地の宿泊施設の中に避難するように言っているが……心配だが、この猛吹雪ではどうしようもない。

猛吹雪が収まったら、様子を確認できるように移動の準備をしておく。

あとは無事を祈るだけだ。

さて、とりあえず猛吹雪が収まるまでは屋敷に籠城だ。

ホールでは避難しているクロの子供たちが、いくつかのグループに分かれて遊んでいる。チェスが人気だな。ただ、ボードの数が限られているので見学者が多い。

次に人気なのがボール遊び。ころころと転がすだけなのだが、白熱して賑やかになり、鬼人族メイドに睨まれて静かになるを繰り返している。

昼寝している一団の中には、子猫が交じっているな。仲がいいなぁ。

客間ではドース、ライメイレン、ギラル、マルビット、ルィンシア、始祖さんがコタツに入ってお酒を飲んでいた。

外の猛吹雪が嘘のような光景だな。

ただ、本当に最悪の万が一の事態を考えると、頼もしい戦力だ。そう思いたいからもう少し酒を控えてほしいなぁ。とくにマルビット、酔いすぎじゃないかな。

ヨウコには〝五ノ村〟に詰めてもらっている。この猛吹雪では、転移門のあるダンジョンまで行くのも大変だからだ。

そして、〝五ノ村〟には子供たちが母親と一緒に避難している。凄く抵抗されたが、強行した。

嫌がったのは子供たちではなく、母親たち。俺が避難しないのが不満だそうだ。

しかし、こういったときほど村にいるべきなのが村長という立場だと思う。村長の自覚は乏しいかもしれないけど、それぐらいの責任感はある。

それに、クロの子供たちやザブトンの子供たちを置いてはいけない。

そんなふうに覚悟を持って挑んだのだけど……猛吹雪でも建物がビクともしないので不安がない。

正直、ちょっと楽しくなっている。台風を喜ぶ子供のような気分だろうか。

まあ、子供と母親たちは〝五ノ村〟だが、それ以外の住人はほとんど残っているからあまり変化はないのだけど。

鬼人族メイドたちが、夕食に向けて準備してくれている。

俺の部屋には、鷲とアイギスの他に、クロとユキ、酒スライム、猫のライギエル、宝石猫のジュエル、あとザブトンの子供たちがたくさんいた。

コタツの一角に席を空けてくれたので、そこに潜り込む。

はははは、酒スライム、酒を用意してくれるのは嬉しいが、その酒はどこから出したのかな？　この部屋に隠していた俺の酒だよな？　ああっ、すでに半分ぐらい消えてる。なに？　飲んだのは酒スライムだけじゃない？

俺が見回すと、クロとアイギスとライギエルが目を逸らした。お前たち……。

猛吹雪は昼ぐらいから始まり、翌日の夕方ぐらいまで続いた。

5 猛吹雪のあと

猛吹雪が収まった次の日は、晴天だった。太陽が雪に反射して眩しい。

さて、問題となるのが目の前の……俺の首の高さぐらいまで積もった雪だな。

これまでどれだけ積もっても五十センチぐらいだったのに、一気に記録を三倍に更新だ。

一階の扉を開けて驚き、二階の窓から見ているのだが……この雪、どうすればいいんだ？

例年通りなら、雪はため池か川に放り込んでいるが、この量は現実的じゃないよな？『万能農具』でなんとかなるかな？

俺が悩んでいると、クロの子供たちが窓から飛び出して雪に突っ込んだ。

そして、どうやっているのか知らないけど、雪を融かしながらそのまま潜っていく。おおっ。

同じように、次々とクロの子供たちが雪に突っ込んで潜っていった。クロの子供たちが潜ったあとは、綺麗なトンネルができている。

これで雪問題は解決するかな？　そう考えたとき、少し離れた場所の雪がゴボッとへこんだ。

クロの子供たちが無作為に雪を融かしたから、トンネルが崩れたのだろう。

大丈夫か？　びっくりしただけ？　わかったけど、融かすのは計画的にな。

そう声をかけていると、遠くの雪がゴボッとへこんだ。もうあんな場所に？　いや、違うな。あれは小屋に避難したクロの子供たちだ。

その証拠に、次にへこんだ場所は屋敷に近付いている。

雪から顔を出して、方角を確認。

俺に気づいたのか、雪の上に出て一気にこっちにやってきた。

あ、待て。その辺りは屋敷から出たクロの子供たちが雪の中を移動してたから……遅かった。

違うぞ、それは落とし穴じゃないからな。落ちたからって、恥ずかしがることはないんだぞ。

クロの子供たちの活躍により、まずは屋敷の周囲の雪が融かされた。一階から外出が可能に。

次にするのは建物の各所にできたツララを折ることと、屋根の上の雪を下ろすこと。ツララも屋根の上の雪も、落下したら危ないからな。

ツララは発見しだい、棒で叩いて折る。ちょっと楽しい。

屋根は斜めになっているので地面ほど積もっていないけど、五十センチぐらいはある。

それをどうやって落とそうと考えていると、フェニックスの雛のアイギスが自信満々に出てきた。

任せろというなら任せるが……大丈夫か？　何をするかわからないが、建物にダメージを与えるのは駄目だぞ。あと、鷲が凄く心配そうに見ているが？

……わかった。アイギス、お前の自信に溢（あふ）れるその目を信じた。

アイギスは炎を纏い、飛び上がった。おおっ、その炎で屋根の雪を融かすつもりか。

…………。

こう言ってはなんだが、お前の炎と屋根の上の雪では、雪のほうが圧倒的な気がするが？　気のせいかな？

五分後、アイギスが涙目で戻ってきた。

いいんだ、お前は頑張った。

鷲、悪いが慰めてやってくれ。

屋根の上の雪は、屋根に上って落とそうと思う。

問題は、どうやって屋根に上るかだな。いつもなら、ルーやティア、グランマリアなど飛べる者に持ち上げてもらうのだが、今は飛べる者の大半が〝五ノ村〟に行っている。

今いるのは……。

クーデル、コローネ、キアービットたち天使族は、周辺警戒に出ている。フローラは研究に没頭して完全に夜型になっていて、朝食後に寝ると言ってた。起こすのはかわいそうだな。

残るはマルビットとルィンシア。

…………。

マルビットに身を預けるのはなんだか怖い。ルィンシァはティアの母親だしな。抱(かか)えられて飛ぶのはなんだか気恥ずかしい。

となると、どうすべきか。自力で上るのは危ないし怖い。

うーむ、仕方がない。

方法を変更。

竜の姿になったドースに、屋根の上の雪を払ってもらった。ありがとう。

村の除雪作業をしながら、被害がないかと見回っていると、ルーが〝五ノ村〟から戻ってきた。〝五ノ村〟へ避難している者たちの代表として、村の様子を確認しに来たそうだ。連絡が遅くなってすまない。もう少し雪をなんとかしたら、連絡しようと思っていたんだ。この雪だから、戻って来いと言われても困るだろ？

〝五ノ村〟へ避難している者たちは大丈夫か？　〝五ノ村〟は晴天続きでなにも問題ない……あれ？　どうした？　どうして問題はなかったと言い切ってくれないのかな？　なにかあったのか？　子供たちが、〝五ノ村〟の子供たちと揉(も)めた？

〝五ノ村〟の子供たちに、新入りと思われて……喧嘩になったと。

怪我(けが)は？　大丈夫？　そうか、よかった。

アルフレートが頑張ったのか？　凄いぞ。

揉めた子供たちの親が真っ青になって謝罪に来た？　いや、子供の喧嘩だろ？　子供のしたことだし、あまり大事にはしないように。

それで終わりか？　いや、続きがある？　え？　喧嘩のあと、ウルザとナートが〝五ノ村〟の子供たちを片っ端から叩きのめして配下にした？

……え？　配下？　え？　な、仲良くなったという解釈でいいのかな？　仲良しグループを作ったみたいな。違う？

えーと…………。

ま、まあ、子供のすることだし、お、大事にはしないように。仲良しグループは解散させるように。子供でも数が揃うと危ないから。

もう遅い？　その仲良しグループと〝五ノ村〟の警備隊がぶつかった？　ウルザはピリカとやりあった？　なにがあったんだ？〝五ノ村〟に避難して、まだ三日目だよな？

わかった。子供たちをこっちに戻せるように、急ぐよ。明日には受け入れられるようにするから。

遅い？　できれば、今すぐ？　わ、わかった。

屋敷とダンジョンまでの道を最優先で除雪するから、それが終わったら呼ぶよ。それでいいかな？

よかった。

…………あれ？

ルーが炎の魔法で屋敷からダンジョンまでの道の上の雪を融かした。地面が見える。

「これで〝五ノ村〟への避難組は、村に戻っても大丈夫よね？」

……………了解。

本当になにがあったのだろう。

心の準備、必要かな。

6 〝五ノ村〟でちょっとした揉めごと

村の施設に猛吹雪の被害はなく、エルフたちの建設技術を改めて賞賛。

ははは、照れるな照れるな。猛吹雪の中、屋敷は本当にビクともしなかったからな。

ほかにまるっきりビクともしなかったのが大樹と世界樹。

…………。

綺麗に雪が積もっているが、他の木々に比べると雪の量が少なくないか？　周囲の雪も……気のせいか？　ほんとうに？　ま、まあ、気にしなくていいか。

ため池にも雪が積もっている。ほかの場所と違い、十センチほどだけど。たぶん、雪の下のため池は凍っているのだろう。

ただ、見た感じ中央部や水の出入りで流れのある場所は雪の積もりが薄い。下の氷が薄い可能性があるな。子供たちがいなくてよかった。池が凍っていると喜んでダッシュしそうだからな。

そんなことを思っていると、クロの子供の一頭がため池の上に飛び出し、走り回っている。

え？　俺が止める声より先に、氷が割れる音と水音が聞こえた。うわわわっ！


危なかった。

近くに周辺警戒から戻って来たキアービットがいてくれてよかった。

ため池に落ちたクロの子供の体を拭きながら、無事を確認する。

生きてるな？　よかった。驚いたし、寒かったな。凍っているからと油断するのは駄目だぞ。ほかのクロの子供たちにも伝えてくれ。頼んだぞ。

ちなみに、クロの子供を助けるために冷たいため池に飛び込むことになったキアービットは、風呂に入っている。

風呂から出たら、改めて礼を言わないとな。


除雪を続ける。

屋根の上の雪はドースに任せ、俺は地面の雪に取りかかる。

『万能農具』を駆使して、雪を移動させる。

ルーのように、魔法で一気に蒸発させれば楽なのだが……魔法の才能のない俺は地味にやっていくしかない。

人の通る道を最優先に。雪捨て場に雪を運んでいく。

もちろん、作業は俺一人でやっているわけじゃない。手の空いている村人総出だ。みんなで同じ作業をするのは一体感があっていいいな。


まだほとんど除雪は終わっていないが、〝五ノ村〟への避難組が帰って来た。

ルー、悪いが雪捨て場の雪を蒸発させてくれるか？　お前ほどの火力でないと、雪が融けたあとの水まで蒸発させられないからな。

わかっている。子供たちの件だな。時間を作ろう。

…………あれ？　ハクレンは？　ヒイチロウとグラルも？

帰って来た避難組に、ハクレンとヒイチロウ、グラルがいなかった。


屋敷で事情聴取。

まず、ハクレンとヒイチロウ、グラルは〝五ノ村〟からドライムの巣に行っている。

理由は、ドライムの手伝い。

なんでも悪天候により、死の森から出て行こうとする魔物や魔獣がドライムの巣に押し寄せているらしい。ドライム一人でもなんとかなるが、手が空いているならとハクレンに助けを求めた。

姉として弟に頼られて嬉しかったであろうハクレンは快諾。ヒイチロウとグラルは〝五ノ村〟に置いていくつもりだったが、ヒイチロウとグラルを止められるのがハクレンしかいない状況だったので、同行させたそうだ。

目的地がドライムの巣ということもあり、それほど悪い判断ではない。まあ、個人的にはドライムの巣に行かずに〝五ノ村〟で子供たちを見ていてほしかったが……ドライムの巣はドライムの巣で大変そうだしな。仕方がない。

ハクレンは〝五ノ村〟に移動した子供たちの監督だったので、それをルーが引き継いだ。

これが〝五ノ村〟への移動初日の出来事。ほかに問題はない。俺もルーやティア、リア、アン、フラウ、セナ、ハクレン、ラスティなど母親たちには現場の判断で動いてかまわないと言っていたしな。


二日目、朝。

子供たちと一言でまとめても、単独行動が許可される年長組と、単独行動が禁止の年少組に分けられている。

ルーは年長組をアルフレート、ティゼル、ウルザ、ナートに任せ、年少組を中心に監督した。だからと言って、アルフレートたちを自由にしたわけじゃない。

〝五ノ村〟の中でも移動していい範囲を決め、その範囲から出ないように言いつけた。

その範囲は、ヨウコ屋敷の中と周囲のみ。アルフレートたちはその言いつけを守って遊んでいた。外に出るときは、村ほどじゃないにしても冬なので厚着して。偉いぞ。

で、ヨウコ屋敷の周囲で遊んでいるときに、〝五ノ村〟の子供たちに絡まれたと。

この辺りは、〝五ノ村〟の子供たちの親からの聞いた内容をまとめた報告書がヨウコから提出された。

〝五ノ村〟の子供たちは、見知らぬ子供がヨウコ屋敷の周囲をうろついていたので注意。

その際、アルフレートが事情を説明したが、説明の一部に〝五ノ村〟の子供たちが怒ったと。

で、どんな発言で怒ったのかと思ったら、次のような発言。

「ヨウコさんも知っているから」

これのどこに怒る要素があるのかと思ったら、シンプルだった。

「ヨウコ《さん》とはなんだ！　ヨウコ《さま》だろうが！」

なるほど、敬称(けいしょう)か。

ま、まあ、わからなくもないが……このときの〝五ノ村〟の子供たちって、年齢はアルフレートたちと同じぐらいだろ？　敬称で怒るって……。

そういった教育が普通にされているのか？　ちょっと考えさせられる。


本題に戻って。

このときはアルフレートが会話で収めた。

問題なのが、アルフレートが謝罪したこと。

ウルザ、ティゼル、ナートが静かに切れたらしい。これは現場にいたトラインの証言。


一旦、〝五ノ村〟の子供たちと別れたあと。

ティゼルはアルフレートを隔離。ウルザ、ナートは〝五ノ村〟の子供たちのところに突撃した。

「〝大樹の村〟が舐められたままでいいの？　よくない！　行くわよ！」

ウルザの檄により、リリウス、リグル、ラテ、トラインも参加。

昼すぎぐらいには、〝五ノ村〟の子供たち二百人ぐらいが配下になったと。あ、うん、できれば配下じゃなくて仲良しグループと呼称してほしい。俺の精神の安定のために。

でもって、そのあと……仲良しグループの一人の恋愛を成就させるために、〝五ノ村〟の警備隊と激突。

……なぜ？

仲良しグループの一人、娘さんだそうだ。

その娘さんが、警備隊の一人に恋愛中。告白するための場を調える(ととのえる)ために、警備に出発しようとしていた警備隊の一隊を足止めしたと。

ウルザとピリカがやりあったのは？　ピリカが集団の頭目をウルザと見極めて、捕らえにきたから？　そうか。

で、どっちが勝ったんだ？　まさかウルザか？　そうかウルザか。

………あれ？　ピリカって元剣聖だよな？　対人では強いんじゃなかったっけ？　ピリカの動きが手に取るようにわかったと。凄いな。あ、褒めちゃ駄目だ。

剣聖の流派って、英雄女王の使っていた剣技を元にした流派？　どうしたんだ、ルー？　別に今その情報は必要ないだろ？

ま、まあ、話を戻してだ。

仲良しグループの一人なんだから、年齢は十歳前後だろ？　十二歳？　そうか。　それで告白って……え？　普通なの？

早く相手を決めて親に報告しないと、勝手に相手を決めてくるから……そうなんだ。

で、その告白は上手くいったのか？　駄目だったけど、女の子が押して押して押しまくっている最中。あと数日もすれば落とせると。

結果はヨウコに届けられるように手配したと。そうか。

えーっと、とりあえずだ。

子供たち……年長組全員、三日間の謹慎。各自、食事とトイレと風呂以外は部屋から出ないように。謹慎の理由はわかるな？

子供たちは顔を見合わせ、相談。はい、代表者ウルザ。

「喧嘩のとき、手加減したから？」

「違う！」

喧嘩に関しては、母親たちが総出で許してやってほしいと言ってきたので許した。

喧嘩の理由が、母親たちには納得できたらしい。同時に、〝五ノ村〟の子供たちも処分はしない。

ただし、各家庭で親が叱っておくように。俺も子供たちに対し、親として個別で叱っておくので。

そのうえで謹慎させる理由は、ルーの決めた範囲の外に出て行ったから。

アルフレートはかわいそうだけど、子供たちのまとめ役に指名されていたからな。連帯責任。

謹慎中は勉強するように。

あと、ルー。君も監督責任。十日間、研究禁止。

ははは、子供たち以上に抵抗するのはやめてくれないかな。

あと、ガルフを呼んでくれ。ピリカの心のケアを頼みたい。落ち込んでいるだろうから。

では解散。手の空いている人は除雪作業に参加するように。

7 父親になったと改めて実感する

〝一ノ村〟、〝二ノ村〟、〝三ノ村〟と連絡を取り、無事を確認。建物も大丈夫だったらしい。

除雪作業を一旦、ほかの者に任せて俺はアルフレートの部屋に行って謝罪した。

「さっきはすまなかった」

正直、〝五ノ村〟の件ではアルフレートは問題ないと思っている。周囲もそうなるように動いたのだろう。

実際、村長としてアルフレートを叱る理由はなかった。

だが、周囲に庇われて、アルフレートだけなにも悪くない状態が健全とは俺は思えない。だから、親として叱った。

リリウス、リグル、ラテ、トラインといったお前の弟たちが危ないことをするのに気付けなかったのだ。兄として反省するように。

俺が謝ったのは、その辺りの説明を省いたことだ。そのあたりを嚙み砕いてよく説明しておく。

ああ、しょんぼりする必要はないぞ。

俺が叱った理由をちゃんと理解して、次に活かしてくれればいいんだ。

お前の謹慎は少しやりすぎだと思うが、除雪作業中に子供たちがうろうろするのは危ないからな。見ただろ？　あの凄い雪。まだ建物の上や木の上に雪があるからな。落ちてきたら危ないんだ。謹慎は三日と言ったが、除雪が終わったら出すから。今は部屋でじっとしていてくれ。ん？　ああ、これから他の子供たちのところにも個別訪問。もちろん、ウルザやナートのところにも行くぞ。心配するな。

アルフレートは来年九歳。

俺が親になって九年ということだ。まだまだ新米。子供を育てるのって大変だ。

子供たちの部屋を回ったあと、休憩。疲れた。

アルフレート以外、アルフレートが謹慎になったことが不満だったようだ。

「兄として、弟たちが危ないことをするのに気付けなかったのが悪い」

そう言っても納得してくれなかった。

俺が困っていると、見かねたアンがやってきて言い換えてくれた。

「アルフレートさまは、兄として弟たちの失態の責任を取ったのです」

その言い方はどうかと思ったが、それで子供たちは納得していくので訂正しにくい。子供の前で、大人が何度も言葉を翻（ひるがえ）すのはよくないって聞くしな。

おっと、「失態」の言葉を重く受け止めすぎるな。気楽に、気楽にだ。ははは。

一番の難敵はウルザだった。

ハクレンがいないからな。いたらハクレンに任せるのだが、いないのだから仕方がない。俺が父親として受け止める。

「〝大樹の村〟のことを思っての行動なのはわかっている。だが、それをお前たちだけで対処しようとしたのが駄目なんだ。近くにいる大人に相談する。どうして、それができなかった？」

「……ごめんなさい」

ウルザの謝罪の言葉を聞くのに一時間ぐらいかかった。

「ゴール、シール、ブロンの三人がいなくなって、急にお前がみんなの姉の立場になったからな。お前は頑張った。よくやったぞ。ただ、次からは周囲の大人に頼るようにな」

俺はウルザを強く抱きしめた。

…………本当に大変だった。

任せっぱなしにしているつもりはないが、母親たちに改めて感謝だな。

「村長、除雪の第一段階が終了しました」

ハイエルフの一人が報告に来てくれた。

少しのあいだ抜けるだけのつもりだったのに、長時間任せる形になってしまって申し訳ない。

除雪の第一段階は、居住エリアである程度の移動ができるようにすることだ。

「ご苦労さま。今日はこれぐらいにして、残りは明日にしよう」

そろそろ日が暮れる。

「承知しました。牧場エリア、果樹エリアに行っている者たちに連絡してきます」

「よろしく。滑らないようにな」


夜。

〝五ノ村〟に避難していた母親たちを集めた。

今回の一件、完全に母親たちの監督不行き届き。

たしかに子供たちの監督はルーである。しかし、だからといってほかの母親たちに一切の責任がないとは思わない。

ルーには監督責任として研究十日の禁止を言い渡している。

ルー、アルフレートたちを信用したのかもしれないが、慣れない場所だ。誰かが常に見張るか、誰かの目の届く場所にいさせるべきだった。

言葉は悪いが、アルフレートたちを信頼してもいいが、信用してはいけない。まだ子供だ。これは子供たちのいる場では言えないからな。

今回の一件、全員の連帯責任とする。

ただし、妊娠中のグランマリア、グランマリアについていたアン、その場にいなかったハクレンの三人はセーフ。

ハクレンはまだ戻って来てないしな。

残りの者に罰を与える。

「子作り禁止、一ヵ月」

場がどよめいた。

うんうん、酷い罰なのはわかる。

「安心しろ。俺も一緒に罰を受ける」

母親だけが悪いわけじゃない。

村のためとは言え、一緒に避難しなかった俺も悪い。だから、俺も罰を受ける。

俺も子作り禁止、一ヵ月だ。

そう伝えたら、俺は母親たちに囲まれて、その場で正座させられた。

「母親の連帯責任、父親の責任も納得しました。ですが罰の内容に納得ができません。話し合いましょう」

あれ？　セリフの練習をしたの？　全員が声を揃えてそれだけのことを言えるのっておかしくないかな？

え、ご、誤魔化しているわけじゃないぞ……う、うん、話し合おう。


母親たちの罰、子作り禁止十日、甘味禁止三十日。

父親の罰、〝五ノ村〟出向三日。


そうなった。

俺は〝五ノ村〟で知名度が低すぎるそうだ。頑張ります。

閑話　〝五ノ村〟で忍ぶ者　ナナ＝フォーグマ　前編

こんにちは。

私の名はナナ。ナナ＝フォーグマ。太陽城の管理のために生み出されたマーキュリー種です。

現在は、〝大樹の村〟の村長の指示で〝五ノ村〟に赴任し、〝五ノ村〟の村長代行であるヨウコさまの指示で情報収集の任務についています。

任地や任務に文句はありませんが、命令系統は一本化してほしいものです。

ありえないと思いますが、村長と村長代行から命令が同時に来た場合、私はどちらに従えばいいのでしょうか？

「任地のトップであるヨウコに従うべきだ」

「一番偉い村長に従うべきだろう」

…………。

お二人での話し合いを求めます。結論が出たら、教えてください。

さて、任務です。

私はこう言ってはなんですが、目立たない外見をしています。美人すぎず、不細工すぎない。平凡な女性の容姿です。

それを利用し、村中というか街中に溶け込んで情報収集をします。

最初は一人でやっていましたが、〝五ノ村〟の大きさからさすがに無理と判断し、現地で信頼できる者の協力を得て頑張っています。

今日は〝五ノ村〟の南側の商店を回ってみるつもりだったのですが、ヨウコさまからストップがかかりました。

なんでも、〝大樹の村〟の天候が荒れるため、村長の奥さまたちとお子さまたちが〝五ノ村〟に避難してくるそうです。

悪天候を避けるなら〝五ノ村〟ではなく、〝四ノ村〟こと太陽城に避難したほうが確実とも思いますが、太陽城では十分な受け入れができませんからね。残念です。

今度、ベルに受け入れ施設の充実を提案しておきましょう。

ともあれ、〝五ノ村〟に避難されると……屋敷に滞在されるのですよね？　承知しました。


どうして、こうなったのでしょう？

〝五ノ村〟の子供たちが、村長のお子さまたちと揉めました。

事態の把握と収拾に奔走させられました。胃が痛いです。


トラブルの原因は……なんでしょう。間が悪かったというべきなのでしょうね。

まず、ヨウコさまが村長の奥さまたちと〝五ノ村〟の有力者たちの顔合わせを計画しました。村長の奥さまたちを知っている〝五ノ村〟の有力者もいますが、知らない者も多くいます。

避難がどれだけ続くかわかりませんから、顔合わせはトラブル防止のために悪くないことだと思います。

顔合わせはヨウコさまの屋敷で、昼食会の形で行われると〝五ノ村〟の有力者たちに連絡されました。

朝に連絡が来て、その昼にという急なスケジュールですが、〝五ノ村〟の有力者たちは断れないでしょう。しかし、〝五ノ村〟の有力者たちもただ従っているだけの者たちではありません。ヨウコさまに選ばれ、〝五ノ村〟の有力者と呼ばれる地位を手に入れた者たちです。優秀なのです。なので、ヨウコさまに呼ばれた〝五ノ村〟の有力者たちは、自身の子供を連れてヨウコさまの屋敷を訪ねられました。あわよくば自身の子供たちを覚えてもらおうと思ったのでしょう。

この段階では、〝五ノ村〟の有力者たちは、村長の子供たちが来ていることを知りません。

また、いきなり子供を連れて昼食会に参加させるわけにはいきません。昼食会に参加する人数は決まっていますからね。

多少の人数の増加には対応できますが、〝五ノ村〟の有力者たちの立場ではヨウコさま主催の昼食会に、いきなり子供を連れて行くのは無礼になります。

昼食会で顔を覚えてもらい、帰り際に運がよければ子供の顔も覚えてもらう。

それぐらいの心積もりだったのでしょう。

可能性が低くても、その僅(わず)かな望みのために全力を尽くす。尽くしてきたからこその、今の地位なのでしょう。

有力者たちの大半が、子供を連れてきていました。この子供たちは、全員が顔見知りです。

向こうは知らないでしょうが、私は彼らのことを知っています。

〝五ノ村〟の頂上付近の子供たちを取り纏(まと)めている者たちなのですから。

〝五ノ村〟に対しての忠誠心が強く、〝五ノ村〟の将来を担(にな)う者たちとして期待されています。

私も期待しています。

その子供たちは、親の昼食会の最中は、まとまって遊んでいるように言われました。抜け駆けさせないためですね。その辺りを弁えている子供たちは、素直に頷きます。子供たちが勝手をすることはないでしょう。

ヨウコさまの屋敷の近くでトラブルを起こしても、何の利益もないからです。なので、私も目を離してしまいました。本当にすみません。昼食会に参加する有力者のほうが重要と判断したのです。

まさか、目を離した隙に、子供たちがヨウコさまの屋敷の近くで遊ぶ村長の子供…………アルフレートさまたちを見つけ、口論をするとは思いませんでした。

口論の内容はシンプルなものと言うか……行き違いですね。

「お前たち、誰の許可を得てここで遊んでいる。ここはヨウコさまのお屋敷だぞ。名を名乗れ」

「こんにちは。僕はアルフレート。ここで遊ぶように親に言われたから遊んでいるんだ。このことは、ヨウコさんも知っているから」

「ヨウコさんとはなんだ！　ヨウコさまだろうが！」

…………。

双方の立場を知らないからの行き違いですが、例えるなら王子に対して家臣の家臣の子供が居丈高に振る舞ってしまった形ですね。

そして、アルフレートさまが名乗ってしまったからには、村長の息子です。知らなかったは通じないのです。知らないほうが悪いのです。それが世の中です。

だからこそ、ヨウコさまも奥さまたちと〝五ノ村〟の有力者の顔合わせを計画したわけで……。

アルフレートさまは、その場を穏便に収めようとしていますが……勉強不足ですね。アルフレートさまが頭を下げて済む問題ではなくなっています。

はっきり言いましょう。逆効果です。

アルフレートさまの後ろにいる子供たちの目が怖いのですが……特にティゼルさま。


私は立場的にはアルフレートさまの味方です。

ですが、〝大樹の村〟と〝五ノ村〟の利益を考えて、ここは〝五ノ村〟の子供たちの味方をします。

ええ、こっそりとですが。

とりあえず、メイドに変装して。

「坊ちゃまがた。何をなさっているのですか？」

会話に割り込みます。

「坊ちゃまがた、議会場の食堂にお食事の用意をしております。向かってください。アルフレートさま、ティゼルさま、ウルザさま、リリウスさま、リグルさま、ラテさま、トラインさま、ナートさま、二階にお食事の用意をしております。ご案内します」

二組を別方向に向かわせつつ、やんわりとアルフレートさまの情報を渡します。

〝五ノ村〟の子供たちは優秀です。

扱いの差で、誰を相手にしたかわかるでしょう。

屋敷の二階はヨウコさまのプライベート空間。アルフレートさまは、そこに出入りできるかたなのです。

……………駄目でした。気づかなかったようです。

〝五ノ村〟の子供たちはそのまま、議会場に向かっています。

…………。

ええっ、本当に気づかないの？

これは裏目！　完全に裏目！

別れる前に、〝五ノ村〟の子供たちが全面謝罪。

それを私がサポートすることで、この場だけのこととして収めるつもりでしたが……あ、顔色が悪くなりました。気づきましたね？　よかった。

そしてこちらに向かって全力疾走。

素晴らしい判断です。ですが、少し遅かったです。

私を含め、アルフレートさまたちは屋敷の中に入ってしまいました。時間切れです。すみません。

ですが、あの場で口論を続けられると、〝五ノ村〟の子供たちが全員処刑されるという最悪の結果もあったわけですから、それを回避できただけでもよしとしましょう。

〝五ノ村〟の子供たちが、隠さずにちゃんと親に知らせたのは評価できます。

知らされた親は揃って胃を押さえていますが……知らされないよりはいいでしょう。

私の報告を聞いたヨウコさまは頭を抱えています。

でしょうね。

私もヨウコさまの立場なら、頭を抱えます。上司の子供と部下の子供が口論したわけですからね。

簡単な解決方法としては、その子供たちの親を全員クビにすることです。

ただ、その親は〝五ノ村〟の有力者。代わりはいくらでもいますが、育てるのにそれなりに時間がかかったヨウコさまの手足です。

切り捨てるには惜しい存在なのでしょう。ヨウコさまは、なんだかんだ言いながらも優しいですから。


その優しいヨウコさまの取った手段は、村長に早急に謝罪すること。

〝大樹の村〟は悪天候を理由に封鎖されていますが、ヨウコさまなら問題ないでしょう。頑張ってください。

そう言いたいのですが、行く前に追加の報告がありまして……ええ、悪い報告です。

アルフレートさま、ティゼルさま以外が、〝五ノ村〟の子供たちの溜まり場に突撃しました。

貴族社会の面子(メンツ)を考えれば間違った行動ではないのですが、十歳ぐらいの子供の行動としてはおかしいですよね？

〝大樹の村〟の子供たちの教育、どうなっているのですか？

いえ、ただの興味です。

けっして、〝大樹の村〟の子供たちの教師になりたいわけではありませんから。

閑話 〝五ノ村〟で忍ぶ者　ナナ＝フォーグマ　後編

〝大樹の村〟の子供たちの行動は素早かったです。

止める間もなく、〝五ノ村〟の子供たちの溜まり場を強襲。

強襲した〝大樹の村〟の子供たちにアルフレートさま、ティゼルさまは含まれていませんが、〝五ノ村〟の子供たちはすでに相手が誰か察しています。

さらに、揉めた〝五ノ村〟の子供たちは八歳から十二歳ぐらいで構成されています。まともな反撃ができません。

というか、強襲してきた同じぐらいの〝大樹の村〟の子供たちがおかしいのです。

なんにせよ、ここでは暴力は振るわれませんでした。威圧(いあつ)と威嚇(いかく)ぐらいでしょうか。

〝大樹の村〟の子供たちの目的は、上下関係をしっかりさせることのようですから、これ以上の混乱は起きないでしょう。

そう思いました。

しかし、世の中はそう思い通りには進みません。

〝五ノ村〟の子供たちの別集団が近くにいたのです。

十二歳から十五歳ぐらいで構成される、成人扱いはされませんが子供扱いもされなくなる年頃の子供たち。簡単に言えば、口論した〝五ノ村〟の子供たちの兄、姉集団です。

顔合わせで偶然を装って紹介するには年齢が高すぎる者たちで、今回は親たちから召集はされていませんでしたが、なにがあるかわからないと自主的に集まって待機していた人たちです。

ちなみに、どうして年齢が高すぎると紹介できないかというと、村長や奥さまたちに愛人を薦めているように思われるからです。

話を戻して。

彼らの視点では、弟と妹が見知らぬ一団に威圧、威嚇されているのです。黙っているはずがありません。とりあえず場を収めようと動き出しました。

そして、彼らの中には武器を持っている者がいたのです。それが不幸でした。

一人が剣を抜き、場の真ん中に乱入。

「待て待て待てっ！　双方静ま……」

彼はここまでしか喋（しゃべ）れませんでした。

ウルザさまに殴り飛ばされたからです。

ウルザさまからすれば、ただ剣を持ってやってきた乱入者ですからね。排除（はいじょ）も当然の行動。

しかし、彼が止めに入ったつもりだったと知っている兄、姉集団にはそうではありません。敵対者と判断し、武器を持っている者は武器を構えました。

そして始まる蹂躙劇。

あ、蹂躙されているのは兄、姉集団のほうですよ。武器を持っていても、〝大樹の村〟の子供たちに勝てるわけありませんからね。

相手の実力を見抜く目があれば避けられた事態なのですが、悲しいことです。私は治癒魔法を使える者を呼びました。

全員がダウンして、治療を受けたあと。

弟や妹たちの事情説明を聞いて兄、姉たちの顔色が青くなりました。弟、妹たちと同じ失敗です。

ウルザさまはここだけの話と、事態の収拾を図りましたが場所が悪かったです。

〝五ノ村〟の子供たちの溜まり場は〝五ノ村〟のある小山の頂上付近にあるゴロウン商会の持つ倉庫の前。人通りが多いとは言えませんが、人通りがまったくない場所ではありません。

はっきり言いましょう。人目があったのです。

すでに警備隊が呼ばれている状態なので、この場だけの話ではすまなくなっています。

環境のせいでしょうか、〝大樹の村〟の子供は他者の視線をあまり気にしません。このあたりをもう少し勉強させるといいですよ。あ、余談でしたね。すみません。

私がヨウコさまに報告しているとき、問題を起こした子供たちの兄、姉たちは親に報告しました。

〝五ノ村〟の有力者たちの顔色がさらに悪くなり、本格的な胃痛が発生しているようです。

そして、苦しみに耐えながらのヨウコさまの前で謝罪をする姿は、あまりにも哀れで涙を誘います。

ですが、子供の罪は親の罪。無関係ではありませんからね。頑張ってください。

そしてヨウコさまも。はい、今回の件が拡がらないように動いています。口止めは可能です。

〝五ノ村〟の上のほうに住む人たちは協力的ですから。

駆けつけた警備隊も顔見知りですので、大丈夫です。ただ、万が一のことを考え、つじつまを合わせた話を用意する必要があるかと。

例えば、子供たちは新しい遊びを楽しんでいただけ……などです。

幸(さいわ)いなことに、揉めた子供たち同士は仲良くなっていますので大丈夫かと。はい、そのように手配します。

…………。

すみません、〝五ノ村〟の協力者から新たな報告が来たようです。

緊急事態のようで……緊急事態？　なにがあったのです？

報告は簡潔でしたが、意味が理解できません。

なぜ、ウルザさまたちが〝五ノ村〟の子供たちを率いて、警備隊と殴り合う事態になっているのですか？　誤報ではないのですか？　違う？　そうですか。とても残念です。

私はヨウコさまに一礼し、現場に向かいました。


〝五ノ村〟の警備隊は人間の国で剣聖と呼ばれたピリカさんとそのお弟子さんを中心とした戦闘集団です。荒くれ者の冒険者を相手にしても、難なく鎮圧できる実力が個々にあります。

弱点は個々に強いだけで、集団での戦い方が全然駄目なこと。また、魔物や魔獣との戦いを苦手としていました。しかし、それもここ数年の訓練によって改善を見せています。

あと数年もすれば、魔王国屈指の精鋭部隊になると噂されています。

その警備隊が、子供の集団を相手に翻弄されています。自分の目が信じられません。

子供たちの陽動に、警備隊が綺麗に引っかかっています。そんなに突出したら、あっ……横槍で警備隊の隊列が崩されました。混戦です。

集団戦に拘らず、個々に対処させたほうがいいのではないですか？　ピリカさんはなにをやっているのですか？　指揮は……あれ？　別の人がしていますね。ピリカさんは……ウルザさまと一騎打ちですか。

なるほど、子供たちのリーダーを倒せば収まるとの判断ですね。悪くありませんが……それは勝てたらの話。ピリカさんの全力攻撃は、ウルザさまに通じていません。全部、見切られています。

そのうえで受け止められ、あしらわれる戦い方。ウルザさまは、ピリカさんの心を折りにいっていますね。

あ、ピリカさんが切れた。ウルザさまを相手に、なにやら奥義らしき技を繰り出しました。凄い剣圧です。子供相手に大人気ないというべきでしょうが……ウルザさまはその技を軽く避けたあと、同じ技を繰り出しました。

…………。

ピリカさん、倒れましたね。生きてますか？　あ、生きてる。元気だ。ウルザさま、手加減したのかな？　ああ、なるほど。

子供たちの戦い方は、警備隊を壊滅させる動きではなく足止め。時間稼ぎですね。

つまり、ウルザさまもピリカさんを倒すのが目的ではなく、勝負を長引かせるためにやっていると。ピリカさんの心が心配です。

ピリカさん、別の技を繰り出して、また真似されて返されている。

…………。

これ、ウルザさまに技を教えているだけじゃありませんかね？　ま、まさかね。

…………。

駄目だ、手に負えない化け物が生まれる気配。止めよう。

「警備隊、諸君！　ヨウコさま付きの秘書官のナナです！　緊急事態につき、ピリカさまに代わって私がこの場の指揮を執ります！　従ってください！　いえ、従え！」

子供たちの目的が警備隊の足止めならば、対処は簡単。

「全員、戦闘を即座に中断して五歩下がれ！　子供たちは深追いしてこない、安心して下がれ！

よし、隊列を組み直せ！　まだだ！　突出するな！　タイミングは私が指示す……」

矢が三本、私の太ももに向かって飛んできました。

矢の出所は……リリウスさま、リグルさま、ラテさま。

鏃を潰してあるとはいえ、本気で狙ってきましたね。

ですが矢で私を倒すのは無理です。これでも私はそこそこ戦闘もできるのです。三本の矢を素手で摑む程度には。

…………。

連射はずるい。無理、無理、無理。って、煙幕？　煙幕の出所は……トラインさま？　子供たち、容赦がないなっ！


私は頑張りました。頑張ったと思います。

いやー、まさか〝五ノ村〟の子供の一人……娘さんが、警備隊の男性に告白するためだけに、警備隊を足止めしていたとは。ははは。

警備隊の一人が捕獲されたときは、何事かと思いましたよ。

告白された警備隊の男性は……返事を先延ばしにしやがりました。周囲の警備隊からブーイングです。私もブーイングです。

あの警備隊の男性がいる隊は、このあとに森に移動して訓練の予定ですので、二十日ほど帰ってきません。その間に考えるからと言っています。

真面目に返事を考えるなら、まあいいでしょう。

しかし、二十日待てば帰ってくるのですから、わざわざ足止めして今日でなくてもと思うのですが……二十日は長いですか。そうですか。私も歳を取りましたね。

とりあえず、この場をなんとか収めなければいけません。

なので私は宣言します。

「本日の特別演習は、これにて終了とします。協力してくれた子供たちに感謝を！」

全員に拍手させます。

うん、いい具合に終わった感じが出ました。

「警備隊、本日の業務、訓練への出発は明日に延期します。今日はこのまま反省会です。全員、駆け足で隊舎（たいしゃ）に」

子供たちに翻弄されるようでは困ります。しっかり反省してもらいましょう。

あ、ピリカさんを回収するのを忘れずに。そこで膝を抱えて座っていますから。

閑話 〝五ノ村〟で忍ぶ者 ナナ＝フォーグマ 完結編

〝大樹の村〟の子供たちが帰って三日後。

村長が、〝五ノ村〟にやってきました。子供たちが迷惑をかけた分、〝五ノ村〟で働くそうです。

ありがとうございます。

それと、先日の失態を寛大なお心でお許しいただき、まことにありがとうございます。

はい、密偵であることに拘らず、もっと自由に動くべきでした。同じ失敗はいたしません。

本日は、私が村長のご案内をいたします。よろしくお願いします。

さっそくですが、屋敷の会議室に〝五ノ村〟の有力者たちが集まっております。

村長に一言、謝罪したいと。

五人ほど代理の者が来ていますが、体調不良で倒れて動けないだけで反意はありません。ご安心ください。

疫病？　いえ、そうではありません。少し胃が弱かっただけです。

村長には言えませんが、彼らは村長の来訪予定の知らせを悪いほうに考えてしまったのでしょう。回復を祈ります。

それで、どうされますか？　ええ、〝五ノ村〟の有力者たちの件で……お会いになると。承知しました。

お着替えは……必要ありませんか。承知しま……村長は一人では来ていません。同行者が二人。

ガルフさまとルィンシアさま。

そのルィンシアさまに止(と)められました。

「村長、普段着で出迎えるほうが失礼です。お着替えを」

ルィンシアさまの意見を受け入れ、村長は着替えられます。

……………。

ガルフさまは護衛だとわかりますが、どうして天使族の補佐長が同行されているのでしょうか？

〝大樹の村〟で何度かお会いしたことはありますが……。

村長になにかお考えがあるのでしょう。

着替えられた村長は、ヨウコさまを従え、〝五ノ村〟の有力者たちにお会いになりました。

寛大なお言葉に、〝五ノ村〟の有力者たちは安堵(あんど)しています。代理で来ている者などは、涙を流していますね。仕方がありません。

〝五ノ村〟の有力者は、〝五ノ村〟にいるから有力者なのです。〝五ノ村〟に受け入れられ、土地を預かったからこその立場。

とくに酒の販売、味噌、醤油、マヨネーズの生産を許された者たちは、村長の機嫌を損ねることを恐れています。

子供たちの一件は、本当に〝五ノ村〟を揺るがす大事件だったのです。


もちろん、その一件に関わっていない〝五ノ村〟の有力者もいます。小さな子供のいないかたなどは、関わりようがありませんからね。

ですが、だからと言ってこの場にいないわけではありません。自分たちは関わっていませんとアピールするために来ています。

あわよくば顔を覚えてもらって……と考えているようですが駄目なようですね。軽く挨拶をされて終わっています。


しかし、今日の村長はなんだか村長らしくありません。

いつもの村長であれば、言葉を重ねることをよしとするのでしょうが、今日は言葉が少ないです。

思い返せば、お会いして私が謝罪したとき、村長は私に言いました。

励めと。

いまも。

「我が子が迷惑をかけた」

いつもなら、そのまま謝罪の言葉が続くはずですが、続きません。

…………なんだか王様っぽいっ！

悪いことではありません。歓迎すべきことです。

有力者たちとの挨拶が一通り終わると、村長はヨウコさま、ルィンシァさま、ガルフさまと村議会場に移動。有力者たちも同行します。有力者ですからね、村議会場に入れるだけでなく村議員である者もいます。

村議会場には、大半の村議員が待機しています。村長が来るとの知らせは、余裕を持って知らせていますからね。

村議会場での村長の態度は、常に村長がヨウコさまの上であることをアピールしています。そして、ヨウコさまも村長の下であることをアピールしています。

〝五ノ村〟の主は村長であって、ヨウコさまは代官にすぎないと二人で協力して伝えているようです。

周知してはいますが、態度で見せるのは大事です。

たしかに、村議員や〝五ノ村〟の有力者の中には、ヨウコさまに従えばよいと考える者もいますからね。

村議会場で一番いい席に座る村長と、その横の村長代理席に座るヨウコさまを見れば考えを改めるでしょう……え？　村長のもとに、小さな子が歩み寄りました。

一瞬、不審者かと思って剣の柄を握りましたが違いました。あれはヨウコさまの娘、ヒトエさま。

ヒトエさまは村長に抱っこを要求し、村長はそれに応じました。そして、ヒトエさまを抱えながら、ヨウコさまに微笑みかけます。

…………。

こ、これは強烈。

公式の場で、親の許可なく他人の子供に触れるのはマナー違反です。ましてや、抱えることなどできません。できるのは自分の子だけ。

つまり、村長とヨウコさまが結婚したとの話は聞いていませんが、知らない人からすればそう判断する状況です。

村長とヨウコさまは一心同体であると、これでもかとアピールしたのです。

ヒトエさまが歩き出した場所にいるのはルィンシアさま。まさか、これを狙ってやったのですか？

ヒトエさまを抱える村長を見て、村議会場の一部がざわついています。ざわついているのは……村長のことをほとんど知らない人たちですね。何度か調査したことがあります。

あとで村長の情報を流しておきましょう。ヨウコさまが独身であるので、婿として入り込もうと考えた者たちもいます。まだ諦めてなかったのでしょうか。これで諦めてくれることを願います。

ですが一応、チェック。問題行動を起こさないか調べないといけません。

その後も、村長はヨウコさま、ヒトエさまと一緒に行動。

村長は三日間しか〝五ノ村〟にいませんでしたが、これでもかと存在をアピールして帰りました。お仕えできてよかったです。

大変だったのはさらにその後。

ヨウコさまの屋敷に、結婚祝いの品が大量に届けられました。大きな部屋が埋まる勢いでした。こういった品は受け取るだけでなく、誰からなにをもらったかを記録しておかなければなりません。面倒な作業です。

わかっています。お手伝いします。お手伝いしますが、ヨウコさま。

「村長と結婚されてないのですよね？　結婚祝いの品を受け取っていいのですか？」

私の疑問に、ヨウコさまは問題ないとお返事。

…………まさか？

「はははは。我の旦那は一人、ヒトエの父だけだ。これらの品はその者との結婚祝いであろう」

な、なるほど。

「まあ、天使族の補佐長からは、形だけでもどうだと勧められたがな」

…………。

あれ、ヨウコさま？　その続きは？　勧められて、どうお返事したのですか？　笑って誤魔化さないでくださいよ。

Farming life in another world.

Chapter,3

Presented by
Kinosuke Naito
Illustrated by
Yasumo

〔 三章 〕

“五ノ村”の村長

01.鉄の森　02.滅多に使われない街道　03.かなり強い魔物がいる森　04.ガレツの森
05.強い魔物がいる森　06.ゴーンの森　07.五ノ村　08.シャシャートの街
09.魔王国の主要街道　10.比較的安全な平原

1 強者の振る舞い

俺が〝五ノ村〟へ行くことが決まったあと、文官娘衆によって俺の活動内容が検討された。

〝五ノ村〟に移動するだけなら、罰でもなんでもないからな。俺も検討に参加し、希望を伝える。

今回、迷惑をかけた〝五ノ村〟の子供たちの親に謝罪したいと。

文官娘衆全員に、凄い顔をされた。そんなに悪いことか？

文官娘衆たちが相談し、人形劇を始めてくれた。

「昔々、あるところに心の優しい魔王様がいました」

あの人形はザブトンが起きているときに作ったのかな？　俺そっくりな人形を魔王役にするのはやめてほしい。

「……めでたしめでたし」

拍手。

なかなか面白かった。

俺そっくりな人形が演じていた心の優しい魔王は、路頭に迷ったけど。

そして、文官娘衆たちが人形劇をしてまで伝えたいことを最大限、汲み取ると……。

社長の子供と平社員の子供が喧嘩したあと、社長が平社員のところに謝りに行くのは圧力だ。になるのだが、そうだろうか？　別に社長が平社員に謝っても問題はないと思うが？　逆に褒められるだろ。

いや、王様のいるこちらの世界の感覚で考えると……。

王子と家臣の子供が喧嘩したあと、王様が家臣の家に謝りに行くのは圧力だ。

こうか。……なんとなく、理解できる気がする。

そうか。

「謝るのは迷惑か」

文官娘衆たちが俺の感想を期待していたので、伝えてみた。

よかった、正解だったようだ。ハイタッチまでして喜び合っている。

喜び合っているところ悪いが、それぐらいなら人形劇をしなくても、言葉で注意してくれたら問題ないと思うが？　それとも、言葉による注意では納得しないと思われているのだろうか？　前の世界の常識を、こちらの世界でも押し通そうとは思っていないのだけどな。

俺は異世界に来たが、感覚としては外国に来たと思っている。

外国に行って、日本の常識と違うと騒いだり、その国の制度を変えようと思ったりはしない。そこまで傲慢ではない。

外国には外国の事情と歴史があり、常識と制度はそれによって形成されたもの。そこには敬意を払うべきだ。

そして、こちらの世界に来て俺も十数年。結婚もして子供も作った。こちらの世界に骨を埋める覚悟はとっくにしている。もう少し、こちらの世界の常識を学ぶべきなのだろう。

〝大樹の村〟だけで生活するならともかく、〝五ノ村〟には色々な人がいるしな。

俺の〝五ノ村〟での予定は文官娘衆に任せ、俺は常識の教師になれる人を考える。

………………。

一応、俺は前々から常識を学ぼうと努力はしている。しかし、努力して気づいたのはこの村の住人の常識は、独特であるということ。

例えばルー。

長く生きているうえに強く、お金持ち。王様とか貴族とかに絡まれたら面倒なので遠慮はしているが、揉めたら逃げるかぶっ飛ばせばいいと考えている。この考えは、常識ではないだろう。それぐらいわかる。ティア、アン、ダガも似た感じ。

例えばリア。

森での放浪生活が長く、独自の常識というか独自の文化を持ってしまっているレベル。ただ、周囲への適応力は高く、俺よりも失敗が少ない。ドノバンも似た感じ。

例えばフラウ。

魔王国四天王ビーゼルの娘で、文武両道の優等生。彼女なら大丈夫だろうと思っていたのだけど、彼女の常識は上級貴族の常識。なので一般生活で時々、信じられないミスをすることがあったりする。文官娘衆たちも同じ。

例えばハクレン。

竜……うん、違う。

こんな感じだ。

そして、俺の求める常識を持っているのはガルフ、ガットなど獣人族。

だが、彼らにしてもハウリン村という辺境の村の出身なので、独自色が強い。なので学ぶのは、触りぐらいで留めていた。

…………。

村長としての常識、世間一般の常識を教えてくれる人はいないのだろうか？

とりあえず、近くにいる人に声をかけてみた。

「俺に世間の常識を教えてくれないか？」

俺が声をかけた相手は、天使族の補佐長ルィンシア。ティアの母親だ。

「……なるほど、常識を学びたいということは理解しました。しかし、必要ありません」

え？

「村長は村長の思うままに行動してかまわないのです。世間一般の常識、村長としての常識？　不要です」

え、えーっと……。

「強者は強者の振る舞いを学ぶでしょうか？　学びません。あるがままに振る舞うのが強者の振る舞いなのです」

それと同じと言われても……。

「今回の件、学ぶべきは周囲の者です」

ルィンシアは、文官娘衆を集合させて説教を始めた。

「〝五ノ村〟での上下関係の周知徹底が疎かになっています」

あ、いや、それは俺があまり前に出たくないと言ったからで……。

「たとえそうであっても、誰が〝五ノ村〟の主人であるかを教えることに、どのような支障があるのですか。ヨウコ殿が優秀であるがゆえ、これまで問題が起きなかっただけです。村長の子の顔を、名前を知らなかった？　それは罪ですが、教えなかったことが罪なのではありません。村長の子を知ろうとしなかったことが罪なのです。〝五ノ村〟の者たちはヨウコ殿の子であるヒトエの存在は知っているのでしょう？　つまり、〝五ノ村〟の者たちはヨウコ殿で興味が止まってしまっているのです。ヨウコ殿の機嫌さえ損ねなければ、やっていけると慢心しているのです！〝大樹の村〟の子供たちから目を離したのが悪かった？　違います。自分の領地で子供を自由にさせただけです。本来なら、領地の者たちが見張るべきなのです。そして、領地の者たちで守るべきなのです。なのに揉めた？　そのような領地は更地にしても文句は言われません！　領民としての義務を果たしていないのですから！　貴女(あなた)たちは、魔王国の貴族の関係者と聞いています。どのような義務かわかりますね？　納税とか下(くだ)らないことを言ったら舌を引き抜きますよ。はい、一番右の貴女。領民の義務はなんですか？」

「領主が我(わ)が儘(まま)に振る舞えるようにすることです」

「その通りです。それゆえ、領主は領地を守り、家臣を守り、領民の生活を守る義務を負っているのです。それがわかっていて、村長に負担を強いるなど愚かしい！」

ルィンシアの説教は、〝五ノ村〟からヨウコたちが帰ってくるまで続けられた。

そのヨウコが一言。

「村長。なぜ一緒になって叱られているのだ？」

いや、響(ひび)くものがあって……。

考えてみれば、自分の村で子供たちを自由にしただけで、ルーたち母親を叱るのは間違いだったのだろうか。

「いえ、村長は村長の思うままに行動していいのです」

ルィンシアはそう言って、俺が罰を撤回することを期待しているルーたち母親を追い払った。あ、そろそろ夕食だから追い払うのはやめて。

朝。

今日、〝五ノ村〟に行くつもりだったが明日になった。

〝五ノ村〟が俺を受け入れる準備をする時間を作るためだ。

ルィンシァは〝五ノ村〟のことなど気にせずに移動しなさいと言っていたが、俺は気にするので移動しない。移動しないという俺の判断。なので問題なし。

「お心のままに」

ルィンシァの言葉は優しい。

ん？　マルビットが俺を手招き(てまね)していたので、近寄ってみた。

どうした？

「昨日のルィンシァの件、補足しておこうかなって」

「聞いていたのか？」

「一応ね。補足ってのは強者には強者の振る舞いがあるってこと。そして、それは学ぶものなのよ」

「？」

「簡単な例を出すと……服」

「服？」

「商人は商人の服、騎士は騎士の服、王は王の服を着ていないと周りが迷惑でしょ」

「たしかに」

ちゃんとした格好をしていないと、誰が誰かわからなくなる。

「でもって、王の服。ルィンシァの言い分だと、王が着てる服が王の服ってことなんだけど、周囲が求める王の服ってのがあるじゃない」

そうだな。

王の服と言われて想像する服がある。

「王が職人の服を着ていて商人と取引で揉めたとき、王の顔を知らないほうが悪いってのは商人に気の毒でしょ。でも、ルィンシァの言い分は商人は王の顔を知っていて当然。王が職人の服を着るのも知っていて当然。逆になぜ知らないと怒られる。正しいのだけど……全員が等しく優秀で勤勉であるわけがないからね」

うむ。

「ここ、〝大樹の村〟は……ルィンシァの理想なのよね。全員が村長に興味を持って、知ろうとしている。だから、問題らしい問題は起きない。〝五ノ村〟は村長を知ろうとしている人が少なすぎるから問題になったと思うのよ。村長は望んでいないかもしれないけど、ときには王の服を着て、王であることをアピールしないとトラブルを呼ぶことになるわ」

そうだな、トラブルは避けたい。あと、俺は王じゃなくて村長だぞ。

「知っているけど、村長の服っていうと普通の服になって、ややこしいでしょ。だから王の服。で、その王の服ってのは、学ばないとわからないと思うのよ。王にはこんな服を着ていてほしいっていう周囲の要望だからね。だから、王は王であるために学ぶ。忘れちゃ駄目よ」

…………なるほど。

普段はだらけているが、マルビットも天使族の長。言葉に重みがある。

ルィンシアの言葉は優しいが、それに乗せられすぎてもいけないということだろう。

俺は変わらないつもりだが、好き放題にやっていていつの間にか横暴になっていたら恥ずかしい。

俺が間違ったことをしているときは、注意してほしい。

…………。

ルィンシアに注意してくれるように言ってみた。

「注意ですか？」

「ああ、ルィンシアから見て、俺が間違えたことをしているなと思ったときにしてほしい」

ルィンシア風に言うなら、領主が間違えた行動をしたとき、諫めるのも家臣の仕事だ。

ルィンシアは家臣じゃないけど、頼めるだろうか？　これからだけじゃない。これまでで間違えていると思ったところも、指摘してもらえると助かる。

「承知しました。では、さっそく。指摘したい点が……十七、いえ十八あります」

え？

ズタボロに言われた。

とくに、子供たちの謹慎に関して。

子供たちの謹慎は罰としてかまわないが、〝大樹の村〟の面子を守るために戦ったことに対して褒美を与えていないと指摘された。

な、なるほど。考えておこう。

あと、子供の数が少ないことを責められた。俺は十分多いと思うけど、ルィンシァからすれば全然足りないそうだ。

そのほか、色々と考えさせられて精神が削られた。

ちょっと休憩。

精神回復のため、クロの背中をモフモフする。

ああ、ユキもか。よしよし。癒される。

ん？　フェニックスの雛のアイギス、お前もか。いいぞ。

鷲は……モフモフされに来たんじゃないな。どうした？　その足にあるのは……牙の生えた兎？

それを俺の前に……あ、これを食べて元気を出せと。ははは、ありがとう。気持ちだけ受け取っておくよ。

で、マルビット。

仲間ができたという目で俺を見ないでほしい。たしかに、以前よりはお前に優しくしてやろうという気持ちにはなっているけどな。

うん、ルィンシア、厳しいな。

だが、彼女がいるから天使族の里は維持できていると確信できてしまう。いや、マルビットがいるからバランスが取れているのかな。わかったわかった、パンケーキを三段に重ねたやつだな。作るから……。

いつの間にか妖精女王が控えていた。妖精女王も女王だ。俺の知らない苦労があるのかもしれない。妖精女王の分も作るよ。

夜。

今回、俺は〝五ノ村〟で普段の言動を改めることにしてみた。

マルビットが言いたかったのは、俺がどう思っていようが〝五ノ村〟のトップなのだから、トップらしい格好と言動をするべきだということだと思う。

そして、トップらしい格好と言動とは、ルィンシアは俺の自由にして〝五ノ村〟の人たちが受け入れるべきだが、マルビットは〝五ノ村〟の人たちの期待に応えるべきということ。

俺の思考は、マルビット寄りだ。

とりあえず、一度やってみて、駄目なら駄目でやり直せばいい。〝五ノ村〟の人たちには悪いが、つき合ってもらいたい。

そう心に決めて、ルィンシア、ヨウコ、文官娘衆に相談してみた。


結論。

俺は喋らないほうがいいらしい。

酷くない？　そう思ったけど、トップの言葉は重いと言われると困る。軽々しく約束とかしてないつもりだけどな。

とりあえず、文官娘衆が厳選した言葉を二つ、教えてもらった。

褒めるときは……。

「励め」

叱るときは……。

「控えよ」

言うときのポーズまで指示された。ボディーランゲージも大事なのだそうだ。

とりあえず、この二つだけで乗り切れるとのこと。

本当か？　まあ、ルィンシアやヨウコも頷いているから本当なのだろう。

…………。

前に文官娘衆に止められたが、〝五ノ村〟の者たちに謝りたいときはどう言えばいいんだ？

俺のこの質問に、ルィンシアが悩みに悩んだ結果の言葉がこれ。

「我が子が迷惑をかけた」

俺の感覚では謝っていないが、最上級の謝罪の言葉らしい。

絶対に、別の言葉をつけ加えてはいけないと言われた。下手につけ加えると、文官娘衆が心配したように圧力として受け取られる可能性があるそうだ。

意思が正しく伝わらないなら、それは言語としてどうなのだろう？　まあ、はっきり言わないほうが上手くいくのかもしれない。いや、いくのだろう。

それはかまわないが、どうも言葉をはっきり言わないのは前の世界の社会人時代を思い出す。

「善処(ぜんしょ)します」

「適切に対処します」

「担当者に渡しておきます」

…………。

ルインシアの言葉に甘えよう。

俺の自由にしていいのだろう。ならば、言動を改めるのは今回限り。〝五ノ村〟から戻ってきたら、いつも通りにする。

そう心に決め、明日の出発のために早寝することにした。

3 〃五ノ村〃で領主っぽく振る舞う

俺は〃五ノ村〃で頑張った。

〃五ノ村〃の有力者たちからの謝罪を受け、村議会に出席。練習した言葉とポーズでなんとか乗り切った。正直、一日で心が折れそうだった。

だが、ちゃんと三日通う。

心の癒しは、ヨウコの娘であるヒトエ。

〃大樹の村〃にいるときのヒトエは牧場エリアにいる牛の背中に乗って寝ていたり、クロの子供の背に乗って山羊(やぎ)たちと戦っていたりする。

ただ、冬場は寒いので俺の屋敷か、セナの家にいる。セナの家にいるのは、最近はセナの娘のセッテと仲がいいからだ。セナとも仲が良く、子狐の姿でセナの肩に乗っている姿を見ることができる。

羨(うらや)ましい。俺の肩にも乗ってくれないかなとか思っていた。

そのヒトエが、俺の〃五ノ村〃行きに同行してくれた。

ルィンシアの提案だ。

〝五ノ村〟に俺のことをアピールするのと同時に、ヨウコの娘と仲良くすることで、俺とヨウコの仲が円満であることをアピールするそうだ。

なので、〝五ノ村〟ではヒトエには少し頑張ってもらって常に子供の姿。子狐の姿だと、ヨウコの子だとわからないからな。

アルフレートたちを同行させる案もあったけど、俺のアピールが霞むとのことでまたの機会になってしまった。残念。

二日目。

〝五ノ村〟の各施設を視察。

その後、俺は大きな広間の三段高い場所に設置された椅子に座り、初日と同じようにヒトエを抱えながら来客の挨拶を受ける。

広間には俺への来客が入って順番待ちをしており、名を呼ばれた者が俺の前に出て挨拶する。前に出ているけど、俺が三段高い場所にいるので距離が遠い。それなりに大きな声を出さないと会話が成立しない。

俺は代わりに声を出してくれる使用人がいるけど、来客は地声で頑張らないといけない。大変だ。

一応、無駄に大声を出させているわけではなく、ちゃんと意味がある。発言に責任を持たせることと、俺に変なことを吹き込ませないためだそうだ。

　変なこととは、簡単に言えば他人の悪口とか、同情を誘うようなことだ。たしかに、周囲に順番待ちをしている者、挨拶が終わったあとも控えている者などがいる状況では、下手なことは言えないだろう。

　しかし、俺の歓心を買おうと、あらゆることをしてくるので油断しないようにとルィンシアに注意された。大袈裟(おおげさ)なと思ったけど、大声で俺を褒め称(たた)える人や大声で自分を売り込んでくる人がそれなりにいて驚いた。

　そして、ルィンシアは無礼者の顔と名は忘れていいと言ってくれるが、覚えてしまう。俺、簡単だなぁ。


　来客の中で、俺が大きな声を出して会話したのは一組だけ。

　ゴロウン商会のマイケルさん、マイケルさんの息子のマーロン、そして護衛のミルフォード。

　俺が〝五ノ村〟に来るとの連絡を受けて、〝シャシャートの街〟から急いでやってきたそうだ。マイケルさんたちならここで会わなくてもと思うが、衆目(しゅうもく)の中での挨拶は大事なのだそうだ。

「我がゴロウン商会は、村長に金貨二百枚、銀貨二万枚をお納めいたします」

　そして、その衆目を驚かせることも。

　このお金は納めると言っているけど、投資みたいなもの。〝五ノ村〟でなにかするとき、この金額分は優遇(ゆうぐう)してくださいねというお金だ。

そして、これだけの金額を納めているからこそゴロウン商会が優遇されるのだという他の商人へのアピール。ゴロウン商会の優遇に不満があるなら、これ以上の金額を納めてみせろという挑発。

商人は商人で大変らしい。

ただ、俺は納められたお金より、マイケルさんたちが〝シャシャートの街〟から運んできてくれた海産物のほうが嬉しい。

納められたお金はそのままゴロウン商会に預けるし、帳簿の数字がちょっと動く程度の意味しかない。荷馬車六台分の海産物のほうを喜んで、なにが悪いというのだ。代金は払うけど。

ちなみに、他の来客もなんだかんだとお金や物を納めてくれた。

きっちり記録を残しておくが、やはりゴロウン商会がずば抜けていた。

もらった物はどうしよう？　剣とか宝石とか生地とか。

俺の自由にしていいのはわかっているけど、ルィンシアに相談。

下賜するのにちょうどいいから、ヨウコ屋敷の保管庫に入れておいたらどうですかと。

なるほど、そうしよう。

…………。

ヨウコ屋敷の保管庫、なにもないな。保管する物はなかったのかな？

ヨウコに確認。

「我は金銭、物品を受け取っておらぬからな。収める物はない」

なるほど、俺もそうすればよかったかな。

「村長、我が金銭、物品を受け取らなかったのは、受け取った分の責任を果たせないからだ。村長ならなにも問題はない」

「どういうことだ？」

「〝五ノ村〟の者たちは税を納めている。それ以外に金銭、物品を渡してくるのは対価を求めてだ。地位、名誉、優遇。我はその対価を払えんが、村長なら払えるであろう」

「地位、名誉、優遇なら、ヨウコでも払えそうだけど？」

「我は村長の一言で解任される立場だぞ。無責任なことはできん」

「別に解任なんかしないぞ」

「それが言えるのは村長だけだ。金銭、物品を持ってきた者たちも、やっと一息つけたであろう。これまでは、誰にコネを作っていいかわからず困っていたからな」

「そうなのか？」

「基本、〝五ノ村〟の住人は余所から流れて来た者で構成されているからな。〝五ノ村〟が恵まれた場所であればあるほど、追い出されないように必死だ。なのに我は税以外を受け取らない。力がある者は、力で自分の価値を見せつけるが、そうでないものは……」

………。

「先日の子供の件。その辺りも影響している。すまなかった」

「何度も謝ってもらっただろ。気にするな」

「では、もう謝罪はしないでおこう。あと一日、頑張ってくれ」

「わかった」

〝五ノ村〟にはあと一日、いる予定。

明日は警備隊の活動に同行しながら、麓(ふもと)の牧場などの見学だ。

まあ、問題はないだろう。


そういえば、ドライムの巣に行った、ハクレン、ヒイチロウ、グラルは大丈夫だろうか？

4 〝五ノ村〟三日目

〝五ノ村〟の警備隊はそれなりに大きな組織だ。

警備主任であるピリカをトップに、千四百人ぐらいで構成されている。警備隊は十七の分隊に分かれ、〝五ノ村〟の各所に建設されている隊舎に駐在(ちゅうざい)。

子供たちと争ったのはピリカ直属の第一分隊と中腹ぐらいを見回る第十六分隊。第一分隊は、ピリカの弟子たちの大半が所属しており、他の分隊を指導する立場にある。

第十六分隊はその指導を受けるというか、第一分隊の森での訓練に同行するタイミングで子供たちと争ったそうだ。

定数は第一分隊百人、第十六分隊五十人なのだが、分隊が常に一緒に行動しているわけではなく、さらには朝番、昼番、夜番の三交代制なので常に全員が揃っているわけではない。子供たちと争ったときは、総勢で四十人ほどだったらしい。

対して子供たちは倍の八十人。

子供たちを相手に本気を出して殴ったり蹴ったりすることをためらった結果だとは思うが、警備隊が負けるのはよろしくない。そういった事情で、ガルフが思いっきり叱っている。

「目的が告白だったからよかったものの、その隊員を狙った暗殺だった場合はどうするのだ！　敵が子供だろうがなんだろうが、警備隊の職務を妨害する者に対しては容赦なく取り締まる！　忘れるな！」

警備隊にはそれだけの権限があるし、責任もある。頑張ってほしい。

俺が向かった先は〝五ノ村〟の近くの森の中、警備隊の訓練が行われている場所だ。さすがに森の中にヒトエを連れて行くのは遠慮して、ヨウコのもとに置いてきた。

俺の同行者は、ルィンシアとピリカ、それとエルフの樹王と弓王。ちなみに、ピリカはここに来る前に徹底してガルフに扱(しご)かれている。

剣士としてウルザに負けたらしいが、相手が子供だからと油断したのだろう。まあ、お互いに怪我がなくてよかった。

ただ、子供たちに戦術面で警備隊が負けたというのはどうなのだろう。陽動に引っかかって、横から突き崩されたって……。

このあたりは、まだまだ勉強が必要なのか？　いや、警備隊は街の警官みたいなポジションだからな。集団戦が得意じゃなくてもかまわないのかもしれない。

…………。

いや、暴徒の鎮圧とかしてもらいたいから、ある程度の集団戦は必須か。

今後の課題として頑張ってもらおう。

ガルフが警備隊を叱っているので、俺は森の中をうろつく。

〝大樹の村〟の周辺にある森と違って、それなりに明るい。少し前は魔物、魔獣が多い場所だったらしいが、今は冒険者たちや警備隊が退治してかなり数が減っているらしい。

だが、魔物や魔獣がいなくなったわけではないので油断は禁物。

おっと、右からやってきた変な魔物を『万能農具』のクワで土にしておく。俺が森の中をうろついているのは興味本位だが、遊んでいるわけではない。この辺りでしか採取できない草木をエルフの樹王と弓王に教えてもらっているのだ。

まあ、冬なので木が中心だけど。

俺が気になったのは、香木と呼ばれる香りの良い木々。思わずそのまま匂いを嗅いでみたけど、火にくべないと良い香りはしないらしい。残念。

そしてまた魔物。

それなりに残っているんだな。倒した魔物は食用には向かないらしいが、素材として使えるらしいので持ち帰る。

樹王と弓王が運んでくれた。

〝五ノ村〟に戻ると日暮れ前。

〝五ノ村〟は南にあるが、冬は寒いと感じる。〝大樹の村〟に比べれば、暖かいけど。

俺の〝五ノ村〟での予定は全て消化した。

あとは帰るだけなのだが、帰るにもそれなりの儀式が必要らしい。俺は大袈裟にしないようにだけ伝えて、ルィンシアに任せたので詳細は知らない。

日が暮れるまで〝五ノ村〟を視察……と思ったら、周囲が騒がしくなった。なにかなと思ったら、周囲は空を見ている。

上？

…………ああ、ドラゴン姿のヒイチロウだ。

少し後ろにグラル、ハクレン、ドライムが飛んでいる。

ドライムの巣に来ていた魔物や魔獣は撃退できたのだろう。ヒイチロウは、大きな熊を摑んで飛んでいる。

そのヒイチロウが俺に気づいた。

急降下し、俺の前に着地。綺麗な着地だが、着地前に大きな熊を放り投げたのは駄目だぞ。

続いてグラル、ハクレン、ドライムが着地する。

全員が竜の姿なので迫力があるが、狭いので人間の姿に戻ってほしい。

ヒイチロウが子供の姿に戻り、たたっと俺のところにやってくる。

よしよしと、抱えてやった。大きくなったな。

グラルが続く。

ははは、子供二人ぐらいならなんとかなる。遠慮するな。

グラルも抱えてやる。

グラルは俺に抱えられて喜んでいるのではなく、ヒイチロウと同じことをされているのを喜んでいるようだ。

ハクレンは……さすがに無理だ。

無理だと言ったのに、無理やりに俺の背中に乗ってきた。甘えているな。

そんなに長期間、離れていたわけじゃないだろう。

ドライム、「私も抱きついたほうがいいだろうか」とか、真剣な顔をして言わないでほしい。

ヒイチロウが運んでいた大きな熊は、ヒイチロウが一人で退治したらしい。

それを俺に見せるために、運んできたそうだ。

〝五ノ村〟じゃなくて〝大樹の村〟に持って行けばと思ったが、避難解除の知らせをしていなかったな。まあ、転移門で運べば問題ないだろう。

マイケルさんが大きな熊を欲しそうにしているが、駄目だぞ。ヒイチロウが俺のために持ってきてくれたんだ。

〝大樹の村〟で三日ぐらい飾って、そのあとは大事に調理する。マイケルさんには、別の大きな熊を販売してあげよう。


帰るための儀式は村議会場で簡単な立食パーティー。

たくさんの挨拶が来ると思ったけど、マイケルさん以外は来なかった。会場にはそれなりの人がいるが、こんなものなのだろうか？

遠巻きに、怯(おび)えた目で見られているような気がするが？　俺が目線を向けると、さっと首を別方向に向けているよな。首を痛めるぐらいに。

俺、嫌われた？

ルィンシアにこの状況は大丈夫なのかと聞いたら、大丈夫と答えてくれた。それどころか、最上だと。

どういうことだろうか？

なんにせよ楽でよかった。

〝大樹の村〟に帰ろう。

俺の名前はゴランド。

〝五ノ村〟でそれなりに上手くやっている商人の一人だ。

だが、集団の中で満足する俺じゃない。目指すは一番上。のし上がってやろうと考えている。

冬のある日、村長の子供が〝五ノ村〟の子供と揉めたという話を聞いた。

一瞬、ヨウコさまの娘、ヒトエさまと揉めたのかとヒヤッとしたけど違った。

ヨウコさまは村長代行。揉めたのは〝五ノ村〟の本当の村長の子供たち。ヨウコさまの上司の子供たちなのだが、顔を見たことがないのでピンとこない。村長の顔も知らないしな。

村長は何回か〝五ノ村〟に来たらしいが、これまで運悪く会えていない。まあ、村長と言いながらも村にほとんどいないのだから、重要視していなかった。

子供たちが揉めた件は特にお咎めなしで処理された。子供の喧嘩だったのだろう。

商売のライバルが減るかもしれないと期待したのに残念だ。

警備隊と揉めたとの話もあるが、さすがにそれはデマだと思う。デマにしても酷い。もう少し工夫してほしい。

村長の子供たちはすでに〝五ノ村〟から出たらしく、俺の興味は薄れた。

しかし、すぐに村長が〝五ノ村〟に来るとの知らせを聞いて焦った。

子供たちの件で乗り込んでくるのか？

俺は子供たちの件には関わっていないが、飛び火は困る。万が一のときは、ヨウコさまに取り成してもらわなければ。

そう思って準備していた。

〝五ノ村〟の村長は、のんびりした男だった。

年齢は二十代半ばぐらいか？　まだまだ若造だ。

着ている服は豪華だが、仕草が甘い。慌てて作法を学んだのがわかる。

だが、さすがにそれを指摘したりはしない。

村長は子供の件を改めてお咎めなしと伝え、顔を見せに来ただけのようだ。

子供の件で青くなっていた者たちの顔色が戻っていく。商売のライバルたちが完全復活だ。残念。

村長よ、もう少し厳しくてもいいのではないかな？　まあ、巻き込まれなくてよかったと思おう。


村長はヨウコさま、ヨウコさまの娘のヒトエさまとも仲が良いようだ。いや、仲が良すぎる。

なるほど、男女の関係か。

村長とヨウコさまとを見比べれば、ヨウコさまのほうが上であるのは誰の目にも明らかだ。

なにせヨウコさまは九尾狐（ナインテール・フォックス）。伝説級の存在だ。

なのに、ヨウコさまは自分が下であることを強くアピールしているのは村長を立てるためか。

ヨウコさまには似合わないと思うが、男女の仲であるなら納得もできる。

村長は上手くやったということだな。羨ましいことだ。

まあ、俺には妻がいるからヨウコさまとどうこうなろうとは考えない。

しかし、これで俺は村長を見極めた。

いける。俺でも付け入る隙（すき）がある。


翌日、村長に挨拶する場が設（もう）けられたので参加。

手土産は、銀貨二千枚。

頑張った。頑張ったが、村長の反応はそれほどでもない。

まさかこの価値がわかっていないとかありませんよね？　まあ、村長がわからなくても周囲の者がわかってくれたらかまわない。

ほかの商人たちは、武具や宝石、生地など。銀貨を出す者でも、二千枚を超える者は……ゴロウン商会が、ドーンッと金貨二百枚と銀貨二万枚を出してきた。

びっくりした。凄くびっくりした。腰を抜かすかと思った。そして悔しい。

まあ、額が額だから村長からの直接のお声がけがあるのは仕方がない。

俺の気が少し楽になったのは、村長がその額を出されてもあまり喜んでいないことだ。やはり、お金の価値がわかっていないようだ。


翌日、村長は森に行った。

酔狂なことだ。わざわざ危険な場所に。

だが、〝五ノ村〟の誇る警備隊の警備主任のピリカさまが同行するのだ。安心だろう。

ピリカさまはあの武神ガルフさまに直接指導されている凄腕の剣士。どんな魔物や魔獣だろうが敵ではあるまい。


うん、やはり安心だった。

樹王と弓王の二人が、魔物を運んでいた。森で暴れる凶暴な魔物だ。

ひょっとして、村長がピリカさまに退治しているところが見たいとか言ったのかな。ピリカさまも頑張っただろう。

少し前に、子供たち相手に負けたとかの不名誉なデマが流れたしな。気持ちはわかる。


気持ちがわからないのは、あれだ。竜だ。

四頭の竜が〝五ノ村〟の上空を飛んでいる。

〝五ノ村〟周辺では、竜を見ることが多々ある。北にある〝鉄の森〟を越えた先に、門番竜(ゲートドラゴン)の巣があるからだ。

珍しくはない。だが、だからと言って怖くないわけではない。

竜はある種の自然災害。気持ちをわかろうとしてはいけない。関わってはいけない存在だ。気まぐれでこの村を焼いても、不思議でもなんでもないからな。

少し前には、エルフ帝国が竜によって滅ぼされたという話もあったぐらいだ。まあ、あれは魔王国による侵略らしく、竜によって滅ぼされたというのはデマらしいが……。

うーん、飛んでいる姿を見るだけでも恐ろしい。先頭の一頭が、何か持っているな。

………。

ウォーベア？　いや、違う。キングベアだ。

うおおおおおっ、高級素材！　出すところに出せば、金貨百枚以上になる魔獣だ。

竜はキングベアをどうする気だ？　巣に持ち帰って食べるのか？

…………。

違った。

その竜が急降下してきた。

〝五ノ村〟の頂上に。

俺は気絶しなかっただけ凄いと思う。

四頭の竜が次々に急降下し、〝五ノ村〟の頂上に着地した。その四頭の竜の前に、誰かが立っている。

どこのどいつだ！　命知らずな！　いや、馬鹿が！　竜の不興(ふきょう)を買えば、〝五ノ村〟が燃やされるぞ！　隠れろ！　無理ならひれ伏(ふ)せ！　今なら間に合う！

…………村長？

四頭の竜の前に立っているのは村長だった。そして竜に何か注意している。

…………。

その先の光景は、俺には信じられなかった。

四頭の竜は人の姿になり、村長に近寄った。そのうち二頭、いや二人は村長に抱えられ、もう一人は背中におぶさっている。

なんだ、あれは？　俺はなにを見ているんだ？　まさか、村長は竜と対等以上に関われる存在なのか？

キングベアは、村長への贈り物なのか？　人の姿になった竜の一人が、キングベアを運んでいた。

正直、俺は村長を舐めていた。反省する。俺は馬鹿だった。

村長に隙がある？　それがどうした。その隙をどうにかしようと考えるのは愚か者のすることだ。

村長には、気楽に関わってはいけない。関わるなら命懸けだ。そして、かなり分が悪い。

考えてみれば、この〝五ノ村〟はおかしいところがあった。

ヨウコさまのような凄いかたが、どうして村長代行をやっている？　なぜ、ピリカさまのような凄腕の剣士が警備隊をやっている？　魔王国の先代四天王の二人がどうして〝五ノ村〟にいる？

エルフの樹王や弓王が……。

こう考えれば納得できる。

村長が桁外れに強いからだ。

だから、ヨウコさまが村長代行をやっており、ピリカさまが警備隊にいて、先代四天王の二人やエルフの樹王、弓王が〝五ノ村〟にいるのだ。

何者なんだ、村長は？

いや、そうじゃない。村長が何者かなんて考えるのは無意味だ。大事なのはこれからの関係。

村長には常に心安らかに過ごしていただき、俺たちは崇めるだけ。

その関係が理想だ。

改めて、村長の子供と〝五ノ村〟の子供たちが揉めたのは危なかった。〝五ノ村〟が滅んでもおかしくない出来事だった。

背筋が寒くなる。村長の情報を集めなければ。

利用するためではなく、触れないために。


村長が〝五ノ村〟を出立されて数日後。

俺はヨウコさまにお会いする機会があったので質問した。確認目的だ。

「ヨウコさまは村長と戦ったら勝てますか？」

「馬鹿なことを言うな。我は村長に負けたから、ここにいるのだぞ」

…………。

ヨウコさまは嘘は言わない。

やはり村長は凄い。忘れちゃ駄目。

そして、〝五ノ村〟でのし上がるのはほどほどにしよう。一番上はゴロウン商会に任せた。

〝五ノ村〟から出て行けばいい？　ははは、俺は村長の前で名乗ってしまったのだ。出て行けるものか。

俺には〝五ノ村〟に献身する道しか残されていない。

幸いなのは、俺と同じ運命の商人がたくさんいることと、〝五ノ村〟が悪い村じゃないことだな。

よし、今日も頑張ろう。

とりあえず、ヨウコさまを担ぎ上げようとしていた派閥を潰すぞ。

うん、さっきまで俺が所属していた派閥。もう無関係。俺、村長派に鞍替えしたから。

〝大樹の村〟に戻ってきた翌日。

子供たちは謹慎が解けたので、屋敷内を元気に走り回っている。外は寒いから、屋敷から出ちゃ駄目だぞ。

あの猛吹雪の日ほどではないが、外は凄く寒い。屋敷が広くてよかった。

ルィンシアに言われた子供たちへの褒美は、褒賞メダルで渡すことにした。

色々考えたが、子供扱いをしないのが一番の褒美だと思ったからだ。なので、戦いに参加した子供たちには褒賞メダルを三枚ずつ渡すことに。

現場にいなかったアルフレート、ティゼルには渡さない。怒るかなと思ったけど、納得顔だった。よかった。

二人には、どこかで褒賞メダルを獲得できる機会を作ると伝えておいた。

〝五ノ村〟にいなかったヒイチロウ、グラルにはドライムの巣の防衛を手伝ったということで二枚ずつ渡すことに。

甘いかなと思ったけど、ヒイチロウからは大きな熊をもらったしな。それとドライム、ハクレンから頑張った二人を褒めてやってほしいという言葉もあったからということにしておこう。

ところで、ヒイチロウとグラルを褒めるのはかまわないが、俺としては二人は見学かなと思っていたのだが？　戦いに参加させるのはどうなんだ？　まあ、ドライムとハクレンがいたら大丈夫だろうけど。

ちなみに、あの大きな熊はキングベアという冬場に大暴れする凶暴な熊らしい。屋敷の玄関のところに飾ったら、ウルザが羨ましそうにしていた。

勝手に森に入っちゃ駄目だからな。

子供たちへの褒賞メダル授与(じゅよ)は、昨日の夜に終わらせている。

冬のあいだに、じっくりと褒賞メダルの使い道を考えてほしい。考えてほしいんだ。……わかった。はっきり言おう。交換は武具と酒以外に制限する。

大きなブーイングだな。

自分の武具が欲しいのはわかるが、お前たちはまだまだ成長するだろ。今、交換するとすぐに身体に合わなくなるぞ。武具は俺が用意した物を使うように。

改めて言うが、じっくりと褒賞メダルの使い道を考えてほしい。


昨日のことを思い出しながら、俺は台所に向かう。

〝五ノ村〟でマイケルさんから買った海産物を使った料理を考えるためだ。

まあ、考えると言っても、単純（シンプル）に刺身にするか、焼くか、揚（あ）げるか、鍋（なべ）に放り込むかの分類をするだけだ。

正直、見たことがない魚もあるので、鬼人族メイドたちと相談しながら決めていく。

これはタラっぽいな。鍋で。

これは……どう見てもヒラメだな。二メートルぐらいあって、エイみたいだけど。刺身でいってみようか。あとはムニエル……小麦粉をつけてバターで焼くと美味いはずだ。たぶん。

ウナギは蒲焼（かばやき）で。

アンコウっぽい魚があるな。これは味に期待してもいいだろうか？　調理方法？　もちろん、鍋だ。あ、唐揚げにしても美味しいかも。

こっちの小さい魚は干して使いたいな。ルーに乾燥機みたいな魔道具を作ってもらおうか。おっと、今のルーは研究禁止中だった。

禁止しておいて、誘惑するのはよろしくない。頼むのは禁止期間が終わってから。それまでは、うーん……日干しだな。

さっそく、日干しをやってみる。

魚の内臓を取り、開く。井戸水で魚を洗い、塩水に漬け込む。十分に漬かったあと、水分を切って板の上に魚を並べる。風通しがよく、太陽がほどよく当たる場所に板を設置。

以上。

…………。

アイギス、これはお前のためのエサ台じゃないんだ。すまない。

ザブトンの子供たちの数が揃っていれば、網を作ってもらうのだけど。今は冬なので無理はさせられない。

姉猫のミエルとウエル、屋敷の中からこっちを見ているがなにかな？　外は寒いから屋敷から出てこないのだろう？　干している魚を興味津々で見ないでほしいな。ちゃんとお前たち用に、魚を確保しているんだぞ。

盗み食いは別？　なるほど、気持ちはわかるが、食べたらジュエルに言いつけるからな。

ははは、見張りを頼んだぞ。

魚の次は、モヤシとアスパラ。

大樹のダンジョンの中に作っているモヤシ畑、アスパラガス畑、キノコ畑に向かう。

最初は俺が『万能農具』で作っていたが、今は大樹のダンジョンで生活するアラクネのアラコたちが育てている。なので畑というには少し変なのだが、最初にそう名付けてしまったから仕方がない。うん、仕方がない。

モヤシ畑から、モヤシを少し分けてもらう。

アスパラガスは少しタイミングが悪かったようだ。

キノコ畑のなにかよくわからないキノコは遠慮しよう。色が毒々しすぎる。アラコたちは食べても大丈夫なのか？　ピリッとして美味しい？　そのピリッという部分が怖い。ルーに調べてもらうから、サンプルに一つもらおう。

ルーに調べてもらうまでもなかった。鬼人族メイドが凄い顔でキノコを見ていた。

「迷宮ポルチーニです。別名《魔王殺し》ですね」

凄い名前だな。魔王すら殺すのか？

「美味しくて、食べすぎで倒れたことからその別名がつけられたようです」

あれ？　毒キノコじゃないの？

「毒ではありませんが、とても貴重で……それ一本だけですか？」

ダンジョンの中に、びっしり生えていたけど。

鬼人族メイドたちが数人、籠(かご)を抱えて飛び出していった。アラコたちの分は残すようにお願いしたい。


夕食に出た迷宮ポルチーニの炒め物は絶品だった。

確かに魔王が食べすぎで倒れるというのもわかる。

ただ、毒々しい色がネックだな。赤と青と黒のマーブル模様のキノコって……。

俺は食べすぎで倒れることはなさそうだ。

一緒に炒められたモヤシのほうが好み。


夜。

一人でベッドに入る。

ルーたちが子作り禁止中なので、ほかの者も遠慮しているのだ。この件に関しては不用意なことは考えない。無心だ。

俺がベッドに入ってしばらくすると、姉猫のラエルがやってきた。

どうした？　珍しいな。一緒に寝るか？　違う？　俺を呼びに来た？

………。

俺はバッと起きた。

日干しにしていた魚、出しっぱなしだった。回収しないと。

寒いが、仕方がない。

起きている鬼人族メイドに手伝ってもらい、日干しにしていた魚を回収。

…………。

干していた魚の数が足りない。姉猫たちを見るが、私たちじゃないとジェスチャー。

じゃあ、誰が？

姉猫たちの案内に従うと、干した魚を火鉢で炙っているマルビットを客間で発見した。近くのコタツの上にはお酒がある。

…………。

俺はマルビットに近付き、ゲンコツ。これで許す。


寝るつもりだったが目が完全に覚めてしまった。

マルビットにつき合って酒でも飲もう。

だが、さすがに夜、マルビットと二人で飲むのは色々とまずいだろう。起きている者を探し……

フローラ、ヨウコを発見。誘う。

四人で飲んでいたら、ルー、ティア、ハクレン、ライメイレン、ルィンシアもやってきて、ちょっとした宴会になってしまった。

まあ、楽しければいいか。

そしてそのまま寝て朝を迎えてしまい、子供たちに見つかった。すまん。
大人だけで遊んでいたわけじゃないんだ。
いや、確かにダーツとかミニボウリングとか、麻雀とかやったけど。
わかった。今日の夜は子供たちのためのパーティーをするから、それで許してくれ。
ははは、ちょっとぐらいの夜更かしはかまわないぞ。徹夜は駄目だけどな。

そしてドノバン。
悲しそうな目で俺を見ないでくれ。
いや、別に誘わなかったわけじゃなくてだな、夜遅かったし……すまん。
わかった、ドノバンたちのためのパーティー……いや、宴会をやろう。
今日の夜は子供たちのため。明日の夜は大人たちのために。
そういうことになった。

6 うどんと荷馬車

〝大樹の村〟では、うどんが流行していた。

きっかけはルーたちが、うどん打ちを始めたこと。甘味禁止の影響だろう。なかなか腰の強いうどんを打つ。

そして、うどんの流行に拍車をかけたのが油揚げの登場。

鬼人族メイドが、硬く作った豆腐を薄切りにして二度揚げするという方法で、油揚げを作りだした。

その油揚げを俺が甘く煮て、きつねうどん用の揚げにしたら、子供たちがかなり気に入った。大人たちにも評判がいい。とくにヨウコが気に入っている。

「我のきつねうどんにはお揚げを三枚、頼む」

別にかまわないが、うどんを残さないようにな。

甘味禁止の影響は、ほかにもあった。

甘くないお菓子の開発に力が注がれたのだ。

そしてできたのが煎餅と、おかきの新味。

お酒を使ったケーキなども研究されたが、普通に甘くて美味しいケーキになってしまったとうなだれていた。

別に味見のときに舐めるぐらいはかまわないが……。

とりあえずだ、甘味禁止って甘いのが駄目ってことじゃなくて間食禁止ってことだからな。煎餅もおかきも駄目だぞ。

本当はデザートも禁止のつもりだったが、子供たちが食べにくいとのことで許可している。

……。

本気で泣かれたので、煎餅とおかきは許可した。

甘いなぁ、俺。

天気のいい日、ハイエルフたち数人と森に入って獲物を探す。

マイケルさんに大きな熊をプレゼントするためだ。

ヒイチロウが狩ったキングベアを欲しがっていたけど、遠慮してもらったからな。代わりの大きな熊をと思って、グラップラーベアを探している。

冬前にグラップラーベアを何頭か仕留めていたから、倉庫にいけばあるかと思ったけど、すでに毛皮を剝がれ、身も捌かれてしまっていた。

さすがにそんなグラップラーベアでは、マイケルさんも喜ばないだろう。グラップラーベアの肉、それほど美味しくないしな。

しかし、やはり冬にグラップラーベアは見つからない。冬眠しているのだろう。マイケルさんには春まで待ってもらうしかないか。

そう思っていると、村の周辺を警戒飛行していたキアービットがグラップラーベアを見つけたとの報告が入った。助かる。


マイケルさんにプレゼントするため、『万能農具』のクワではなく、カマで首を半分切って倒した。

グラップラーベアを『万能農具』で引きずりながら、〝大樹の村〟に戻る。

アルフレート、ティゼル、ウルザが尊敬(そんけい)の眼差(まなざ)しで俺を見ている。まあ、グラップラーベアは大きいからな。

〝大樹の村〟まで到着したら、今度は荷馬車に載せて〝五ノ村〟に……荷馬車一台だと載らなかったので、縦に二台並べて運ぶ。

…………無理、荷馬車が壊れそう。

俺が〝五ノ村〟まで運んでもいいが、〝五ノ村〟に到着したあとが困るだろう。

なので、山エルフたちと専用の荷馬車を作った。

大きさを優先、同時に軽量化も考える。余計な部分は排除するか。

荷馬車の縁(へり)を外す。ロープで縛ればいいしな。

タイヤは小さいのをたくさん並べよう。

なに？　タイヤがたくさんあると、曲がりにくくなる？　たしかに。

じゃあ、タイヤを一個ずつ、独立可動させよう。事務椅子などにつけられているキャスターだ。

これまで、ワゴンとかにつけていたタイヤと説明したら、理解してもらえたようだ。

数を作るので、俺が全部木で作る。耐久性はあまり考えない。

〝五ノ村〟までの輸送と、〝五ノ村〟から〝シャシャートの街〟までの輸送のあいだ、壊れなければいいんだ。

タイヤをキャスターにしたので、形が取っ手のない台車。平台車の形になっていった。

タイヤは、全部で十六個もあるけど。


完成。

まずは移動実験。

軽い荷物を載せ、移動させてみる。

スムーズな移動とは言いにくい。そして、地面の軟らかさでキャスターが土を噛み、止まってしまう。十六個あるタイヤのうち、一つ二つが壊れてもと思ったけど、土を噛んで止まったキャスターは大きな抵抗になった。

…………。

つまり、失敗。

舗装された道路……いや、室内専用だな。屋敷のホールに置いておこう。

鬼人族メイドたちが、上手く使ってくれることを期待して。


改めて、荷馬車を作る。

キャスターが土を噛んだのは、タイヤが小さいから。悪路ではタイヤは大きいほうがいい。そう学んだ。

なので、大きなタイヤ四つで荷台を支える形に。


…………。


普通の荷馬車だな。

そうか、難しく考えすぎていた。二台の荷馬車で運べないなら三台。三台で無理なら四台だ。

縁のない荷馬車を量産していく。

工夫は連結のしやすさ。うん、いい感じだ。移動実験も問題なし。やった。


『万能農具』で引きずってグラップラーベアを載せ、輸送開始。

荷馬車はケンタウロス族十二人が引っ張り、巨人族とミノタウロス族が左右と後ろから押さえながら移動する。

「いくぞ！」

ケンタウロス族の一人が声をかけた。

「おおっ！」

他のケンタウロス族たちが声を合わせる。

「えいさーっ！」

「おいさー！」

普通の荷馬車のようには移動しない。

かけ声に合わせて、ゆっくりと少しずつ移動する。すまないが頑張ってくれ。

俺は荷馬車の後ろで、邪魔にならないように一緒に移動する。

手には迷宮ポルチーニの入った籠。マイケルさんにも味わってもらおうと持っていく。

ダンジョンまでもう少し。

ん？　あれは……万能船？　ドックから手を振って、存在をアピールしている。

…………！！

万能船で運べば楽だった。

転移門で〝五ノ村〟に運ばなければという思考に捕らわれていた。反省。

いまからでもと思うが、活躍の場とケンタウロス族たちが頑張っている様子を見ると……言い出せない。

すまない、万能船。お前には別の機会で頑張ってもらうから。

そして、協力してくれた山エルフ、ケンタウロス族、ミノタウロス族、巨人族のみんな。本当にすまない。輸送が終わったら、盛大な宴会をするから。それで許してほしい。

マイケルさんは〝シャシャートの街〟に戻っていたので、ケンタウロス族たちは〝シャシャートの街〟まで輸送することに。

〝五ノ村〟のゴロウン商会に渡してもいいのだけど、輸送のことを考えると運んであげるのが親切だろう。

当初の予定でもそうだったから問題なし。

そう思ったけど、すぐに問題発生。

グランマリアが産気づいたとの知らせを受けたからだ。

すまないが、俺はここで離脱。すぐに〝大樹の村〟に戻る。

俺の代わりはガルフ。

ガルフなら、〝シャシャートの街〟でマイケルさんに問題なく会えるだろう。頼んだ。

マイケルさんたちによろしく伝えておいてくれ。

7 アルフレートの出発

グランマリアは娘を産んだ。母子ともに健康。よかった。

命名、ローゼマリア。

名付けは俺ではなく、グランマリア。

ティア、マルビット、ルィンシアと相談した結果だそうだ。俺に不満はない。

ところでクーデル、コローネ。

ローゼマリアが可愛いのはわかったから、そろそろ俺に抱っこさせてくれないかな。

グランマリアが育児に慣れ始めたころ、〝シャシャートの街〟までグラップラーベアを運んでくれたケンタウロス族たちとガルフが戻って来た。

予定より遅かったけど、なにかあったのかな？　ガルフに事情を聞いた。

「すみません。実は〝シャシャートの街〟でイベントが行われ、それにつき合っていました」

イベント？

「まず、迷宮ポルチーニの試食会です」

なかなか楽しそうだが、籠一つ分しか渡してないだろ？　どれぐらいの規模でやったんだ？

「街全体です。そして、負傷者が続出しました」

え？

なんでも、ゴロウン商会が迷宮ポルチーニを入手したという情報がすぐに流れたそうだ。

ガルフたちが周囲の目を気にせずにマイケルさんに迷宮ポルチーニを渡したことが原因。

ゴロウン商会に直接的な圧力をかける者はいなかったが、マイケルさんが独占はよくないと試食会をすることにしたらしい。数本の迷宮ポルチーニをこれでもかと細かく切って、大鍋で煮てスープを作った。それを無料で配ったら、奪い合いが起きてしまったと。

…………。

迷宮ポルチーニを大鍋で煮るのはやってないな。その食べ方が美味いのか？

「すみません。俺たちは村で食べてますから、試食会では遠慮したので味は……」

そうか。

まあ、あとでマイケルさんに謝罪をして、味の感想を聞いておこう。

「試食会の次は、グラップラーベアの品評会とオークションが行われました」

品評会とオークション？

オークションはわかるが、品評会ってなんだ？　いや、品評会の意味は知ってるぞ。同じ系統の品を集めて、評価することだろ？　彫り物とか、鉄器とか、武具とか、ジャンルは色々だろうけど。

グラップラーベアの品評会って、俺たち以外にもマイケルさんにグラップラーベアを渡した者が

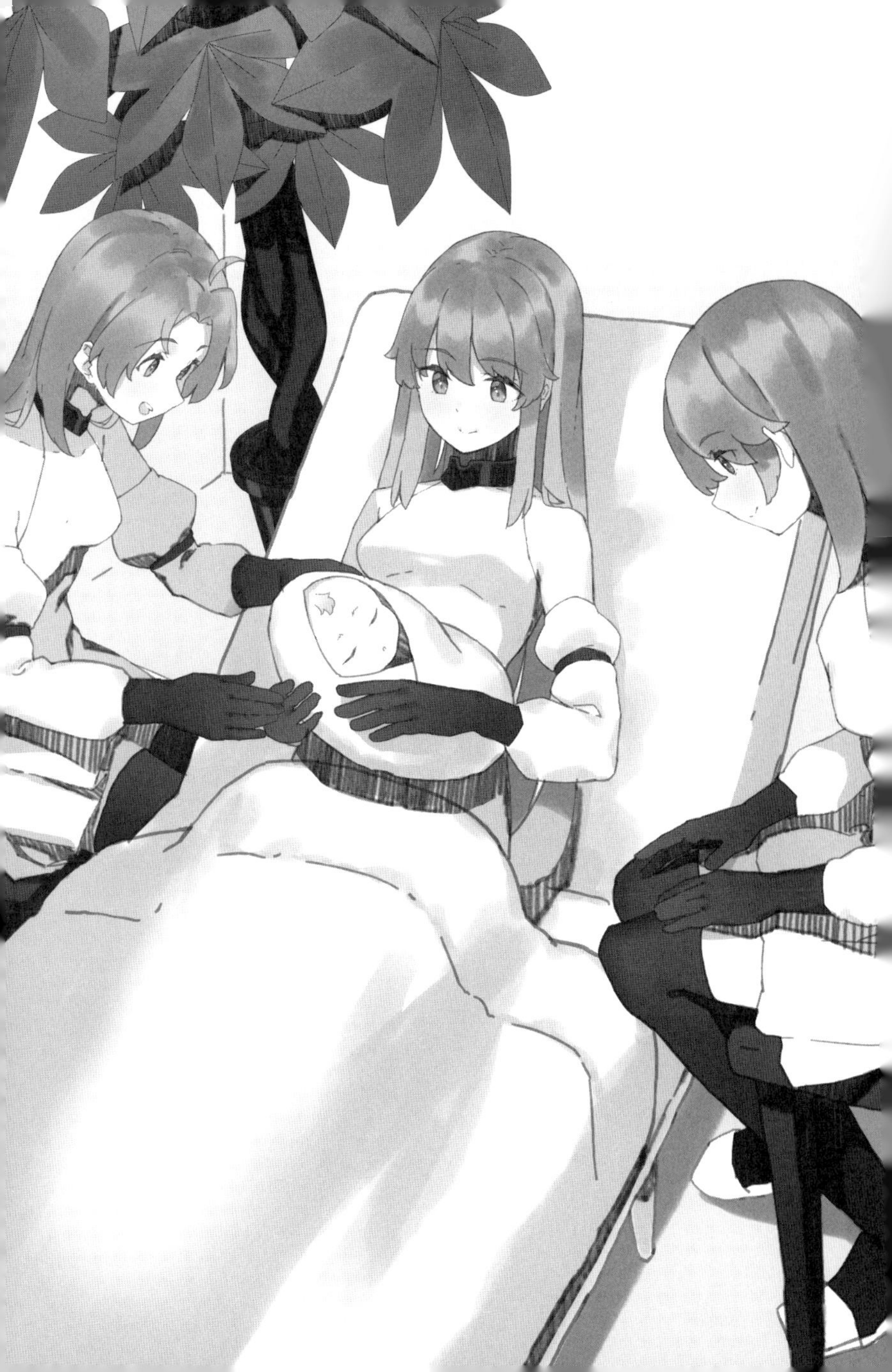

いるのか？

「いえ、そうではなく。村長の狩ったグラップラーベアだけで、品評会が行われました」

えーっと……それは品評会ではないのでは？

「そうですね。〝シャシャートの街〞にいる偉い学者とか先生とかが、本物のグラップラーベアかどうかを調べる会でした。あのサイズなので持ち逃げは無理でしょうけど、一部だけでもと暴挙に出る者がいるかもしれないので、俺たちが警備しました。あと、見物客が押し寄せたので、列整理なども」

た、大変だったんだな。

「ええ、ですが本当に大変だったのは、グラップラーベアが本物だと認定されたあとで……」

なにかあったのか？

「いえ、俺が退治したと思われたようで……すみません。倒したのは村長だと何度も言ったのですが、信じてもらえなくて」

気にするな。それに、ガルフならグラップラーベアぐらい倒せるだろう。

「そ、そこまで俺に期待を………ありがとうございます！　いつか、必ず倒してみせます！」

た、頼もしいが、なにやら受け取り方のニュアンスが違う気がする。無理は駄目だぞ。

それで、マイケルさんの反応はどうだったんだ？

「ああ、そうでした。その前に確認です。グラップラーベアと迷宮ポルチーニ、マイケル殿への販売なのですか？　それとも贈り物で？　代金の話を聞いていませんでしたから」

贈り物のつもりだぞ。

「そうですか。マイケル殿は喜んでいました。それで、ゴロウン商会が所有する大型帆船（はんせん）を一隻、村長に進呈（しんてい）すると言付（ことづ）かっています」

え？　なんで？

「贈り物にしては、高額すぎるからかと。大型帆船、見せてもらいましたが最新型でした。必要なら船長、船員も用意するそうです」

えーっと……そうか。まあ、じゃあ受け取っておこう。

「マイケル殿のお言葉、確かに伝えました」

ところで、さっきの質問だが販売だった場合はどうなったんだ？

「大型帆船の物納（ぶつのう）でお願いしますと」

ははは、マイケルさんに気を使わせてしまった。迷宮ポルチーニの件と合わせて、謝っておこう。

そのときは、ブラッディバイパーの卵でも渡そうかな。

とりあえず、運んでくれた者たちを集めて宴会だ。気にするな。俺のためでもある。

俺の心の負担を軽減するためにも、参加してほしい。うん、お願い。

ガルフたちが戻って来て数日。

褒賞メダルをアルフレートとティゼルが獲得できるように、ハウリン村に荷物を運ぶ仕事のお手伝いを頼んだ。

お手伝いと言っても、俺の名代としてハウリン村の村長に挨拶しなければいけない。

行程は、余裕を持って三泊四日。

できるだろうか？　ルーが大丈夫と言っているが、俺は少し不安だ。

ハウリン村までの移動は、万能船。

ハクレンかラスティのほうが速いのだけど、グラップラーベアの輸送のときの埋め合わせだ。

この移動には、船員の悪魔族と夢魔族、荷物運び要員のリザードマンたち、アルフレートとティゼルの身の回りの世話をする鬼人族メイド二人以外に、ガット、ガットの弟子二人、ガルフの息子が同行する。

ガットは、ハウリン村の村長の息子なので、俺が頼んだ。アルフレート、ティゼルが失敗したときのフォロー要員だ。

いや、アルフレート、ティゼルを信頼してないわけじゃないぞ。ハウリン村の村長に迷惑をかけられないからだ。

ガットの弟子たちは、ハウリン村に行く機会があるならと同行を申し出てきた。ハウリン村でなにか発注したいものがあるらしい。

ガルフの息子は、妻の両親に妻からの手紙を届けに行くのだそうだ。

内容は知っている。ガルフの息子の妻が妊娠したのだ。おめでとう。

ガルフの息子は行きたくなさそうだが、向こうの両親に妊娠したら教えると約束してしまっているらしい。頑張れ。

ちなみにだが、万能船の船長にはマーキュリー種の一人が就任(しゅうにん)予定なのだが、まだ就任していない。

なので、今回はアルフレートが船長。ティゼルには副船長を任せた。頼んだぞ。

…………。

あ、出発は少し待て。

船室と船倉をチェック！　はい、ウルザ発見。ナート発見。マルビット発見。三人を回収、屋敷に戻す。

アルフレートたちは遊びに行くんじゃないからな。信じて待っていてやってくれ。

マルビットは万能船に乗りたかっただけだろう。アルフレートたちの邪魔はしないように。帰ってきたら、いくらでも乗っていいから。これ以上抵抗するなら、ルィンシアを呼ぶぞ。……わかればよろしい。

では、出発。頑張ってくるように。

…………。

船倉にルーとティアが隠れていたけど、俺は見逃した。

気持ちはわかる。やっぱり、心配だよな。頼んだぞ。

そして、帰って来たときにはアルフレートとティゼルの勇姿を教えてほしい。

ルィンシァが隠れてなかったのは、ティアからオーロラを預かったからだろうなぁ。ルプミリナは、アンが預かっている。


さて、俺はルーとティアの不在を、残っている子供たちにどう誤魔化すかだな。

残っている子供たちにルーとティアが同行したことがバレると、アルフレートとティゼルが戻ってきたときに伝わるだろう。

それはよろしくない。避けたい。

なので、頑張って誤魔化そうと思う。


ルーとティアのこと、ほとんど話題にならなかった。

ハクレン、妖精女王、ヨウコ、グランマリア、キアービットが人気だと知った。

アルフレートとティゼルがいないからかもしれないが、二人が帰ってきたら子供たちともう少し触れ合うように言っておこう。

あと、俺も子供たちと触れ合う機会を増やそう。

そう思った。

8 ルーとティアの報告

アルフレートとティゼルが戻ってきた。

一緒にルーとティアがいるから、見つかったようだ。

アルフレート、怒ってる？　大丈夫？　よかった。

ティゼルは……怒っているな。すまなかった。

どうして俺が謝るのかって？　ルーとティアがお前たちに同行したのを知っていたからだ。

ははは、怒ったティゼルもかわいいぞ。

怒るな、悪かった。


さて、疲れているだろうが報告を頼む。

俺はアルフレートとティゼルから、無事に荷物の輸送を終わらせたことを聞いた。

とくに問題らしい問題はなかったようだ。よかった。

「よくやった。あとで褒賞メダルを渡す」

一応、俺が勝手に決めたルールで、褒賞メダルは周囲に人が揃っているときに渡すと決めている。

そうしないと、俺が好き勝手に渡せてしまえるからだ。

なので、夕食のあとにでも渡すことになるだろう。

ウルザたちがアルフレートとティゼルの解放を待っているので、最後に二人の頭を撫でて解散にした。

アルフレートとティゼルの話では問題はなかったが、ルー、ティア、ガットの報告ではそうではなかった。

まず、ガットの報告。

ハウリン村ではアルフレートとティゼルを村長と同格として扱い、丁重にもてなした。

アルフレートとティゼルの応対も問題なく、宴会も順調に経過。

問題は夜。

アルフレートの寝所に潜り込もうとする若い女性たちが出た。

ガットは夜を徹し、その若い女たちをアルフレートに気づかれないように排除したと。

よくやった。素晴らしい働きだ。感謝する。

…………。

ところで、ティゼルのほうは？

鬼人族メイドが見張っていたし、村長の怒りを買うのが怖いから近づく者はいなかったと。なるほど。

しかし、それならアルフレートにも同じように考えてほしかった。息子が男になるのはまだ早い。

え？　あ、女性が近づくと言っても添い寝ぐらいの感覚ね。すまない。考えすぎてしまった。

ルーとティアは、アルフレートとティゼルの頑張りを報告してくれている。

たぶん、少し大袈裟に言っている部分もあるだろうけど、概ね問題なし。

そう思ったのだけど。

万能船には、ルーとティア以外にも実はもう一人というか……もう一頭、密航者がいた。クロの子供だ。

うん、アルフレートとティゼルが心配だったのはわかるが、密航はよくないぞ。そして、俺の捜索から隠れ通したのか。凄いぞ。

でも、アルフレートとティゼルを見るのに夢中になって、ハウリン村の者にいることがバレて大騒ぎになったと。

そんなに怖くないのになぁ。よしよし。

え？　その騒ぎはアルフレートとティゼルが収めたのか？　それは凄いな。あとで褒めておこう。

しかし、アルフレートとティゼルからその話は出なかったのはなぜだ？

この疑問に答えてくれたのはガット。

ハウリン村の村長が、アルフレートとティゼルにクロの子供を見て大騒ぎになったことを伏せるようにお願いしたそうだ。俺が怒ると思ったと。なるほど。

…………。

なんだか俺、想像以上に怖がられてないか？　気のせいか？

ガットの弟子は無事に発注を終えたし、ガルフの息子も妻の両親に歓迎されたと。

こんなものかな？

…………。

よし、問題はなかった。そういうことにしよう。

アルフレートとティゼルが戻ってきたので、俺はルーとティアと相談して、子供たちとのコミュニケーションを増やす案を考えた。

子供たちの話題に俺とルー、ティアがあまり出ないのを気にしてだ。

そして結論。

一緒に遊ぶのが一番。

人気のハクレン、妖精女王、ヨウコ、グランマリア、キアービットは、なんだかんだと子供たちと遊ぶ機会が多いらしい。ハクレンと妖精女王はわかるし、グランマリアは妊娠がわかってから子供たちの相手をよくしていた。

ヨウコとキアービットは遊んでいるイメージがないと思っていたのだけど、違った。ヨウコは夜、〝五ノ村〟から帰って来たあとで子供たちと遊んでいるそうだ。キアービットはなんだかんだと面倒見がいいらしい。

反対に、ルーとティアは子供たちと遊ぶことは少ない。なにか仕事をしているか、部屋に篭って研究をしているので、自分の子供たち以外との接点は食事のときぐらいしかない。

まあ、ルプミリナとオーロラの世話があるから、仕方がないと言えば仕方がないのだが。

なんにせよ、子供たちと一緒に遊んで人気者になろう作戦、開始だ！

まず、ルーとティアが行った。

…………。

ハクレンの人気には勝てなかった。

そうだよな。一緒に遊ぶ大人はそんなにいらないよな。

ハクレンと一緒にいるところに行ったのが間違いだった。だが、俺には秘策がある。

「一緒に料理を作ろうか」

うん、凄い食いつきだった。

ルー、ティア、ハクレン、手伝ってくれ。


母親たちの甘味禁止期間も終わったので、俺はお菓子を作ろうかと思っていたのだけど、子供たちは普通の料理を望んだ。時間が夕食に近いからかな。

子供たちに料理技術はない。

なので、料理入門としてまずは簡単な鍋料理を。出汁を取り、食材を切って放り込めばいいだけだからな。

よーし、ルーとティアの班に分かれるように。ハクレンは俺と一緒に全体を見てくれ。あと、アンに今日の夕食の変更を忘れずに伝えておく。

今日は子供たちが作った鍋だ。

味？　美味しかったよ。

大根おろしを大量に使った、みぞれ鍋。冬にぴったりだ。

うん、まあ、ちょっと具材が大きかったりするぐらいは愛嬌だ。

大丈夫、砂糖と塩を間違えるようなことはなかったから。

ただ、考えてみればルーもティアもそれほど料理しないんだよな。そこを考慮すべきだった。

一番活躍したのは、ナート。母親のナーシィに教えられているらしい。包丁捌きが見事だった。

…………。

もう少し、子供たちが料理をする機会を増やそう。

アンたちがいるから料理はしなくても大丈夫だけど、なにがあるかわからないしな。できないよりは、できたほうがいい。

俺はデザートのアイスクリームを食べながら、そんなことを考えた。

春まであと少し。

閑話

〝五ノ村〟警備隊員オクス　警備隊案内

俺の名はオクス。〝五ノ村〟に移住してきた魔族だ。

〝五ノ村〟は、その名に反して街以上の発展を見せている。俺は素直に村だと思って〝五ノ村〟に来たから凄く驚いた。正直、名前を変えてほしいと思っている。

俺の住んでいるところは、立派な街だと周囲に言い触らしたい。俺以外にもそう思っている者が多くいる。その声が〝五ノ村〟の村長代行であるヨウコさまに届いたのだろう。改名の噂が流れた。

しかし、ヨウコさまからは名前を変えないと発表された。

残念だ。だが、続きはあった。

〝五ノ村〟は小山に広がっている。

小山の頂上を〝五ノ村〟とし、側面部や裾野(すその)を〝五ノ街(ごのまち)〟とするそうだ。

なので個人が〝五ノ村〟を〝五ノ街〟と呼ぶのはかまわない。また、対外的にも〝五ノ街〟でかまわないそうだ。

おおっ、やった。

ただし、儀式などでは〝五ノ村〟と呼ぶ。そして、〝五ノ村〟のトップは村長。これは絶対。

うん、わかっている。

移住のときに説明を受けた。ただ、村長は滅多に姿を見せてくれないからなぁ。

いやいや、村長がトップ。大丈夫。

俺は幸運にも、〝五ノ村〟の警備隊に入ることができた。

〝五ノ村〟の警備隊はピリカさまを代表とした組織で、〝五ノ村〟の警備を中心に行う。

簡単に言えば、暴れる奴や悪い奴、怪しい奴を取り締まる仕事だ。危険だが誇りある仕事で、給金もいい。

〝五ノ村〟に住む若者は、一度は警備隊に入ることを夢見るぐらいだ。

その警備隊に入るには試験を受ける必要があり、なかなかの難関と言われている。

試験を突破できたときは、嬉しくてついつい貯金を崩（くず）して飲んでしまった。

その次の日。

俺は警備隊員として華々しく活躍する姿を想像していた。

だが、実際は体力作りを中心とした訓練、訓練、訓練の毎日。勤務中は、隊舎の近くの空き地から外に出られなかった。

救いは警備隊員として活動しているあいだは食事が支給されること。その食事の量が多く、美味しかった。

ただ、食べた分は動かされるので太ることはない。一ヵ月も続けると、自分の身体が引き締まっていくことがわかる。そのころになって、やっと空き地から外に出られる。

だが、まだ〝五ノ村〟の警備任務ではない。

目的地は〝五ノ村〟の裾野。冒険者たちが訓練している一帯。ここで戦闘訓練だ。

新人は、一通りの武器の訓練を受けたあと、自分に合った武器を選ぶ。

俺は剣を希望したかったが、自分に合っているのは槍(やり)だと思って槍にした。

隊員には、武具が支給される。ピカピカの槍が支給されて驚いた。てっきり、支給されるのは訓練のときに使っていた中古の槍だと思っていたのに。

槍にはしっかりと〝五ノ村〟の文字が刻まれている。これを失(な)くさないように……あれ？　俺の名前も刻まれている？　あ、万が一の際、死体を判別するのに使うのね。

ははは、役立つ日が来ないことを祈りたい。


訓練を続けて半年後、俺は第十六分隊に配属された。

定数五十人。

五つの班に分かれて、〝五ノ村〟のある小山の中腹あたりを見回るのがメインの仕事だ。正直、小山の中腹で取り締まられるような者はなかなか出ないので、暇な分隊と言える。

それゆえ、新人が最初に配属されるのだそうだ。

第十四分隊、第十五分隊、第十七分隊も同じ。

忙しい分隊はピリカさま直属の第一分隊か、〝五ノ村〟の東西南北の門を守る第二分隊、〝五ノ村〟の周辺の魔物、魔獣を退治する第三分隊。将来的にはそっちに行きたいと思っている。

ちなみに、第二分隊は最大の人数を誇る分隊で定数が五百人。五百人いても人手不足らしいので、真面目に頑張っていれば異動できるだろう。


第十六分隊は五つの班に分かれ、朝番、昼番、夜番、休暇、待機をローテーションする。

朝番は日の出、朝の鐘が鳴ったときに勤務開始、昼の鐘で勤務終了となる。

昼番は日が一番高いとき、昼の鐘が鳴ったときに勤務開始、夜の鐘で勤務終了となる。

夜番は日暮れ、夜の鐘が鳴ったときに勤務開始、朝の鐘で勤務終了となる。

休暇はその日はお休み。

待機は隊舎にいることが義務付けられた休暇。


朝番、昼番、夜番、それぞれの勤務時間は短いが、それはそれだけ仕事が大変だということ。

勤務時間以外も、隊員としての自覚を持って行動しなければいけないので、ほとんどの者が訓練に時間を使っている。

まあ、恋人との時間を過ごす羨ましい者もいたりするが……俺は筋肉を鍛える。うむ。

最後に役立つのは自分の肉体、筋肉だ。恋人と遊んでいるやつは、あとで泣きを見るに違いない。

いや、泣け！　泣くがいい！

さっそくその機会が来た。

特別訓練だ。

第十六分隊全体から十人が選ばれ、第一分隊と合同訓練。訓練内容は森での魔物、魔獣退治。

ふっふっふっ、油断が死に繋がる危険な訓練だ。だが、俺の筋肉が輝ける瞬間でもある。普段の任務だと、住んでいる人に挨拶か、旅人に道案内ぐらいしかやってないからな。

頑張るぞ！

まずは、第一分隊の隊舎に集合。

第一分隊の三十人と合流し、四十人で移動開始。

隊舎を出て少し歩いたところで、俺たちの進路を阻む集団が現れた。

十歳から十五歳ぐらいの少年少女、子供たちだった。

「我らは〝五ノ村〟少年団！　警備隊に決闘を申し込む！」

そう言って四十人ぐらいの子供たちが俺たちに突撃してきた。

な、なんだ？　いや、慌てるな。数は同数。相手の武器は……木の棒だな？　問題ない。

だが、迫って来る子供たちの何人かの顔に見覚えがある。〝五ノ村〟のお偉いさんの子供たちだ。

怪我をさせるとまずいか？

俺が武器をどうしようかと悩んだところ、第一分隊のピリカさまから号令がかかった。

「相手が何者であろうが警備隊に挑戦する者に手加減無用！　総員、全力で制圧せよ！」

了解、俺は左右を見て隊列を組む。

そして武器を構え……あれ？　武器がない？　え？

俺の武器はどこから現れたのか、別の少年の一団が持っていた。俺の武器だけじゃない。ほかの隊員の武器も持っている。全員ではない。だが、前線に立っている者の半分は武器を奪われた。

どうやって？　いや、それよりも俺は武器を失った。

どうする？　慌てるな、素手での戦闘訓練はしている。そして、こういったときのための筋肉だ。

俺は構えた。

だが、子供たちは俺たちの直前で急停止し、武器をその場に捨てて逃げ出した。

あれ？　あ、いや、追いかけないと。

俺は前に出た。ほかの隊員もそうだろうと思った。

だが、違った。

俺と同じように前に出たのは数人だけ。

その場で構えたままの者、子供たちの捨てた武器を拾おうとしている者、隊舎に武器を取りに戻ろうとする者、バラバラだった。

まずいと思った。

思った瞬間、左右から別の子供たちが襲いかかってきた。隊列が崩れた。

乱戦に持ち込まれた。

相手は子供だ。しかもお偉いさんの子供も交じっている。全力で殴るわけにはいかない。

相手は最初に宣誓している。これは挑戦だと。害意ある者の攻撃ではない。

なので怪我をさせるのはかまわないが、死なせるのは駄目だ。

俺にできるベストの行動はなんだ？　子供を捕まえ、後ろに運ぶ。これだ。

だが、なかなか子供たちが捕まえられない。捕まえても、他の子供たちが助けにくる。

そして、時々、飛んでくる強烈な矢。鏃（やじり）は潰されているが、的確に手足を狙ってくる。

本当に子供か？

………耳が長いな、エルフか？　見た目通りの年齢じゃないかもしれない。

いや、エルフでも子供のときの成長は同じか。

くっ、俺の肩に矢が当たる。捕まえていた子供を逃してしまった。

ええい、どうすれば。

焦る俺に指示が飛んできた。

「警備隊、諸君！　ヨウコさま付きの秘書官のナナです！　緊急事態につき、ピリカさまに代わって私がこの場の指揮を執ります！　従ってください！　いえ、従え！」

知らない人だ。

だが、ヨウコさまの秘書官と言っている。

嘘なら重罪だ。だから信用する。信用するしかない。

「全員、戦闘を即座に中断して五歩下がれ！　子供たちは深追いしてこない、安心して下がれ！」

俺は五歩下がった。

たしかに子供たちは深追いしてこない。

「よし、隊列を組み直せ！　まだだ！　突出するな！　タイミングは私が指示す……」

俺は左右を見て、隊列を組み直す。見知った顔がいるのは頼もしい。そうだ、なにを焦っていた。

落ち着け。落ち着けば勝てる。

さあ、突撃はまだか。

…………。

……………。

突撃の合図が出ない？　どうしたと思ったら、秘書官に矢が集中していた。

そして煙の出る筒がこちらに向けて放り投げられた。

煙幕？　子供たち、容赦がないなっ！

煙幕の中で、俺はまた個人の戦いを強いられた。

さっきより状況が悪い。自分の位置も怪しい。

仲間の声に従ったつもりが、いつの間にか子供たちの声に従っていたりもした。

そして気づけば煙幕が晴れ、俺は孤立していた。俺だけが前に出ている。ぞっとした。

そして子供たちから投げられるロープ。
俺を捕まえる気か？　なぜ、どうして？
子供たちの投げたロープは俺……ではなく、俺を助けに来てくれた隊員を絡めとった。
同じ第十六分隊の同僚だ。
あっという間に同僚は子供たちの中に引きずり込まれた。
か、返せ！　俺の仲間を返せぇぇぇ！

俺が見た光景は、一人の小さな少女がロープで絡めとられた俺の同僚に告白する場面。
…………。
こうして〝五ノ村〟少年団からの挑戦は終わった。
警備隊の敗北だ。もっと鍛えなければいけない。
子供たちから、俺の武器を返してもらった。

あ、先輩。
今日は負けちゃいましたね。悔しいです。このあと、説教と訓練ですよね。わかっています。
え？　あいつ？　仲間じゃないです。俺の仲間はこの筋肉だけです。泣いていませんよ。ええ、
泣いていません。泣くのは恋人と遊んでいるやつなんですから。

俺の名はオクス。

趣味は訓練。

恋人、募集中。

閑話　獣人族の男の子の学園生活　二年目総括

僕の名はゴール。ガルガルド貴族学園の教師。

…………おかしい。

教師のはずなのに、魔物退治した記憶と〝シャシャートの街〟で野球をやった記憶しかない。

いやいや、思い出せ。〝大樹の村〟に戻って武闘会に出たじゃないか。

ははは、違う。そうじゃない。教師としての記憶だ。

えーっと……春はなにをしていた？

冬に実家に戻っていた生徒や、新しく入学に来る生徒を出迎えていた。学園に来るタイミングがバラバラなので、授業はほとんど行われない。なので、生徒たちは自主的な勉強と研究をしている。

…………そうだ。

誘拐事件。

学園の新入生、貴族の息子が誘拐される事件があった。あれはたしか、シールが行って解決したんだったよな。

教師として生徒を助けるのは当然。救出のお礼として鶏をもらった。生きている鶏を百羽ほど。その貴族の領地の特産品だそうだ。

僕たちは鶏小屋を作って、飼育を開始した。学園長は頭を抱えていたな。

卵や鶏肉の一部を学園の食堂に卸すことで、許可をもらったけど。

鶏の飼育は、誘拐事件で誘拐された貴族の息子が担当している。実家では鶏と暮らしていると言ってもいいらしく、知識は僕たち以上。鶏の健康管理や病気対策も知っているようで、色々と学ばせてもらっている。

…………あれ？　僕のほうが生徒っぽいな。

まあ、いいか。


夏は……そうそう、建国祭だ。どうして忘れてたのかな。

王都のお祭りに参加した。三日間にわたって行われるお祭りだ。

本来、学園は王都のお祭りには関わらないのだけど、僕たちは王都の冒険者ギルドから参加を要請された。

その目的を簡単に言えば、学園の料理……正確には僕たちの作る料理を食べたいので屋台を出してほしいということ。

しかし、それだと僕たちが断ると思ったのか、表向きは王都と学園生徒の交流が目的とされた。

なので、学園生徒にも参加してほしいと。

そう言われると学園長に相談しなければいけない。

相談の結果、参加が決定。僕が責任者になってしまった。まあ、仕方がない。

お祭りに参加するのは学園の生徒全員ではなく、希望した者だけなので問題を起こしたりはしないだろう。

数が百人ぐらいとちょっと多かったけど。

正確には百二十一人、教師とか食堂で働いている人とかも含まれている。

…………。

僕たちより年上の教師がいるのに、僕が責任者のままなのはどうなのだろう？　いいのかな？

まず、僕たちは生徒たちと一緒に櫓（やぐら）を作った。

表向きの目的が王都と学園生徒の交流なので、参加しましたという目立つシンボルが欲しかった。

作った櫓は、下に車輪のある櫓だ。村長が作っていたとき、よく見ていたから形は覚えていた。

ただ、あまり背の高い櫓は難しかったので二メートルぐらい。ちょっと変わった馬車というか、乗る場所の高い馬車みたいになった。まあ、ちゃんと移動できるので大丈夫だろう。

問題はその櫓を誰が引くのか、櫓の上には誰が乗るのかで揉めたこと。貴族だから、立場の問題とかあるのだろう。

なので生徒たちには公平に引く役をお願いした。そして、櫓の上には学園長に乗ってもらった。

恥ずかしそうだったな。でも、街からの評判はよかった。

最後のほうでは、僕たちにも引かせてほしいと街の人たちも参加してきたしな。

王都と学園生徒の交流は成功だろう。

櫓の次は、料理の屋台（やたい）を作った。期待には応えなければと思う。

だけど、料理は学園の食堂で働いている人にお願いし、僕たちは裏方。生徒にはウェイトレス、ウェイターに徹してもらう方針だった。

方針だったのだが、自分たちでも料理がしたいという熱心な生徒もいて、結局は屋台を五つも作ることになったな。

食堂で働いている人の屋台が三つ、生徒たちの屋台が二つ。

大きな問題は……どの屋台もお祭りの初日で食材が切れてしまったこと。予想が甘かった。

正直、宣伝をしていないから、最初はまるっきり相手にされないだろうと思っていたのに、お祭り開始前から列ができてしまった。

どうしてこんなに人気がと思ったら、冒険者ギルドが宣伝してくれていた。参加を要請した手前、ある程度は繁盛(はんじょう)してもらいたいという心配からだろう。それとも、前日に試作料理を振る舞ったお礼かな。

屋台担当の生徒たちは、来年はもっと食材を準備すると決意していた。

その様子を見ていたわけじゃないだろうけど、学園長から来年以降も参加する方針を伝えられた。参加した生徒からと、王都からの評判がよかったらしい。来年からは、ちゃんと学園の行事として組み込むそうだ。ただ、参加するのは希望する生徒だけだけど。

来年の責任者は僕じゃないといいな。

屋台で儲けたお金は、学園に寄付した。

ちなみに、王都のお祭りのメインは大樽(おおだる)運び。

用意された大人でも抱えきれないほどの大きい樽を、王都の東西南北に分かれた各勢力が奪い合うワイルドな内容。

建物や屋台が壊される危険性があるので、お祭りの最終日の夕方に行われる。

各勢力への分け方は住んでいる場所で決めているのだが、学園生徒たちはどこに住んでいても学園のある北東と判定された。なので、北チームと東チームで奪い合いに発展。

結果、なぜか西チームに所属。西チームの代表、グラッツのおじさんが悪い顔をしていたのを覚えている。

種族によって役割を分け、樽を奪い合うのはなかなか楽しかった。

〝大樹の村〟でもやってみたらどうだろうと思う。

秋。

秋は……なにがあったかな。

南西にダンジョンが見つかったから偵察に行った……は、教師の仕事じゃないよな。

そうだ、キッシュ伯爵家の後継者問題。

学園にはキッシュ伯爵の息子が二人、通っている。二人は年も近く、キッシュ伯爵の後継を巡って互いをライバル視していたが、直接的な争いはなかった。

しかし、突然にキッシュ伯爵が倒れたとの情報が入り、息子二人の取り巻きが争いだした。

勉強の成績で争うなら見逃すが、直接的な暴力は見逃せない。攻撃しているほうを叩きのめしていたら、息子二人の取り巻きは全滅。二人して僕のところに来て、平和的な裁定を願ってきた。

いやいや、僕が裁定してどうするんだ。まずはキッシュ伯爵の容態の確認。キッシュ伯爵に万が一があったとしても、遺言とか残している可能性もある。

面倒だったが、息子二人は僕より年上だけど学園の生徒、僕は学園の教師。たとえ僕の授業に出ていない生徒だとしても、放り出すのは心苦しい。

なので僕は二人を連れてキッシュ伯爵のいる領地に向かった。

向かったら向かったで、妨害者が出てきて大変だった。学園に通っていない兄弟がまだいるのだそうだ。

なんやかんやあって、キッシュ伯爵の屋敷にまで到着したが、キッシュ伯爵は伝染病にやられたらしく面会謝絶。

なぜか僕が有名な薬師を探し出し、求められる素材集めに奔走させられた。まあ、領内にも伝染病流行の兆しがあったから、放置はできなかったけど。

薬師の作った薬で、伝染病は終息。

キッシュ伯爵が回復したことで、後継者問題は先送りとなった。家族で存分に話し合っておいてほしい。

あと、僭越ですが認知してない息子さんが数人いるようですので、そちらも解決されたほうがいいと思いますよ。

帰ってから。

学園は貴族の後継問題などには関わらない。

中立を貫くのですと、学園長からメチャクチャ怒られた。すみません。

対外的には、僕は伝染病を終息させるために派遣されたことになった。

あと、秋にあったのは〝大樹の村〟に戻って武闘会。

やはり、まだまだ未熟だと反省した。

そして、武闘会で知り合った竜三姉妹と僕たちが呼んでいる混代竜族（エルダードラゴン）の三人は、武闘会が終わったあとに王都にやってきた。魔王のおじさんのために働くそうだ。

なのに、なぜか学園の僕たちの家のそばに、彼女たちの家を建てることになった。まあ、学園長の許可とか建築費とか生活費を魔王のおじさんが頑張ってくれたから文句はない。

冬。

今年の冬は寒かった。

だからなのか、北にいる魔物や魔獣が南下を開始した。寒さで食料が十分に確保できず、食料を求めての南下だとベテランの冒険者が言ってた。

王都は北の森で守られているけど、街道などが危ないとのことで冒険者たちが出動。僕やシール、ブロンにも要請が出た。

魔物や魔獣はたいしたことはないが、移動距離が大変だった。竜三姉妹に移動を助けてもらい、魔物や魔獣を退治していたら、僕たちを竜騎士と呼ぶ人たちが出てちょっと困った。騎士じゃなく男爵家当主相当なので。

細かいことかもしれないけど、このあたりはデリケートだから。あ、乗り手の意味で騎士なのね。なるほど。

でも、それだと竜三姉妹の機嫌が……悪くない？　逆にちょっと誇らしげ？　なぜに？

冬は生徒の大半が実家に戻ったりするから、あまり教師っぽいことはできていない。逆に魔物とずっと戦っていたから、その記憶が印象に残ってしまったのかな。

野球の記憶は……僕が暇なタイミングを的確に見抜いて魔王のおじさんが誘いに来るからな。竜三姉妹も最初は野球に戸惑っていたけど、今では学園の敷地で自主練をするぐらいになっている。

竜三姉妹による三連続ホームランで大盛り上がりしたからだろう。打撃の練習だけじゃなく守備の練習もしたほうがいいぞと言ったら、つき合わされた。学園でも野球に興味を持つ生徒が少し出始めている。

時々、そういった生徒に野球の指導をしたりしているけど……これって教師の仕事じゃないよな。

僕は真面目に考えすぎなのかな。もっと気楽に構えたらいいのかもしれない。

一応、悩み相談に来てくれる生徒もいるし、教師として存在感がないわけではないだろう。

相談の内容は、建築か料理か戦闘の質問ばかりだけど。

「ゴール先生。山羊小屋はこんな感じでいいですか？」

「うーん…………まず、今の扉の鍵だと役に立たない。鍵をもっと複雑な物に取り替えたほうがいいかな」

「家畜泥棒対策ですか？　学園内ですよ？」

「いや、山羊が開けて逃げるから」

「え？　山羊ですよ」

「山羊だからだよ。鍵を開けたあと、脱走がバレないように閉めていくぐらいの知恵もあるし」

「それは山羊の皮を被った別の生物なのでは？」

これは相談ではなくチェック。

次の春、キッシュ伯爵から伝染病対策で奔走したことのお礼に、山羊を送ってくれることになったからだ。

学園長の許可をもらうのが大変だった。

閑話　世界よ恐怖せよ！

俺の名はメネク。山羊の頭部を持つ魔族だ。

獣人族と間違われやすいが違う。獣人族はもっと人間寄りだ。

人間の頭部に動物の耳と多少の毛があるのが獣人族。俺の頭部は完全に山羊。

だが、喋れる。饒舌なほうだ。

そして、俺の肉体は山羊寄り。完全に山羊ではない。山羊寄りだ。だから、服を着ているし立って歩いている。

全裸で四つんばいになると高確率で山羊と間違えられるから、絶対に全裸で四つんばいにはならない。

それが俺のプライドだ。

なぜ、俺の頭部は山羊なのか？

魔族に限らず、自分の中の魔力を制御できないと、魔力によって身体を変質させてしまう。それゆえにだ。

魔族は所持できる魔力が多く、身体を変質させてしまう者は珍しいわけではない。まあ、俺みたいにほぼ全身を変質させてしまった者は珍しいだろうけど。

俺は生まれつき魔力が多く、生後一年でこの姿になってしまった。

だが、悲観はしていない。今の俺の姿は、古の魔族の姿を連想させる。

バフォメットのダセキ。

人間だけでなく魔族も恐怖のどん底に叩き落とした王だ。

言い伝えにあるその姿に、俺はピタリと一致する。姿だけではない。

俺には他者を圧倒する力もあるし、難しい魔法も軽々と使える頭脳と魔力がある。

俺はバフォメットのダセキ、そのものだ。自信を持ってそう言える。

そして、俺の実力と姿に魅せられた者によって一つの勢力が出来上がった。

反魔王軍。

総勢、十万人。

一箇所に十万人がいるのではなく、魔王国の各地に少人数ずつ。俺の合図で行動を開始することになっている。

ふふっ、ふふはははははははははっ！

世界よ！　恐怖せよ！　まずは魔王国からだ！

…………捕まった。

超強いエルフとやり合っている最中に、取り囲まれてしまった。

エルフ一人ならなんとかなったのに、残念だ。

すみません、嘘です。エルフ一人に手も足も出ませんでした。あれ、ずるい。反則だ。エルフのくせに、あんなに強いなんて。きっと有名なエルフに違いない。

え？　エルフじゃない？　ハイエルフ？　ハイエルフって、あのマンイーターの？　ははは、まさか。

…………本当？　冗談じゃないの？　うわぁぁぁぁ……あぶなかったぁ。

衛士に取り囲まれて、俺は助かったのか。よかった。

そう思うと、この衛士小屋で取り調べを受けているのも幸せに思えてくる。

「それで、君はどうして捕まったか理解しているのかな？」

若い衛士が俺に聞いてくる。

子供をあやすような喋り方にカチンとくる。魔族は年齢がわかりにくいが、どう見ても俺より年下だろう。俺はこれでも四十年は生きているのだ。魔王国では年齢はあまり重視されないとはいえ、年長者には敬意を払うべきだ。そうじゃないかね？

「俺は今年で五十になるが」

…………。

すみませんでした。お若い外見ですね。

「よく言われる。それで、もう一度聞くけど、君はどうして捕まったか理解しているのかな？」

学園の敷地内に無断で侵入し、パーティーをしていたからです。

「そうだね。でも、それだけじゃないよね」

大きな焚き火をしていたからです。

「それだけじゃないよね」

…………。

「それだけだと思ってる？」

いえ、その……ちょっと反社会的なことを叫んでしまったかなと……反省してます。

「うん、反省する態度はいいね。このあと、君を王都の警備隊に引き渡すけど、そこでもちゃんと反省の態度を見せるんだよ」

え？　引き渡されるんですか？

「さすがに魔王国に害を及ぼすことを大声で叫ばれるとね。見逃せないんだ」

そんな、悪気はなかったんです！　助けてください！

「悪気がないのに、あんなことを言っちゃったの？」

言っちゃったんです、すみません。

「十万の同胞がいるんだって？」

違います。あれは大袈裟に言っただけで。親とか兄弟を勝手に含めた数で……。

「実際は何人？」

十二人です。

「十二人ね。君も含めてだよね。あの場で捕まった人数も十二人だし。それで、十二人がどうすれば十万人に？　親とか兄弟を入れてもその数にならないよね」

し、親戚を含めて……。

「親戚も含めたらその数になるの？」

な、名前を知ってる友達も含めました。

「名前を知ってる友達、十万人もいるの？」

…………一緒に捕まった友人の中に、男爵に仕える一族がいまして。その男爵領の人数を。

「キーク男爵だよね。親御さん、迎えに来てたけど……あの人の領地って千人もいなかったんじゃなかったっけ？」

その千人の親、兄弟、親戚、友人を含めたら十万人ぐらいかなぁって……。

「ああ、なるほど。確かにね。その計算、もう使っちゃ駄目だよ」

はい、そうします。

それで、警備隊への引き渡しだけは……。

「そう言われてもねぇ。えっと……メネクくんだっけ？　仕事はなにをやっているのかな？」

自由の戦士。

「いや、そういうのはいいから」

無職です。

「無職かぁ。俺の従兄弟(いとこ)も無職で色々と苦労していたけど……メネクくんは職を得るためになにかやっているのかな？」

就職のためのコネを作ろうと仲間を集めて……。

「あのパーティーをやったと。そうそう聞き忘れていたけど、あれって今回が初めてだよね？」

小さなパーティーは友人の家で何回かやっていますが、野外でやったのは今回が初めてです。

「どうして今回は野外だったの？」

大きな焚き火をやりたいと誰かが言い出して……。

「誰かが？　君がリーダーじゃないの？」

確かに俺がリーダーだけど、焚き火は俺が言い出したんじゃないです。

「そうか。うーん……」

な、なにか問題でも？

「いや、こっちの話。とりあえず俺の上司……衛士隊の偉い人にこの証言をそのまま伝えるけど、その人が駄目って言ったら駄目だからね」

お願いします。警備隊に引き渡されたら、どんな目に遭わされるか。

「警備隊、怖がられるなぁ。とりあえず、君はちゃんと職を探しているって言うから、話は合わせてよ。あと、反省の態度。忘れないように」

わ、わかりました。よろしくお願いします。

衛士が出て行ったあと、俺は祈りながら待った。

頼む、助けてくれ。


どれぐらい待っただろうか。

さきほどの若い衛士が戻ってきた。ベテランそうな衛士も一緒だ。

たぶん、このベテランそうな衛士が上司なのだろう。そのベテランそうな衛士は、俺を見るなり大笑いした。

…………。

なぜ笑っているのかわからなくて俺は呆然としてしまったけど、止まらない笑い声に腹が立ってきた。

しかし、我慢だ。これは俺を怒らせる策なのかもしれないのだから。

俺は笑い声が収まるまで、頑張った。

「あー、笑った笑った。すまんすまん」

すまんじゃないと思う。

最初に俺を取り調べた衛士が、ベテランそうな衛士を冷たい目で見ている。

「いや、すまん。笑ったのには理由があってな。聞いてくれるか？」

聞きたくはないが、理由は知りたい。

「君みたいに山羊の頭部を持つ魔族は、大抵がバフォメットのダセキを目指すんだ」

え？

「俺はダセキの生まれ変わりだとか言いながらな」

…………。

「特徴的なのが野外での大きな焚き火を囲んでのパーティー。今回の件、話を聞いたときからまさかって思ってたけど、思った以上にダセキそっくりなのがいるんだもん。そりゃ、笑うだろ」

え、えーっと……そんなにそっくりですか？

「そっくり。王都のハネスの武器屋って知ってるか？　あそこにダセキの肖像画が飾られているんだけど、お前の絵じゃないかってぐらいそっくり」

やっぱり。

「お前もダセキの生まれ変わりって言ってパーティーやったんだろ？」

生まれ変わりじゃなくて、そのものだって言ってました。

「そうかそうか。そうだよな。ははは。じゃあ、あれか。野外で反社会的なことを叫んだって、ダセキの名セリフだな」

は、はい。

「よし。ここで一回、それを言ってみせてくれ。そしたら許してやるから」

え？

「ポーズとかも練習したんだろ。頼むよ」

…………断れるわけがなかった。

俺は全力でやった。

ふふっ、ふふははははははははっ！

世界よ！　恐怖せよ！　まずは魔王国からだ！


現在、俺は魔王国の王都にあるガルガルド貴族学園の中で働いている。

なぜか学園の教師が牧場を持っていて、そこの管理人だ。

俺を取り調べた衛士が、就職先として斡旋（あっせん）してくれた。ありがたい。

仕事はきついが、頑張ろうと思う。出される食事、味は良いし量も多いからな。

ただ、どうにも俺を悩ませる問題が二つ。

一つ目。

柵の中にいる山羊たちが、俺を見ると突撃してくる。じゃれているだけだと思いたいが、明確な敵意を感じる。

ひょっとして、俺のことを勝手に外に出ている山羊（なかま）と思っているのかもしれない。屈辱だ。

二つ目。

俺と戦ったハイエルフ。

リグネという名らしいが、あれにどうも気に入られたようで時々、訓練につき合わされる。

「資質は十分。あとは鍛えた分だけ強くなれる」

認めてもらえるのは嬉しいが、牧場の管理人として働く時間は確保してほしい。

睡眠（すいみん）時間を削（けず）れって、無茶は言わないでください。


俺の名はメネク。山羊の頭部を持つ魔族。

充実した毎日を過ごしている。

「メネクさん！　山羊が脱走してるー！　追いかけてー！」

…………。

それなりに充実した毎日を過ごしている。

閑話　学園の報告会

私はガルガルド貴族学園で教師をやっている。名は……ここでは明かさないでおこう。ただの教師の一人だ。

今日は、学園に勤務する教師が集められる会議がある。

まあ、報告会みたいなものだ。近々に発生したトラブルを、どうやって解決したとか、どんな結末を迎えたかの報告がされる。

教師たちのあいだに情報の格差がないようにするのが目的のため、真面目に聞く必要がある。

報告しているのが学園の筆頭教師だしな。

・学園の生徒が王都で散策中に誘拐される事件に遭遇。
教師シールが駆けつけ、生徒を救出。誘拐犯を逮捕。
解決済み。

・学園内で生徒同士の喧嘩が勃発（ぼっぱつ）。
親の爵位を持ち出す前に教師ゴールが駆けつけ、両者を和解。

解決済み。

両者の親から教師ゴールに対しての感謝の意が示されている。

・王都にて窃盗事件発生。
教師シールが探索を行い、犯人を発見。奪われた品を奪還。窃盗犯を逮捕。

解決済み。

窃盗被害に遭った商会一同から謝礼金が教師シールに贈られたが、教師シールはそのまま学園に寄付金として収めた。

・学園の第三資料室の整理が、教師ブロンの指揮のもと一部生徒たちで行われた。
とても使いやすくなったと、事務員たちから好評を得ている。

できれば、第一資料室、第二資料室もお願いしますと圧力をかけられた。

あと、紛失していたと思われる資料、魔道具が多数発見された。

現在、発見された資料や魔道具の管理責任者が誰であるかを追及中。

・王城の魔王主催のパーティーにて、教師ゴールに対する引き抜き工作が発覚。
パーティーに参加していた学園生徒がその現場にいたため、引き抜き工作の妨害に成功。

引き抜きを指示した主犯者は「あの剛腕をチームで奮ってほしかった」「我がチームの連敗を止

める救世主として期待していた」等の野球関連の供述をしており……この件は、あとで魔王に個人的に文句を言っておきます。


学園長が魔王様の奥さんなのは有名だが、学園の筆頭教師が魔王様の友人なのはあまり知られていない。

なんでも、魔王様と同じ街の出身で、魔王様が子供のころからの友人。つまり、幼馴染。

ちなみに、学園の筆頭教師は女性なのだが、魔王様と学園長の仲に思うところはないのだろうかと疑問に思ってしまうが、思うだけにしておく。

学園の筆頭教師は既婚だしな。

・北の大陸での反乱軍に対し、教師シールが介入。
地方軍を率い、反乱軍を包囲殲滅。最後は反乱軍の首謀者と一騎打ちをしてこれを捕縛しました。

解決済みです。


あの、どうして北の大陸での反乱騒動に教師シールが関わっているのでしょうか？

そして、なにをどうすれば地方軍を率いる事態になるのですか？

地方閥はかなり身内意識が強固で、指揮権を渡すことはないと思うのですが？

私の思った疑問を、ほかの教師が口に出していました。

「軍事機密に抵触するので公にできません」

学園長が苦々しい顔でそう言うので、この話題はここまでです。

ちなみに、私は知っています。

教師シールの交際相手に、地方閥の大物の娘さんがいることを。

決して、無関係ではないでしょう。

・学園の生徒が増えるとの予想がされています。

詳細は各自、資料を見てください。

問題となるのは予想通りに推移した場合、五年後に教師が不足し、十七年後には校舎が足りなくなることです。

これに対し、新しい貴族学園の設立、もしくは現学園の拡張が魔王国から提案されています。

「予算が足りないので、どちらの案も受け入れにくいです」

貴族学園なのだから、魔王国なり大貴族なりから資金援助してもらえればいいのだろうけど、そうすると資金援助した先からの要望に対して抵抗できなくなる。

特定の生徒の優遇措置を求められたりすれば、学園の信頼は地に落ちる。学園長としては、受け入れられないだろう。

だが、このまま放置もできない問題だ。

口を出さない出資者がいればいいが、口を出せないのに出資する者がいるだろうか？

「口を出さない出資者になら心当たりがありますけど」

教師ゴールの意見。

…………。

学園長の知り合いでもあるのか、教師ゴールと目で会話して、すごく困った顔をしている。

「この件に関しては、持ち越しで。ゴール、シール、ブロンの三人はあとで学園長室にまで来てください」

そういうことになった。


このあと、いろいろと報告されたけど、大半が教師ゴール、教師シール、教師ブロンが関わっているな。

あの三人がいなければ、会議はすごく短く終わった気がする。

いや、気のせいではないか。あの三人が来る前の会議は短かった。

だが、あの三人にいなくなってほしいとは思わない。

あの三人のお陰で、学園で出される食事の質がかなり改善されたからな。

今日もこのあと、会議の打ち上げとして食事会の準備が進められている。私がこの会議をさぼらずに出席しているのも、それが理由だ。

「学園長、三人はなるべく早く解放してくださいね」

教師の一人が学園長にそう要求する。ふふふ、彼も食事会目当てだな。

「その三人には私のほうからも言いたいことがありますので」

違った。ええい、さらに食事会が遅くなるじゃないか。翌日にしたまえ、翌日に。もしくは食事会のあとで。

私は朝から楽しみにしているんだぞ。

Farming life in another world.

Final chapter

Presented by
Kinosuke Naito
Illustrated by
Yasumo

〔 終章 〕

“五ノ村”と三騎士

01.家　02.畑　03.鶏小屋　04.大樹　05.犬小屋　06.寮　07.犬エリア　08.舞台　09.宿　10.工場
11.居住エリア　12.風呂　13.ゴルフ場　14.上水路　15.下水路　16.ため池　17.プールとプール施設
18.果樹エリア　19.牧場エリア　20.馬小屋　21.牛小屋　22.山羊小屋　23.羊小屋　24.薬草畑
25.新畑エリア　26.レース場　27.ダンジョンの入り口　28.花畑　29.アスレチック　30.見張り小屋
31.本格的アスレチック　32.動物用温水風呂　33.万能船ドック　34.世界樹

1 十六年目の春

春。

マルビットが帰らなかった。

抵抗した。すっごく抵抗した。コタツに潜り込んで、一児の母とは思えない抵抗をした。

帰りましょうと説得していたルィンシアを折れさせたのは凄いと思う。

結局、マルビットとルィンシアは春のパレード終了まで滞在することになった。

その決定を喜んだのはクロヨン。チェスの対戦相手がいなくなるのは寂しかったらしい。さっそくマルビットのもとにチェスをやりに向かった。マルビットが帰るまでチェスを楽しむといい。ただし、ほどほどにな。

クロヨンのパートナーのエリスが俺に訴えてくるから。チェスに夢中になって家庭を疎かにしてはいけないぞ。

…………。

偉そうに言っているが、俺はどうだろう？　家庭を疎かにしているつもりはないが、そうなっていないとは限らない。

注意しよう。

起きてきたザブトンと挨拶。

ザブトンはなぜか俺が〝五ノ村〟に行ったことを知っており、〝五ノ村〟で着る服を作れなかったことを残念がった。

いやいや、ちゃんとザブトンの作った服を着て〝五ノ村〟に行ったんだぞ。

ちゃんと状況に合わせた服装をするべきと……たしかにそうかもしれないが、あの服もそれほど悪いものではなかったと思うのだが……。

そういうことじゃないのね。

俺の服はザブトンに任せている。そのザブトンが駄目だと言うなら駄目なのだろう。

ひょっとして、俺の知らない服装のマナーやメッセージ性があるのかもしれない。以後、注意しよう。

あと、緊急時用に何着か用意しておいてくれると助かったり……あ、すでに用意している。

俺が嫌がると思って伝えていなかっただけなので、なおさら悔しいと。申し訳ない。

ザブトンが起きたので、そろそろかと思ってため池の様子を見ると、ため池の中央が凍っていた。

おかしい。

確かにまだ肌寒いが、ため池が凍るほど寒くはない。そして、ため池が凍るときは外周部からだ。池の中央だけが凍っているのは不自然。

そう思って見ていたら、バキッと大きな音を立てて氷の中央が割れ、ポンドタートルの甲羅が突き出てきた。

おおっ！

そして氷は粉砕され、ため池に散っていく。あ、あの氷はポンドタートルが魔法で作ったのね。でもって、今のは冬眠明けの運動みたいなものか。へー。

しかし、寒いから冬眠するのに起きたら氷で遊ぶのはどうなんだ？　まあ、いいか。とりあえず、おはよう。ほかのポンドタートルはまだ冬眠中かな？　そう聞いた瞬間、ため池の中央に新しい氷が張られた。

起きているようだ。

春になれば、ウルザとナートを魔王国の学園に行かせる話があったのだけど、これは延期になった。〝五ノ村〟で揉めたこともあるけど、魔王国の学園でなにを学ばせるかが問題になったからだ。

ことの発端は、ゴールたちからの報告書。

ハクレンから教えてもらっていることで学問、魔法、武術はすでに十分な実力。魔王国の貴族になるなら学べることはあるけど、そうでないならガルガルド貴族学園はお薦めできないと言ってきた。

「貴族学園は、将来的に魔王国の貴族となる者の交流の場の意味合いが強いですから……派閥作りには最適なのですが、ウルザさま、ナートさまには不要かと」

文官娘衆たちからも、そうアドバイスされた。

ゴールたちを魔王国の学園に行かせたのは、見聞を広める以外にも嫁探しの面もあったから問題はなかった。しかし、ウルザやナートの婿探しをするわけではないのなら、ガルガルド貴族学園に行くのは意味がないそうだ。なるほど。

どうも魔王国の学園は俺の考えている学園、学校とは違うようだ。文化祭や体育祭などの行事がないと聞いて驚いた。これはガルガルド貴族学園だけではなく、ほかの学園などでもそうらしい。学園には遊びに行っているのではないのだから、当然だそうだ。そんなものか？

例えばガルガルド貴族学園の場合、そういった行事は派閥作りには便利そう……派閥の対立を煽りすぎるからかな？　まあ、学園の行事はない代わりに、生徒たちで狩猟会やお茶会を開くそうで、自主性は育まれているようだ。


とりあえず、俺だけで悩んでも仕方がないので母親のハクレンとナーシィ、それと本人たちを交えて相談したら、ウルザとナートが学園にはまだ行かないとはっきり言った。

それをハクレンとナーシィが承認したので、今年は魔王国の学園に行かないことに決定。

まだ行かないと言っているので、気が変わることもあるだろう。なので延期扱い。

ただ、村にいるならいるで、そろそろ働いてもらう年頃。年下の子供たちの面倒をみるのが仕事とも言えなくはないが……どうしたものか。

ちょうどいいので聞いてみた。

ウルザはハイエルフたちの狩りに同行するそうだ。春前にハイエルフのリアに伝え、今は狩りの練習中らしい。

そして、ナートは獣人族の女の子たちに交じって色々と作業すると。こちらも春前に獣人族のセナに伝えているらしい。

…………。

俺よりもしっかりと考えているようで安心。

いや、俺が考えなさすぎか？　反省。もっと子供たちのことを考えよう。

一緒に遊んでいるだけじゃ駄目だよな。

春の種族会議、褒賞(ほうしょう)メダルの授与を終えたあと、俺は畑を耕(たがや)す。

作付けは例年通りだが、新しい畑を二面作った。

一面は村の東側、薬草畑の近くに。カレーのスパイスになりそうな新しい作物を育ててみた。

〝一ノ村〟住人からの希望だ。さらなる味の追求をしたいらしい。

ただ、俺の知るカレーのスパイスになりそうな作物はすでに育てている。

そこで、まことに勝手ながら『万能農具』頼み。申し訳ないと謝罪しつつ、カレーのスパイスになる作物と願って耕した。

なにが育つかは、育ってからのお楽しみ。

もう一面は、村の北側。果樹園のさらに北、花畑近くに作った。

育てるのは世界樹。

育つかどうかわからないけど、一本しかない苗木を〝大樹の村〟に根付かせてしまっている現状。マルビットやルィンシアは気にしないでと言っているが、気にしてしまうのが俺。なので、ほかの天使族が文句を言ってきたときに返せるようにと育ててみることにした。無事に育ってほしいと願う。……ん？　あれ？　無事に育ったら苗木じゃなくて成木になるかな？　成木を返せるかな？

畑作業が終わればパレードだ。

ほかの村から応援が集まってきている。

そして山エルフたちの指揮で組み立てられる移動式の櫓（やぐら）。今年は旗指物（はたさしもの）が多いな。旗指物だけでなく、ポール……葉を落とした竹も多いように思える。

キアービットたちは花を集めて何をやっているんだ？　パレードの最中、上から降らせると、なるほど。蜂や妖精のための花畑だから、取りすぎないようにな。

ティアはゴーレムを呼び出して……行進の練習か。

ゴーレムたちの一糸乱れぬ姿は美しい。

……あれ？　ゴーレムの数、多くない？

前に水路作りを手伝ってもらったとき、三十体ぐらいが限界とか言ってたのに、俺の前で行進しているゴーレムは百体ぐらいいそうだ。

「私も成長しているのです」

ティアが胸を張る。

「と言っても、魔石を使っての自律行動なので、複雑なことはさせられませんけど」

歩け、止まれ、暴れろ。

それぐらいの命令しか聞いてもらえないらしい。

ちなみに、暴れろと命令したとき、敵味方の識別をしないので今みたいに密集していると同士討ちをするそうだ。

実用面ではイマイチだが、こういった行進のときの見栄えには使えるとティアはまた胸を張る。

そう胸を張らなくても、わかっている。俺はティアの要望通り、頭を撫でて褒めた。

それを兵隊蜂が見ていた。

そして、俺の前で綺麗な集団飛行を見せてくれる。

…………。

お前たち、俺に頭を撫でて褒められたいのか？　違う？　褒めなくていいから、ザブトンの子供を一匹貸してほしい？　どうするんだ？　太った女王蜂を脅して痩せさせると。

自力で飛べない状態はさすがに問題だと。なるほど、わかった。

ただし、パレードが終わってからな。ザブトンの子供たちもパレード、楽しみにしているから。

パレードの本番は明日、頑張ろう。

2 神の仲裁

村に軽快な太鼓の音が鳴り響く。太鼓の中に砂が仕込まれているのか、独特の音になっている。

その太鼓を持ったリザードマンが二十人。彼らが先頭になって、パレードが開始される。

リザードマンの太鼓隊は村の西側からスタート。居住エリア内を突っ切り、俺の屋敷の前に向かうコース。

リザードマンの太鼓隊の後ろに、ティアの作ったゴーレム隊が続く。ゴーレムは二メートルぐらいの人間サイズ。ゴツゴツした岩のボディーなのだが、ザブトンたちが作った白い衣を腰に巻いているのでさらに人間っぽい。

さらに、そのゴーレムたちにはガットの作った武具を装備させている。強そうだ。そして、その数は二百。

…………。

ティアは練習のときより増やしているな。

一糸乱れぬ行進は綺麗だけど、どこかに攻め込む前のように見えて、ちょっと怖い。

ゴーレム隊の後ろに、三人の死霊騎士(デスナイト)。

剣と盾を持って踊りながら続く。ただ、踊りにいつもの陽気な感じはなく。戦い前をイメージしているのか、重々しい雰囲気だ。

そして、死霊騎士の後ろに二十人のミノタウロス族、二十人のケンタウロス族。

ミノタウロス族とケンタウロス族は、全員がマスクをしていて顔を見せない。その上で全員が両手に剣を持ち、二刀流。強そうだ。

その後ろには誰も続いていない。これは手違いではなく、予定通り。

リザードマンの太鼓隊、ティアの作ったゴーレム隊、三人の死霊騎士、二十人のミノタウロス族、二十人のケンタウロス族の一行は、俺の屋敷の前に到着。

そこに待ち受けているのは、獣人族、ハイエルフ、山エルフの一団。全員が違う武器を持ち、統一感がない。

その一団を率いるのはナート。

そのナートが旗を振り、獣人族、ハイエルフ、山エルフの一団が雄叫びを上げて突撃を開始。

リザードマンの太鼓隊、ティアの作ったゴーレム隊は左右に分かれて獣人族、ハイエルフ、山エルフの一団を素通し。

迎えたのは三人の死霊騎士。もちろん、本気での戦闘をするわけではない。死霊騎士が振った剣で、倒された様子を演じながら一団の後ろに戻っていく。

うーん、ハイエルフ、山エルフの演技がイマイチ。

いや、演技が下手だからイマイチなのではなく、演技が迫真すぎるのでイマイチ。

私の腕がぁぁとか、内臓が落ちたぁとか言わないでほしい。子供が聞いてるから。

獣人族は、無難な演技。いいぞ。


三人の死霊騎士の活躍により、ナートが率いる一団はばらばらに散る。

死霊騎士の剣がナートに向けられ、ナートもやられるのかというところで、大太鼓の重たい音が奏(かな)でられた。

そして、誰もが動きを止めるなか、大太鼓の音に合わせて重々しく登場する魔王。

魔王の後ろにはランダン、グラッツ、ホウ、ビーゼルの四天王。

四天王の面々は身体のサイズに合った小さな樽(たる)を抱えている。小さな樽の中は水。

魔王の指揮で四天王の四人は小さな樽から水を手ですくい、死霊騎士に振り撒(ま)いた。

死霊騎士は慌てて撤退。ミノタウロス族、ケンタウロス族もそれに従う。

リザードマンの太鼓隊、ティアの作ったゴーレム隊は逆方向に進んで魔王の後ろに。

魔王はナートと共に胸を張って行進を開始。

進路は俺の屋敷の前を通り過ぎ、居住エリアに……入る前に、その進路を阻(はば)む新たな一団。

マルビット、ルィンシア、ティア、グランマリア、キアービットの天使族。その後ろに、さきほど撤退した三人の死霊騎士とケンタウロス族、ミノタウロス族。

マルビットの一団は魔王たちを挑発するようにゆっくりと前進。

すると、魔王の後ろについたリザードマンの太鼓隊、ティアの作ったゴーレム隊が不規則に動き出した。どうやら裏切った様子だ。

つまり、魔王と四天王は囲まれたことになる。これは大ピンチと魔王は大慌て。

魔王とナート、四天王は村の東側、俺の屋敷方向に向かって撤退。

その際、四天王が一人ずつ足止めの見せ場がある。演技、迫真(はくしん)だなぁ。

俺の屋敷の前に来たときには、魔王とナートだけになっていた。

二人がもう駄目だというところで大きな鐘が鳴らされた。

そして全員が動きを止め、俺の屋敷を見る。


俺は屋敷の三階にいた。

そして、今回のパレードのために屋敷の正面に作られた階段を使って下りる。

みんなが動きを止め、音も立てないのですごく目立つ。緊張する。

さらに、階段を下りるのにあまり下を見ないようにと無茶なことを指示されているので困る。

俺はゆっくりと、足を踏み外さないことだけを考えて下りた。


俺が地面に足をつけると、また大きな鐘が鳴らされた。

鐘を鳴らしているのは、ザブトン。

階段の下に隠れていたアルフレートとティゼルが登場し、まずアルフレートが俺に文字の書かれた木板を渡してくれる。

俺は文字の書かれた木板を受け取り、それを魔王に渡す。魔王は文字の書かれた木板を両手で天に掲げる。

すると、さきほど散った獣人族、ハイエルフ、山エルフの一団が戻ってきて魔王の後ろに。裏切ったリザードマンの太鼓隊が魔王の後ろに戻り、ティアの作ったゴーレム隊は動きを止めた。

次に、ティゼルが俺に苗木を渡してくれる。

俺は苗木を受け取り、それをマルビットに渡す。マルビットは苗木を天にかざし、天使族は俺の後ろに。

残ったのは三人の死霊騎士、ミノタウロス族、ケンタウロス族の一団。

俺が魔王の一団と死霊騎士のあいだに立つと、双方は十歩ずつ下がる。

これで争いが収まったという演出。

また大きな鐘が鳴らされた。これでこの演出の物語は終わり。

俺が片手を挙げると大きな歓声が湧きあがった。

村の西側からスタートした物語は、常に多くの観客が同行していた。なので、多くの者が物語を目撃できただろう。

進路近くの畑は、踏み荒らされることを想定して耕していない。パレードが終わったらすぐに耕す予定だ。

さて、演出の物語は終わったが、パレードは終わっていない。

むしろ、パレードはこれからが本番。二つの陣営が仲直りをして、共に行進をするという演出だ。居住エリアから車輪付きの櫓が移動してくる。

物語では出番のなかったクロたちも集まって、出発の合図を待っている。慌てるな。ちょっと休憩というか、着替えないといけないからな。

俺の姿は、シンプルな一枚布をまとい、腰紐で縛った姿。階段を下りるときにも思ったのだが、風が吹くと下着が丸見えになる。危険な格好だ。あと、寒い。

なので着替えたい。

これは俺の我儘ではなく、予定通りの着替えだ。すでにザブトンが次の衣装を用意している。わかっている。

今回のパレードで、俺は十一回の着替えが予定されている。頑張る。

少し離れたところで待機する文官娘衆。

「これって魔神神話の第一部でしょ？　第二部はやらないの？」

「第二部は魔神様が消える話だからお祭りには合わないかなって。魔神様が消えたあと、また争いが再開されちゃうしね」

「なるほど。でも、第二部のほうが人気があるでしょ」

「戦いの見せ場だらけだからね。派手だけど、〝大樹の村〟でそれをやると……配役で揉めそう」

「あー……たしかに。やらないのが正解かな」

「いや、やるならもっと時間をかけて準備してやりたい。とくに英雄女王の役をウルザちゃんにやってもらいたい」

「あはは。でも、やるとなると……魔王様、何回ぐらい倒されるかな？」

「魔王様の役、全部魔王さまに任せるの？」

「魔王様がいるのに、ほかの人にさせるほうが不敬でしょ」

「魔王様、倒されるシーンばっかりだけど……そっちのほうが不敬にならないかな」

「今回、四天王のみなさまに、四天王役をお願いしておいて、いまさらでしょ」

「あははは。まあ、演技だしね」

「そうそう、演技演技」

「ところで、階段の上に作った魔神様の席に、ずっと猫が座っているのだけど……」

「座っているわね」

「席のせいかな。いつもより二割増し、凛々しく見える」

「見えるね」

「どうする？」

「どうもしない。ほら、私たちが乗る櫓が来たわよ」

「おっと、急がないと」

3 春のパレード

パレードの列が進む。

今回のパレードの一番手はクロたち。

クロを先頭に、少し下がった場所にユキ。その後ろにクロイチ、クロニ、クロサン、クロヨンが綺麗な列を作って続く。

尻尾までぴんと揃っているな。いっぱい、練習したんだろうなぁ。

二番手にザブトンの子供たち。

先頭はアラクネのアラコ。大きな旗を持っての行進だ。その後ろに一列に並んだマクラサイズの子供たち。

マクラサイズの子供たちが櫓役になり、その上に拳サイズや雑誌サイズの子供が乗っている。ははは、無理して俺に手……ではなく、足を振らなくていいぞ。落ちたら危ないからな。

三番手は始祖さん。

その後ろにフローラとフーシュ、聖女のセレスが同行している。

四人だけでちょっと寂しそうだったけど、始祖さんが魔法で影の兵隊みたいなのを出して並べた。その数、四十。

始祖さんは、その気になれば四百は出せると言っていたが、遠慮してもらった。別に四人でもかまわないと思うけどな。

旗持ちはフーシュ。時々、旗を振り回して観客を沸かしている。

旗が綺麗に舞っているので、適当にやっているのではないだろう。コーリン教では旗を振り回す修行とかあるのかな？

四番手は天使族。

マルビット、ルィンシア、クーデル、コローネ、キアービット、スアルリウ、スアルコウ。

低空をゆっくり飛びながらの行進だ。

前を行く始祖さんの一団に対抗して、ティアの作ったゴーレムが四十二体、同行している。数で競わないでほしいなぁ。

旗持ちはクーデル。

五番手はハイエルフ。

先頭はリグネ。

本当はリアの妹のリリが先頭の予定だったのだけど、前を行く始祖さんやマルビットに対抗したいとリアたちがリグネを呼び戻した。リグネの訓練を受ける覚悟をしてまで対抗したかったのだろうか？

「釣り合いというものがありまして……例え話ですが、王様、王様と大物が続いたあとに平民では、平民がかわいそうではありませんか？」

リアはそう言っているが、そんなものだろうか？　パレードもお祭りの一種なのだから、気にしなくてもいいと思うけどな。

六番手は鬼人族メイド。

先頭は鬼人族ナンバーツーのラムリアス。

きっちりした行進になるかと思ったけど、笑顔溢れる和気藹々とした行進だ。先頭がアンじゃないからかな？

「私が先頭でも、あのような感じになるかと」

おっと、アンに聞かれていた。

七番手はリザードマン。

先頭はダガ。

数、増えたなぁ。観客に回っている者もいるのに、行進に参加しているのは五十人。

昔は顔の見分けがつかなかったが、今ではそれなりに見分けられるようになった。とくに村で産まれた若者かどうかの判断はできるようになった。

若いのは鱗の厚さ、色の濃さが違うのだ。最初に村に来たリザードマンたちなら、ある程度は判別できるようになっている。

絶対に間違えないと胸を張って言えるのはダガぐらいだけど。

八番手は獣人族。

先頭はガルフ。

うーん、村に来たばかりの頃は幼かった獣人族の女の子たちが、今では立派な女性になっている。

月日の流れを感じる。

九番手はドワーフ。

ドノバンを先頭に、樽を持っての行進だ。

樽の中身が酒なのは言うまでもないだろうが、飲みながらの行進はどうなのだろう？

観客にも振る舞っているようなのでかまわないか？

十番手は竜。

ここからは櫓で、引き手はミノタウロス族、ケンタウロス族、悪魔族、夢魔族、巨人族、ラミア族が担当してくれている。

櫓の上にはドース、ライメイレン、ドライム、そしてギラル。

楽しそうだ。

十一番手は文官娘衆。

いつもは裏方なので、今回は櫓に乗ってもらうことにした。

ここには魔王たちも乗ってもらうつもりだったのだけど、それだと文官娘衆が楽しめないとフラウが代案を提出。

魔王たちと相談の結果、魔王たちには別の櫓に乗ってもらうことになった。申し訳ない。

文官娘衆が櫓に乗るので、その代わりに山エルフたちが裏方に回ってくれた。どこかで埋め合わせをしないといけないなと思う。


十二番手に俺とルー、ティア、リア、アンたち母親が乗る大型の櫓。

母親、増えたなぁ。

あと、俺の着替えを手伝うためにザブトンと鬼人族メイドが数人、乗っている。

そして、俺の乗る櫓の上を、フェニックスの雛(ひな)のアイギスと鷲(わし)が飛んでいる。速度は鷲の圧勝だな。競ってないだろうけど。


十三番手に子供たちの乗る櫓。

櫓の先頭にアルフレート、ティゼル、ウルザが立ち、観客に手を振っている。

子供たちも増えたなぁ。

子供たちの監督役として、ハクレンに同乗してもらっている。ハクレンがいれば、大丈夫だろう。

妖精女王も乗っているのが少し不安だが……。


十四番手に魔王と四天王の乗る櫓。

文官娘衆の乗る櫓に比べると、一回り大きくて豪華になっている。

これがフラウの代案。

魔王も、パレードの主役は文官娘衆だと譲ってくれてほんとうに助かった。

四天王の四人……あれ？　グラッツの姿がない。ああ、ミノタウロス族だから、櫓に乗るのを遠慮したのかな。

この櫓にはマイケルさんが同乗している。

マイケルさんは単独で櫓に乗る予定だったのだけど、丁重にお断りされてしまった。

しかし、村の歴史を考えればマイケルさんを無下にはできないと文官娘衆が思案。マイケルさんに俺の櫓と魔王の櫓を選んでもらった結果、魔王の櫓に乗ることになった。

別に俺の櫓に乗ってくれてもかまわないのだけどな。マイケルさんは魔王の櫓の後ろのほうで、小さく手を振っている。

魔王の櫓の後ろは櫓ではなく、徒歩で〝二ノ村〟、〝三ノ村〟、〝一ノ村〟、〝四ノ村〟、〝五ノ村〟の集団が続く。

櫓じゃないのは、櫓の引き手が足りないからだ。

〝二ノ村〟の先頭はゴードン。

その後ろにグラッツの姿があった。その横にロナーナがいるのは、もうすぐ結婚するからだろう。

少し前というかかなり前から結婚まで話は進んでいたのだけど、結婚後の生活で揉めていた。

ロナーナは〝二ノ村〟で生活したいと言い、グラッツも村に住むと言っているので問題はなさそうなのだけど、グラッツが〝二ノ村〟に住むことに抵抗する勢力というか、魔王とビーゼルとランダンが全力で阻止に動いた。グラッツは軍で大事なポジションを担っているらしいからな。

ホウは無関心かなと思ったら、意外にもグラッツの応援。女性だし、結婚を応援したい気持ちが強いのかもしれない。

結局、グラッツは〝二ノ村〟に通うことになった。

ビーゼルの転移魔法で送ってもらうのだろう。結婚前とあまりかわらない。少し気が早いが、結婚おめでとう。

〝三ノ村〟の先頭はグルーワルド。

少し下がった位置にフカがいる。フカの横にいるのはフカの旦那だな。

男爵位の返上をきっかけに、フカから申し込んだそうだ。仲がよさそうでなにより。

フカの結婚を見て、グルーワルドが少し焦っているという話を、ケンタウロス族の世話役のラッシャーシから聞くが……あれ？　結婚の話があったんじゃなかったっけ？　だから爵位を返上するとかの話になったと思うが？

グルーワルドが爵位を返上してすぐに結婚すると、相手の男性に負い目が出るとのことで少し先延ばしにしているらしい。なるほど。応援しているぞ。

〝一ノ村〟の先頭はニュニュダフネのイグ。

人の姿での行進。

イグたちの人の姿、久しぶりに見た気がする。

ジャックたちは、子供の世話をしなければいけないから観客側に回っている。子供の世話、大変だもんな。

育児ノイローゼになっている者はいないとのことなので、一安心。

悪魔族の助産師たちや、鬼人族メイドたちの指導のお陰かな。感謝だ。

〝四ノ村〟の先頭はクズデン。

マーキュリー種のみんなも揃っている。

ミヨが村に戻って来たとき、すごく怒られた。パレードが終わったら、ミヨは〝シャシャートの街〟に戻るそうだ。いまさら、放り出せないと。すまない。

なので正式に、ミヨに〝シャシャートの街〟を担当してもらうことに。

「〝シャシャートの街〟を担当？　範囲が広くないですか？　気のせいですか？」

気のせいだ。

死霊騎士、ライオン一家もここに参加。

死霊騎士たちは踊りながらの行進だが、さきほどの重々しい雰囲気はなく、いつもの陽気な感じに戻っている。

ライオン一家も元気そうでなにより。

最後尾は〝五ノ村〟の集団なのだけど、ユーリは魔王の櫓に乗り、聖女のセレスは始祖さんたちに同行しているから、ヨウコと先代四天王の二人だけ。

さすがに寂しいのでなんとかしようと考えていたら、ヨウコが観客たちを巻き込んで集団を作っていた。最後尾だからできることだな。

神輿(みこし)みたいなものに酒スライムや猫たちを乗せ、それを担いで盛り上がっている。

あ、神輿には前にやってきたニーズも乗っている。ヨウコが誘ったのかな。神輿の上で舞う姿はここから見ても美しい。美しいが……なんだろう、必死さを感じるな。

舞いに夢中になって、神輿から落ちないように注意してほしい。


パレードの集団は、定められたコースに従って村の各所を回り、最終的には武闘会などを行っている舞台に到着する。

そのあいだに俺は三回、着替えた。

最後尾が到着後にもう一回着替え、俺はみんなに注目されながら空を指差す。

そこにはハーピー族が隊列を組んで待機していた。そして、ハーピー族が黒い布を広げ、大きなワイバーンの姿を空に描く。

それに向かって、俺は槍(やり)を投げるジェスチャー。

それを受けてハーピー族が四方八方に飛び、描かれていたワイバーンがちりぢりになった。俺がワイバーンを倒したときの再現らしい。

大歓声と拍手。少し遅れて天使族たちが飛び上がり、舞台に花弁が撒かれた。

うん、綺麗だ。


パレードはこのあと、宴会に突入するが……宴会はとくに変わったことはない。

俺の席が固定で、定期的に着替えるぐらいだ。

ああ、あと山羊と馬と牛が乱入してきた。パレードに参加させなかったからだろうか。

とくに馬が俺の前で拗ねた。去年は出番があったのに、今年はなかったからな。申し訳ない。


なんだかんだあったが、今年のパレードは無事に終わった。

疲れた。

4 パレードの後片付けと花見

パレードが終わったので、後片付け。

櫓を解体し、倉庫に保管。

俺の屋敷前に設置された階段は、どうするか少し悩んだけど砕いて薪にした。必要になればまた作ればいいだろうと。

階段上の椅子は、取り外して普段使いに。

あとは任せてほしいと文官娘衆や山エルフたちが言うので任せ、俺は畑で耕していない部分を耕した。

それほど広くはないので一日で終わった。


やっと一段落。

そう思って屋敷に戻ると、マルビットとルィンシアが口論していた。あー……別に説明は不要。パレードが終われば帰るとの話だったけど、マルビットが抵抗したんだな。うん、理解した。

マルビット、ちゃんと約束は守らないと……。

「見苦しい」

リグネがマルビットを背後から抱きかかえ、豪快にブリッジ。つまり、バックドロップ。

しかし、マルビットは後頭部が地面にぶつかる前に両手でガード。凄い。

あと、マルビットはスカートだが、下にはズボンを穿いている。天使族は大抵がそうだよな。

マルビットはそのまま後方に回転してリグネの腕から逃れた。

そして、ブリッジ中のリグネにドロップキック。天使族の飛行能力も使っているのだろう。空中で二段階ぐらい加速した。凄い。

しかし、そのドロップキックが命中する前にルィンシアがマルビットを抱え、床に叩きつけた。

一対二の変則マッチになるようだ。立ち上がったマルビットの顔に焦りが見える。

しかし、そこに救世主が現れた。

マルビットの横に、やれやれ仕方がないなと並んだのはクロ一家の誇る頭脳派、クロヨン！

それを見て、マルビットの顔から焦りが消えた。二対二なら負けないと満面の笑み。対するルィンシアとリグネの顔に焦りが浮かぶ。チャンスだとマルビットが飛びかかった。クロヨンもそれに合わせた。

…………。

しかし、クロヨンは動けなかった。

クロヨンの尻尾を、クロヨンのパートナーであるエリスが噛んでいたからだ。銜えていたのではない。噛んでいた。

そして、エリスは話がありますとクロヨンを後ろに引きずっていく。クロヨンは慌てるが、抵抗できない。悲しそうな顔で俺に助けを求められても困る。ちゃんと話し合うように。

そして、クロヨンがいなくなったマルビットは……まあ、語らないでおこう。

勝負のあと、素直に帰る準備をするマルビット。

「当人もそろそろ帰らないとまずいのは理解していますから」

そう言うルィンシァはお土産をまとめている。

二人では持ちきれないので、キアービットとグランマリアが同行する予定だ。

キアービットは母親であるマルビットの指名。グランマリアは自分の母親に子供を産んだことを伝えに行くためらしい。

グランマリアとしてはローゼマリアがある程度、大きくなってからと考えていたのだけど、マルビットやルィンシァの口から出産のことが母親に伝わると揉めると判断。先手を打つらしい。

というか、揉める母親なのか？　拗ねると面倒……なるほど。

グランマリア不在時のローゼマリアは、ティアを中心にクーデル、コローネが見るらしい。もちろん、俺も見るぞ。


リグネは少しのあいだ、村に残ってハイエルフたちを鍛えるらしい。

学園のほうは大丈夫なのかな？　大丈夫だそうだ。

春は冬のあいだに実家に戻っていた生徒や新入生を受け入れる期間なので、授業がほとんどないのだそうだ。

加えてリグネはすでに卒業資格を取っており、気楽な学生の立場で自由にやっているとのことだ。

「気楽ではあるが、派閥からの勧誘が激しくて困った」

聞いたことのない貴族の名前を言われても困る。ギリッジ侯はどこかで聞いたな。プギャル伯は知っている。

「勧誘を断るために、形だけだがブリトア侯の派閥に入った。問題ないか？」

問題ないかって、俺の許可は必要ないだろ？

「いやいや、村長に敵対する派閥では困るからな。向こうは必死に村長とは友好的だとアピールしていたぞ」

ん？　ブリトア侯って俺の知り合い？

……………確かにどこかで聞いた覚えが……どこだっけ？

「グラッツさまのことですよ」

近くを通った文官娘衆に教えてもらった。

そうかそうか、忘れていた。

ははは、グラッツって偉かったんだな。

俺は客間の片隅でロナーナに謝罪しているグラッツを見る。

どうやら、グラッツはロナーナの作った料理に対しての感想で失言があったようだ。うかつだな。

まあ、喧嘩できない夫婦よりは、喧嘩できる夫婦のほうがいい。頑張れ。

そしてリグネ、訓練では手加減を忘れないように。

かなり暖かくなってきた。こういうのを陽気（ようき）な天気というのだろう。

ドワーフたちが世界樹の近くで酒盛りをしている。花見ならぬ、世界樹見かな？

ちなみに、世界樹は冬のあいだも青々とした葉を茂(しげ)らせていた。見た感じ、常緑樹っぽくはないのだけど……そういう種類の木なのだろう。葉も落ちてないし。

…………枯れた葉は落ちずに世界樹に戻るのね。変わった木だ。

ドワーフに誘われたので、世界樹見に参加する。

参加するが先に屋敷に戻る。

酒だけじゃなく食べ物も欲しいからだ。簡単にサンドイッチでいいだろう。

タマゴサンド、ハムサンド。

カツサンドは揚げるのが面倒なのでパス。あとは酒のツマミとして、チーズ、塩味のビスケット、ハムやウィンナー、ピーナッツもあったな。

燻製(くんせい)用の箱があるから、現地でスモークチーズを作ってみようかな。スモークサーモンもいいな。

サーモン……鮭(さけ)は倉庫にまだあったはず。

凍らせているから、鬼人族メイドに解凍をお願いしないと。鬼人族メイドは……あ、もう参加する準備しているね。


俺が世界樹のところに行くと、人数が増えていた。

先ほどのドワーフたちに、ハイエルフ、山エルフ、リザードマン、獣人族が加わっている。

宴会になっていないのは料理を待っているからだそうだ。

世界樹は居住エリアにあるから、各家庭で準備中だそうだ。少し離れた場所で、ハイエルフが牙の生えた兎(うさぎ)を丸焼きにしようとしている。ガットも火を用意し、焼肉……じゃなくてバーベキューだな。

参加人数は多そうだ。俺の作って来たサンドイッチでは数が足りそうにない。そう思っていると、鬼人族メイドたちが屋台を持ってきた。

わかった手伝おう。

ああ、子供たちが来るだろうから、子供たち用のスペースを作ってくれ。そこには酒の持ち込みは禁止だからな。

世界樹見は、真夜中まで続けられた。魔法の光によって照らされた世界樹はなかなか綺麗だった。

翌日。

俺は一人で桜の木の下にいた。

世界樹見は悪くなかったが、どうしても俺の中には、花見は桜というイメージがある。二日続けてはさすがにと思い、一人で桜を楽しむ。

手にしているのは酒の入った瓶(びん)とコップ。昨日、作っておいたスモークサーモン。

来るのが少し遅かった。葉桜になっている。

まあ、仕方がない。

桜が綺麗な時期とパレードの時期が被るんだよな。パレードが終わった直後に花見をすると、帰る人たちが帰れなくなるし。綺麗な桜は、パレードのときに櫓の上から見ているので無理に花見をとも思わない。

ん？　クロとその子供たちが何頭かやってきた。なんだ、俺の花見につき合ってくれるのか？

上？　桜の木の上ではザブトンの子供たちが足を振っていた。

お前たちもつき合ってくれるのか、ありがとう。

でもって酒スライム。

さっきから俺の酒瓶を狙っているよな。昨日、思いっきり飲んでいたのにまだ飲むのか？　かまわないが、俺の分も残して……ああっ！　全部飲まれた！

なに？　慌てるな？

酒スライムが示す方向を見ると……ドワーフたちが酒樽を担いでこちらに向かっていた。

…………。

二日続けての花見、宴会になった。ちょっと反省。

5 プレゼント

俺は竹を切る。

そして、節を利用した簡単な竹コップを大量に作っていく。竹コップの直径は……二十センチぐらい。竹コップというより竹小皿かな？

いや、深さが十センチぐらいあるから竹コップで。

……竹小皿でいいか。

俺が作った竹小皿を鬼人族メイドが洗っていく。大量に作って、申し訳ない。

客間の片隅では、山エルフがテーブルを組み立てていた。

テーブルは片側に十人、合計で二十人が余裕を持って座れる長テーブル。

その長テーブルの上には幅三十センチ、深さ十センチほどのレーンが設置される。レーンの形は縦に細長くなったO型なので、競馬コースみたいな形だ。

そのレーンに水を入れ、俺の作った竹小皿を浮かべる。ちゃんと実験しているから、竹小皿が沈むことはない。

一旦、竹小皿を撤収。

ルーがレーンに魔道具を設置。水流を発生させる。

数回、水流の調整をしたあと、ルーはＯＫサインを出す。

それを受け、俺は改めて竹小皿をレーンに浮かべた。うん、水流に乗ってほどよく流れはじめた。

次々に竹小皿を入れていき、問題ないことを確認。完成だ。

「これはなんなのですか？」

文官娘衆の一人の質問に俺が答える。

「回転レーンだ」

正確には、回転寿司のレーン。


子供たちを喜ばせようと考え、子供たちが好きなことはなにかと悩んだ。

そして思いついたのが回転寿司。

発想が古いかもしれないが、山エルフを中心に大人たちが興味津々だから大丈夫だろう。竹小皿には寿司ではなく、色々な料理を入れる予定だ。

とりあえず可動実験は成功。

鬼人族メイドに料理を頼み、あとは子供たちを呼んでくれれば……テーブルの椅子には、ドース、ギラル、始祖さん、魔王、ドライム、ルー、ティア、妖精女王、ビーゼルが座っていた。

……………夕食にはまだ少し早いけど？

期待した瞳に逆らえなかった。

まあ、子供たちが使う前の試験と思えばいいか。

俺は回転レーンのルールを説明する。

一つ、取っていいのは目の前のレーンからだけ。隣の席に迷惑をかけないように。

一つ、手にした皿は確実に食べる。お残しはいけません。

一つ、確保できるのは一人一皿。食べ終わってから次の皿を取りましょう。

お酒は別に用意します。

以上。

鬼人族メイドたちが料理を始めたので、やってみた。


「なるほど、料理がこうやって流れていくのか……ほほう。これは美味そう……いや、次のが」

ドースは流れる料理皿を目で追いかけるが、なかなか手を出さない。

「悩んでいたらいつまでたっても食べられんぞ。来たのを食べろ」

ギラルは目にした料理皿を取って、食べていく。

「普通のパーティーとは違った味わいがありますね」

始祖さんは、ローストチキン皿、サラダ皿、焼き魚皿、フルーツ皿とバランスよく取っていく。

「見ているだけでも楽しげだ。子供たちも喜ぶだろう」

魔王は時々流れてくるご飯系の料理皿を取っている。

「好きな物ばかり食べてしまうな」

ドライムは始祖さんとは逆に、ダイコンの煮物が乗った皿だけを集中して取っていく。と言っても、全ては取れない。食べている間に流れていくダイコンの煮物を寂しそうに目で追いかけている。

「甘味が五つも連続で流れてくるのって酷いっ！」

ルーは、プリン皿、アイス皿、ハチミツヨーグルト皿、クレープ皿、団子(だんご)皿を睨(にら)みつけ、ギリギリでアイス皿を選択した。

「上流の席が有利ですね」

ティアはプリン皿を迷わず選択。

「席を間違えた」

妖精女王はクレープ皿を取る。すぐ食べ、団子皿を取る。早食いだな。

「甘味が全部、お隣で止まるのですが」

最後尾、ビーゼルはお酒をチビチビ飲みながら、流れて来た料理皿を取っていた。

うーむ、やはり料理を出す位置から一番近い席が有利だな。

ただ、次に何が出てくるかわからないから、判断力が試される。

二番手、三番手ぐらいの席が、次に流れてくる料理をチェックしつつ、先に取られる心配が少ないのでいい席かもしれない。

それはそれとして、時々、料理を出す位置を変えたほうが公平かな。

あと、同じ料理を三つぐらいまとめて流さないと、最後尾まで届かない。

席は、くじ引きで決めるとかどうだろう？

とりあえず、ルールに追加。

一つ、ほかの人に指示しないように。ほかの人にそれを取るなとか、それを食べろとかの指示は駄目。


大人たちが席に座ったのを見た直後から、山エルフたちは新しいテーブルとレーンの製作を開始していた。

「席が足りないと思いまして」

素早く作り上げ、今あるレーンと接続。一気に席が倍になった。

簡単に、しかもレーンの水を抜かなくても接続できたことから、最初から拡張を考えていたようだ。頼もしい。

そして俺は、竹小皿の追加生産をする。レーンが広がったからね。頑張る。

子供たちは回転レーンに目をキラキラさせていた。

座る場所をくじ引きにしようと提案したが、文官娘衆から却下された。

どうしてだ？

「例えば……ビーゼルさまがドースさまの席に座ったとして、自由に料理を取れると思いますか？」

文官娘衆は、最後尾でそれなりに料理を楽しんでいるビーゼルを見ながら、そう言った。

……取れないのか？

「取れません。大人には大人の序列、子供には子供の序列があります。それを乱すことは……」

そう言われると反論できない。

俺としては、子供は子供で仲良くやってくれたらいいが……席は子供たちに任せた。


子供たちが座る席はビーゼルの隣に。

リリウス、リグル、ラテ、トライン、アルフレート、ティゼル、ウルザ、ナート、ヒイチロウ、グラルの順に座った。

席に座ると、子供たちではレーンの皿に手が届かなかった。大きな失敗だ。反省。

子供の横に文官娘衆、ハイエルフ、鬼人族メイドたちが立ち、子供たちの指示で皿を取る。うん、手間がかかるな。申し訳ない。


そう心の中で謝っていると、山エルフがさらに新しいテーブルとレーンを持ってきた。

そして接続。

これは……テーブルの幅が短い、子供用のテーブル！

「うっかりしていました。これで、どうでしょう」

山エルフ、素晴らしい働きだ。

子供たちに席を移動してもらい、食事を再開。

おおっ、やはり指示して取ってもらうよりは自分で取るほうが楽しそうだ。

ははは、慌てて皿をひっくり返さないようにな。あと、レーンの水で遊ぶのは駄目だぞ。

回転レーンは大人気だった。時々、やろうと思う。


ん？　俺も座って食べたらどうだ？

そうだな。

それじゃあ、お邪魔してグラルの横に座る。


うん、自分で作っておいてなんだが、なかなか楽しい。

ただ、一人一皿の縛りは厳しいかな。三皿ぐらいまでは取ってもいいことにしたい。

ほどよく楽しんでいる最中。

レーンの竹小皿にザブトンの子供が乗って流れてきた。ははは、似合っているが、食事する場所で遊ぶのはよくないぞ。

違う？　遊んでいない？

ザブトンの子供は、俺の前、少しのところで糸を出し、竹小皿を止めた。

？

そんなことをすれば、次の竹小皿がぶつかるぞ。

ザブトンの子供が大丈夫と、足を向けた次の竹小皿には、料理が入っていなかった。

なんだ？

料理の代わりに入っていたのは、大きな鉄のメダルと手紙。手紙は子供たちからだった。

そこに書かれている内容に、思わず涙してしまった。

大きな鉄のメダルは、ガットに教えてもらいながら子供たちで打ったメダルだそうだ。

危なくはなかったのか？　嬉しいが、危ないのは駄目だぞ。

大きな鉄のメダルには、不格好ながらも俺の名前と子供たちの名前、それと母親たちの名前が彫られていた。

まだ小さい子の名前もある。うん、一生大事にしよう。


その日、夜遅くまで子供たちと遊んだ。


深夜。

回転レーンのあるテーブルにはドワーフたちが座っていた。

そしてレーンに流れているのは酒の入ったコップが乗った皿とツマミの入った皿。

「酒のコップに蓋をするのはいいアイディアだ」

「どの酒にするか目移りするの」

「酒は一人三皿までだからな。取りすぎるなよ」

「わかっておる。くーっ、悩む！」

「悩まなくても、村長に言えば好きに飲めるだろ」

「それはそれ、これはこれだ。この悩むのが楽しいのだ」

「そうかもしれんが、ほどほどにな」

「うむ。ところで、コップに注がれている酒の量は同じか？　これとこれ、量が違う気がするが？」

「酒の種類が同じなら、同じ量だ。多少の差はあるかもしれんが、気にするな」

「多少ではないぞ。明らかに違う」

「だったら、多いほうを選べばいいだろう」

「いや、飲みたい酒はそれじゃないんだ」

「面倒くさいなぁ」

ドワーフたちの酒宴は、明け方まで続けられた。

6 子供たちの仕事

ある程度大きくなった村の子供たちは、午前は勉強、午後はなにかしらの仕事をしている。

遊ぶのは仕事が終わってから。

俺としては勉強さえちゃんとしていれば仕事をしなくてもかまわないと思うのだけど、子供たちに何かしらの役割を持たせるのは大事だと母親たちから説得された。

子供たちも仕事を嫌がっている様子はないので、認めている。認めているのだが、その仕事内容に関して俺は少々、無関心だったと反省。

いや、仕事内容は聞いている。だが、実際に俺がやっていない仕事も多く、その大変さが理解できていなかったように思える。

そこで、俺もやってみることにした。


まず、牛、馬、山羊、羊、鶏の小屋の清掃手伝い。

清掃作業のメインは獣人族の女の子たち。

その手伝いなので、簡単だと思っていたが……意外と重労働。

特に糞(ふん)を所定の場所に運ぶのは重くて辛い。その場で『万能農具』を使って土にしようかと思ったぐらいだ。『万能農具』をそんなふうに使っては悪いとも思ったからやらなかったけど。

とりあえず、山エルフに糞を運ぶための台車の製作を頼んだ。

小屋などで使うから、段差を考慮してタイヤは大きめ。いや、一輪の手押し車でいいのか。

台車はキャンセル。一輪の手押し車を頼む。

…………。

一輪の手押し車か。一人だったころを思い出すなぁ。


次は牛、馬、山羊、羊のブラッシング作業。

この作業もメインは獣人族の女の子たち。

その手伝いだが、やっている作業は獣人族の女の子たちと同じだ。

注意点は、それぞれの動物に合わせたブラシがあるので間違えないようにすること。それと、ブラッシングをしながら動物たちの様子をチェックすること。

普段と様子が違うときなどは、獣人族の女の子たちに報告するそうだ。なるほど。

とりあえず、道具を借りてやってみた。

牛と馬は素直だな。問題なし。

まあ、牛や馬のブラッシングは俺もやったことがあるので困らない。困ったのは山羊のブラッシング。

なぜか山羊は俺に突っかかってくるからな。ええい、順番だ順番。並べ……とお前たちに言っても無駄だよな。……ん？　なぜ獣人族の女の子の指示は聞くのだ？　くっ、これがエサを与えている者とそうでない者の差か。

あと、羊は俺に近寄ってこない。俺を見ると逃げる。なぜだ。ちょっと心に傷を負った。

それを見ていたクロの子供たちが、羊を集めてくれた。ありがとう。

…………。

でも、だから俺が羊から嫌われているのかな？　違うと思いたい。

鶏の卵集めも子供たちの仕事だ。

メインは鬼人族メイドが中心に行っているのだけど、鶏の卵を産む時間はバラバラなのだそうだ。

早朝に産む個体もいれば、昼ぐらいに産む個体もいる。

鬼人族メイドは朝、鶏小屋から鶏を出し、鶏小屋内に産まれている卵を回収する。子供たちは、そのあと小屋の外に産まれた卵を探し、集めるのだそうだ。

なかなか大変そうだが、個体ごとに産む場所が決まっているので慣れると楽な作業だそうだ。

俺は子供たちに卵がある場所を教えてもらいながら、卵を集めてみた。

なるほど、言われた場所に卵がある。やってみて思ったのが、卵を入れる籠（かご）のサイズ。大人サイズなので子供たちは持ちにくそうだ。子供たちサイズの籠を作ろうと思う。

村の清掃手伝い。

基本、各家庭で清掃はしているので、やることはゴミの回収だ。所定の位置に置かれているゴミ箱を回収し、新しいゴミ箱を設置する。

……………。

ゴミ箱は重くはないが軽くもない。サイズが子供たちが持つには少し大きいぐらいだな。

これも一輪の手押し車……では、ゴミ箱を運びにくいか。ゴミ箱輸送専用の台車を山エルフたちに頼む。

水路やため池の清掃手伝い。

これは子供たち全員ではなく、リザードマンの子供が中心でやっている。

水路やため池に入った落ち葉や石などを取り除く作業。

注意点は、村から離れた水路に行かないこと。理由は魔物や魔獣が出て危ないから。村から離れた水路の清掃は大人のリザードマンの仕事になっている。

俺もやってみたいが……まだ水は冷たい。無理。

なにか作業を楽にする道具はと考えてみるが……。

水中メガネ。

リザードマンたちは、そんなものを必要としなかった。シュノーケルも不要。

…………すまない。なにか必要な物があったら言ってくれ。遠慮しなくていいからな。褒賞メダルも不要だから。

ハチミツ採取。

獣人族の女の子たちがザブトンの子供たちと協力して瓶や壺にハチミツを入れるので、それを回収するだけ。

すごく厳重に瓶の蓋がされているな？　子供たちが舐めないようにか？　違う？　妖精たちが舐めないようにと。なるほど。

…………。

妖精が舐めに来るのか？　時々？

今度、妖精女王に言って、注意してもらおう。大丈夫だ、デザートに使うハチミツが減るぞと言えば聞いてくれるさ。


クロの子供たちの運動。

フライングディスクやボールを投げて、クロの子供たちを運動させると。なるほど。

時々、俺がやっていることだな。

…………。

これ、別にしなくていいよな？　駄目？　凄い勢いでクロの子供たちが集まっているのだけど？

鍛冶手伝い。

鍛冶をするわけではなく、倉庫から鍛冶に使う道具や材料を持ってくるだけ。ちゃんと指示されるので、それほど難しくはない。

子供たちの安全を考え、立ち入り禁止の場所もしっかり定められている。とくに問題はない。問題はないが、気になる点はある。

ガットが丁寧に作業を説明しているところだ。

職人だから、見て覚えさせるのかと思ったけど違うんだな。

「なにをやっているか教えたほうが、子供たちもやる気が出ますから」

なるほど。

「それと、子供たちが鍛冶に興味を持てば……という下心も少し」

わかる。

俺も、誰か一人ぐらい農業に興味を持ってほしいと考えなくもない。

料理手伝い。

作業内容は食材を洗うことと、皮剝きなどの下拵え。

子供たちは、ナイフを器用に使いながら皮を剝いていく。俺より上手いかもしれないが……危なくないか?

正しい持ち方でナイフを扱えば、指を落とすことはない。万が一のときは、治癒魔法を使うと。

そうか。

それは安心だが……ガットに頼んで、ピーラーを作ってもらった。

使い方は、ここを皮に当てて……こう。歓声があがった。おもに鬼人族メイドたちから。

ははは、俺も初めてピーラーを使ったときは、驚いた。こんな便利な道具があるのかと。俺もどうして忘れていたのかな。すまない。

ちなみに、刃を交換すればギザギザにカットできたりもするぞ。

はい、まずは子供たちと鬼人族メイドの分のピーラーを作ってもらえるようにガットに頼んでみます。ガットすまない。

ふむ。

今の季節の子供たちの仕事は、こんなものになる。

軽く見ているつもりはなかったが、なかなか大変だった。

収穫直後だと、今回の作業に加えて作物を加工したり、樽や箱に詰めたりする作業などもあるそうだ。

うん、これまで頑張って手伝ってくれているなと思っていたが、理解不足だった。すまない。改めて感謝する。

一応、改善できる点は改善したつもりだが、それは俺の目線でだ。まだまだ不便なことがあるかもしれない。遠慮なく言うんだぞ。

とりあえず、俺は子供用の籠を作ることにする。

卵を集めるときに使う籠だ。

少なくとも、子供たちの数は作らないといけない。

山エルフたちは……一輪の手押し車やゴミ箱回収用の台車作り、頑張ってくれたからな。籠は俺が頑張ろう。

…………。

ん？　どうした、アルフレート。籠を作るのを手伝いたい？　ティゼルやウルザも？　自分たちが使う道具だし、俺が仕事を手伝ったお礼？

…………ありがとう、それじゃあ一緒に作ろうか。

7 梅酒と養蚕業

梅の実が大きくなった。

それを見て、梅酒造りを思い出す。

これまで梅酒造りはやったことがない。前の世界でもやったことはない。でも、造り方は知っている。テレビで見た。何度も見ている。

もうかなり昔のことになるが、大丈夫だろう。


まず、青い梅の実を収穫。

ザブトンの子供たちが手伝ってくれた。ありがとう。

次に、梅を丁寧に一つずつ洗う。これは俺が一人で頑張る。

そのあと、アク抜きのために水に数時間、浸ける。これも俺が一人で頑張った。

水気を切って、陰干し。

さすがに一人では厳しくなってきたので、獣人族の女の子たちに手伝ってもらう。

乾いた梅のヘタを綺麗に取って、壺の中に。

壺は抱えられるぐらいの大きさで、直前に熱湯で消毒している。壺には梅と氷砂糖を交互に入れて層を作るのだけど、氷砂糖がないのでハチミツで代用。

そして、酒を入れるのだが……。

確かホワイトリカーと呼ばれる酒だったが、ホワイトリカーってなんだ？　知らない。

とりあえず、酒なら大丈夫だろうが……さすがにワインじゃ駄目なのはわかる。

蒸留酒でアルコール度数がそれなりに高いのを選んで、壺に注ぐ。

あとは蓋をして、完成。

いや、完成はこれからか。時間をかけて、梅のエキスが酒に馴染むのを待つ。最低半年。できれば一年。飲む日が楽しみだ。

梅酒を仕込めた壺は全部で十二。

ハチミツが足りなくて、八つほどは砂糖を入れている。ちょっと不安だが、大丈夫だろう。

俺は壺を屋敷の地下に安置する。作業完了。

ああ、もう一つ、大事なことを忘れていた。

「これは酒だ。残念だが、甘いお菓子じゃないんだ」

俺の後ろで期待している妖精女王に伝えておく。

「ハチミツや砂糖をあんなにたくさん使ったのに？」

すまない。

そしてドワーフたち。味の経過を知りたいかもしれないが、試飲は駄目だぞ。試飲を許したら、半年経たずに消える未来しか見えない。これは時間をかけて作っていく酒なんだ。飲むときは呼ぶから、試飲は諦めるように。

ドワーフたちの評判がよかったときのことを考え、梅の木を増やすことを検討する。

…………。

ハチミツや砂糖を大量に使うから、今ぐらいで十分かな？　梅の木は増やしてもいいけど、梅酒にする量はよく考えよう。

余った梅の実は、梅干しにすればいいしな。

梅干しも作ったことはないが、たしか梅の塩漬けのはずだ。そう難しくはないだろう。うん、そうしよう。


梅に関しては一旦、横に置いて。

春の収穫を開始する。

豊作。ありがたい。

ラミア族が収穫の手伝いに来てくれた。収穫が終わったら、そのままドワーフたちの酒造りを手伝ってくれるそうだ。

お礼はいつも通り、作物で。


夏前。

〝二ノ村〟での養蚕業が開始された。

これまで実行に移されなかったのは、〝二ノ村〟だけでの安定した食料生産を優先したからだ。

それに、ザブトンたちの糸という強力なライバルがいるのに、蚕の糸にどれだけ需要があるかわからない。蚕小屋や糸を紡ぐ道具も必要になる。

使った費用に対して、回収できるかどうか不安なので、〝二ノ村〟のミノタウロス族が自粛していた。

しかし、去年の冬。

〝二ノ村〟代表のゴードンから、養蚕業を行いたいと提案された。

そのとき、〝二ノ村〟から褒賞メダル二百枚が出された。その褒賞メダル分、養蚕業の施設や道具が欲しいということだ。

俺としては、〝二ノ村〟で養蚕業をするのは問題ない。応援したいぐらいだ。

だから褒賞メダルは不要と言ったのだが、ゴードンから養蚕業が失敗したときのことを考えれば受け取ってほしいと強く願われた。

俺が無償で施設や道具を提供すると、養蚕業が失敗してしまったときにミノタウロス族の立場がなくなる。村長の俺が許しても、ほかの村の者たちからは迷惑をかけた存在と認識されると。

養蚕業に自信がないわけではないが、蚕次第な面もあり、いい糸が取れるまでは試行錯誤を繰り返さなければいけない。絶対に成功できると言えない養蚕業に、ミノタウロス族の立場を天秤(てんびん)にかけることはできない。

しかし、褒賞メダルを使って養蚕業をするなら、失敗してもミノタウロス族が笑われるだけで、村での立場は守られる。だから、養蚕業を許可するなら、褒賞メダルを受け取ってほしいと。

俺は少し悩んだが、褒賞メダルを受け取ることにした。

自己資金で商売をするのと、他人の資金で商売をするのを比べたとき、自己資金のほうが思い切りよくやれると思ったからだ。それに、受け取らなければ養蚕業の話はなかったことになる。

俺としては養蚕業に限らず、〝二ノ村〟からの自主的な起業提案を歓迎したかった。この〝二ノ村〟の養蚕業が上手くいけば、他の村も何か新しいことを始めるかもしれない。

そうすれば、各村はもっと発展するだろう。いいことだ。

ゴードンが出した褒賞メダルは受け取るが、養蚕業がうまく軌道に乗ったときに褒美として返そう。だから、今は預かっているだけ。

帳簿的には受け取っているが、俺の気分の問題。


〝二ノ村〟の養蚕業をすることが決定し、マイケルさんのゴロウン商会に蚕と道具を発注。

蚕はすでに養蚕業をやっているところから買い取るのかと思ったら、違った。

ほかの養蚕業者に蚕を売ると、自分たちのところの糸が売れなくなると心配して売ってくれないのだそうだ。

だから、マイケルさんは冒険者を雇って森で捕まえてきてもらうそうだ。冒険者、大変だな。

しかし、蚕って野生でいたのか？　人間の手を借りなければ生存できないんじゃなかったっけ？


養蚕の道具はそれほど特殊な物はない。

すぐに手に入る。

問題は、蚕の繭(まゆ)から糸を紡ぐ道具。これは市販されておらず、職人に注文しなければ手に入らないそうだ。

そこでマイケルさんから相談を受けたのが、糸にするのは〝シャシャートの街〟にある紡績業者に任せ、蚕の繭の状態での販売はどうだろうかと。

それに対しゴードンは即答を避け、少し考えた。

結果、道具は不要、紡績業者も不要となった。

どうするのだろうと思ったら、ゴードンの横というか肩にザブトンの子供が乗っていた。〝二ノ村〟にいるザブトンの子供たちか。

その〝二ノ村〟にいるザブトンの子供たちが、繭から糸をとったり、布にするのは任せてほしいと言っている。

なるほど、わかった。協力してくれ。まだ先の話だけどな。

マイケルさんには俺から謝っておこう。

施設は〝二ノ村〟の者たちと相談しながら、ハイエルフたちが建設。

蚕を飼育する蚕小屋は簡単なのだが、ミノタウロス族が使うのでサイズが大きい。

蚕小屋はまずは一棟で。養蚕業が軌道に乗れば、さらに増やす予定だ。

俺は蚕のエサとなる葉をつける木を『万能農具』で育てた。

これが春先のこと。

蚕小屋が完成し、ゴロウン商会から蚕の幼虫が持ち込まれたので、〝二ノ村〟で養蚕業が開始された。

俺が驚いたのは、持ち込まれた蚕の幼虫のサイズ。

俺の知る蚕の幼虫のサイズは……七センチ〜八センチ。それぐらいの蚕の幼虫もいるが、二十センチ〜三十センチぐらいの蚕の幼虫もいることだ。

同じ蚕でも、種類が違うらしい。この巨大幼虫でも大丈夫なのか？　大丈夫？　経験があると？　よかった。

施設のほうは……これぐらいのサイズなら問題ないと。

……まさかと思うが、これ以上に大きい蚕の幼虫がいたりするのか？　……一メートルクラスもいると。そうか。見たいような見たくないような。

とりあえず、今年は蚕の幼虫の数を増やすことを目標に頑張るとのことだそうだ。

普通サイズの蚕の幼虫は二百匹ほど持ち込まれたが、これを数万匹に。大きいサイズの蚕の幼虫は二十匹持ち込まれたが、こちらは数千匹を目指すと。頑張ってほしい。

蚕のエサは、俺の育てた木の葉も使うが木がまだ若いので多くは採れない。森でエサになる木の葉を採取するそうだ。

前々から探していたので当面はエサの問題はないと。それはわかったが、森に入るときはクロの子供たちの護衛を忘れないようにな。怪我は駄目だぞ。

それとザブトンの子供たち、蚕の幼虫相手に友誼を育むのはかまわないが……その、蚕たちの寿命は……。

え？　小さい蚕の幼虫は十年？　大きい蚕の幼虫は百年？　しかも、繭を作ったあと、危険を感じると繭を残して逃げる？

……………。

それは本当に蚕なのかな？　俺の知らない別の生物ではないだろうか？　いや、まあ、野生で生存しているのだから、そういうこともあるか。うん。

いや、お前たちは蚕の幼虫だ。疑って悪かった。

あ、ゴードン、確認。

この幼虫、危険はないよな？　攻撃してきたりは？

エサを与えていれば問題ないと。なるほど。

……………。

エサを絶やすんじゃないぞ。

〃二ノ村〃の養蚕業の成功を祈る。

協力が必要なことがあれば、遠慮なく言ってくれ。

余談だが、俺の知っている蚕の数え方は一頭、二頭と〝頭〟なのだが、こちらの世界では〝匹〟だそうだ。

蚕の歴史が違うからかな。野生で生きているわけだし。

8 三人の騎士

人間の国には、白銀騎士（シルバーナイト）、青銅騎士（ブロンズナイト）、赤鉄騎士（アイアンナイト）と呼ばれる三人の騎士がいる。

この三人の騎士は自称ではなく、それぞれ正式な称号。

白銀騎士はレイワイト王国にあるコーリン教から与えられる称号。各地を放浪し、自分の信じる正義を守る騎士。

それゆえ、子供たちからの人気が高い。

青銅騎士はルーガ王国、ガーレット王国、ベルル王国を代表にした十二の王国の承認を得た騎士に与えられる称号。

それゆえ、十二の王国を自由に往来することができ、時には王国間の仲介、仲裁を行う。武だけでなく、文にも優れていなければ与えられない。

赤鉄騎士はカイザン王国の第二騎士団の団長を勤(つと)めた者が、団長引退後に与えられる称号。団長引退後に与えられるので名誉称号の意味合いが強く、子供たちからの人気はイマイチ。

しかし、大抵の赤鉄騎士は団長引退後に隠居したりせず、カイザン王国の軍事の相談役や、王族の専属護衛として活躍する。カイザン王国では王様よりも知名度が高い。

ちなみに、カイザン王国の第一騎士団の団長は王様なので、第二騎士団の団長は実質的なカイザン王国の騎士の頂点になる。


白銀騎士、青銅騎士、赤鉄騎士は唯一無二の称号ではないが、一時代にそれぞれ一人か二人しかいないとされている。

その理由が、三人の騎士には強さが求められるからだ。剣技だけでなく、あらゆる戦いで。

もちろん、戦いに身を置くのだから敗北はある。だが、敗北しても決して折れない心を持ち、最後は勝利する。それが三人の騎士。

場所によっては勇者や剣聖よりも崇(あが)められていたりする。

俺は〝五ノ村〟で、ピリカから三人の騎士の話を聞いた。なるほど、三人の騎士に関してある程度、理解できたと思う。

「それで、そこに倒れているのが誰だって？」

「白銀騎士です」

……………たしかに白い鎧を着ているな。白銀騎士と言われたら、そうかもしれない。

「そっちで壁に突き刺さっているのは？」

「青銅騎士です」

見える下半身には、青い鎧が着けられている。青銅騎士と言われたら、そうかもしれない。

「じゃあ、あそこで震えているのは赤鉄騎士か？」

「いえ、彼は赤鉄騎士の従者です。赤鉄騎士は逃げました」

そうか、逃げたのか。

「あ、いま捕まえたとの報告が入りました」

そうか、捕まえたのか。

…………。

えっと……どうして、こうなったんだ？

俺は〝五ノ村〟に定期的に訪問していた。

〝五ノ村〟で店を開かないかと、ヨウコに持ちかけられたからだ。

〝シャシャートの街〟のマルコスからも、何人かの従業員を〝五ノ村〟で働かせたいとの要望も出ていた。また、〝五ノ村〟であれば〝一ノ村〟から通えるので、子供のいる〝一ノ村〟の者たちも働きやすいとのことだ。

なるほどと、俺は現地視察。

ヨウコは〝五ノ村〟が大きくなる前から土地を確保しており、俺が店を出す場所の候補は最初から五つに絞られていた。

どの場所も悪くない。いや、いい場所だ。なので、クジで場所を決めた。

決まった場所は南斜面の中ほど。

五メートル×二メートルの一見、狭い立地だが……実は〝五ノ村〟がある小山を掘っているので奥が広い。掘られた部分は十メートルぐらいある。

なので、使える面積は五メートル×十二メートル。ビッグルーフ・シャシャートには敵わないが、それなりに広い。

弱点は日の光が入らないから、奥が暗いことかな。昼間でも魔法の光が必須になる。

ちなみに、〝五ノ村〟の規則で許可なく〝五ノ村〟がある小山を掘るのは禁止になっている。住人が好き勝手に掘ったら、〝五ノ村〟がある小山が崩れる可能性があるからだ。

この場所は、ちゃんと許可をもらってというか、許可を出すヨウコの主導で掘られた場所なので問題なし。

あとは〝一ノ村〟住人と相談しながら、〝五ノ村〟の大工に内装を仕上げてもらうだけというところまで話を進めた。

そして、俺は〝五ノ村〟に来たついでに、ピリカたちの様子を見に行ったら……二人の騎士が倒れており、一人の騎士が逃げていた。

…………。

「とりあえず、誰がやったんだ？」

ガルフは俺の護衛についていた。ダガは〝五ノ村〟に来ていない。

となれば、ピリカ、ヨウコ、あと可能性がありそうなのは……〝四ノ村〟から〝五ノ村〟に来ているヒー、ナナ。始祖さんから預かった騎士のチェルシー。それと……巫女のニーズかな？　ニーズは武闘派のイメージがないけど。

あ、ピリカの弟子がやった可能性もあるな。

考えていたら、犯人が手を挙げた。

ピリカだった。

意外性がないな。揉めた原因は？　腕試しを挑まれた結果？

なるほど、トラブル……ではないんだな？　よかった。

それじゃあ、捕まえた赤鉄騎士は逃がしてあげような。え？　駄目？

「私は未熟者です。ですので、私が馬鹿にされるのは受け入れましょう。ですが、先代を馬鹿にされては引き下がれません」

ああ、うん、そうだな。

つまり、この三人の騎士はピリカの師匠である先代剣聖を馬鹿にしたと。

それを許せとは言えないな。

しかし、騎士というのは、もう少し礼節(れいせつ)を重んじるものではないのか？　亡くなっている先代剣聖を馬鹿にするとは。

ちなみに、なんと言われたんだ？

「先代が愚か者だから、お前たち弟子がこのような地の果てに追いやられるのだ。これと似たようなことを何度も」

これは擁護(ようご)できないな。あと、〝五ノ村〟を地の果てって……。

わかった、逃がすのはやめておこう。ただ、私刑は駄目だぞ。戦うなら試合形式でちゃんとやるように。

一対一の勝負をあと二十回？　まあ、いいだろう。お前たちの力、見せつけてやれ。

赤鉄騎士の従者は……どうする？　一緒に試合がしたいなら、ピリカに言ってやるが。

絶対に嫌？　赤鉄騎士が助けろとお前を見ているが、かまわないのか？

さっき見捨てられたから、かまわない？　わかった。

それじゃあ、俺と少し話をしよう。三人の騎士が、どうして〝五ノ村〟に来たのか聞きたい。

俺はピリカたちから離れ、赤鉄騎士の従者から話を聞く。

ガルフの指示で、お茶が用意された。助かる。

従者の話では、三人の騎士はまとまって行動していたわけではないらしい。

白銀騎士と赤鉄騎士は〝シャシャートの街〟に向かう直前の港街で出会い、青銅騎士とは〝シャシャートの街〟で出会った。

三人の騎士の目的は同じ、剣聖であるピリカ。ピリカと弟子たちをスカウトに来たそうだ。

いや、それならどうして先代を馬鹿にしたんだ？　逆効果だろ？　ピリカたちの実力を確かめるためと。


…………。

三人の騎士には、自業自得の言葉を送りたい。


目を覚ました三人の騎士は、〝五ノ村〟警備隊による特別訓練に強制参加。

〝五ノ村〟のエルフたちが仲間ができたと喜んでいた。

一方、赤鉄騎士の従者は、〝五ノ村〟への正式な客としてヨウコに出迎えられていた。

偉い人からの手紙があるなら、最初に出せばあんなふうにならなかったのに。

「語るよりは剣を合わせるほうが、相手を理解できるそうですから」

そんなものか。

しかし、赤鉄騎士を放置して本当に大丈夫なのか？　普段から偉い人の会話は自分が担当しているから平気と。なるほど。

では、〝五ノ村〟でのんびりと過ごしてくれ。問題があったらヨウコに言ってくれたらいいから。

あ、俺？　一応、この村の村長。

赤鉄騎士の従者を宿に案内したあと、俺はヨウコ屋敷に戻って赤鉄騎士の従者が持ってきた手紙を読む。

迷惑をかけるかもしれないが敵対の意思はないと、カイザン王国の国王から凄く腰の低い丁寧な内容だった。

…………。

赤鉄騎士、カイザン王国で持て余されているのかな？

閑話　白銀騎士

俺の名はライタス、ライタス＝オールエー。

十歳のときに才覚を認められ、修業を続けて二十歳のときにコーリン教の騎士となった。

そして、騎士として真面目に勤め、四十歳になったときに白銀騎士の称号をいただいた。運のよさもあったのだろうが、たゆまぬ努力をしてきた結果だと思う。

そんな俺は、今年で四十三歳。白銀騎士の称号の重さにやっと慣れたある日。俺のもとに剣聖の所在が知らされた。


剣聖とは、最強の剣士に与えられる称号であり、唯一無二の存在だ。

厳しい修業に耐え、実力でもって剣聖の称号が受け継がれていると聞いている。

二十数年前、先代の剣聖がレイワイト王国に挨拶にやってきたことがある。

目的はレイワイト王国の王家への挨拶と、コーリン教への挨拶だろう。なにせレイワイト王国はコーリン教の本部があるからな。

そのとき、俺は幸運にも先代剣聖の剣技を見ることができた。

圧倒的だった。俺が百人いても勝てる気がしなかった。だが、俺の心は折れなかった。逆に俺は強さの目標ができた気がした。

俺が白銀騎士の称号を得られたのも、あのときに先代剣聖の剣技を見ることができたことも大きいと思う。

残念ながら、先代剣聖は十数年前に亡くなっており、十年の空位期間を経て、現在はピリカという者が剣聖の称号を受け継いだと聞いてる。

曖昧（あいまい）なのは、そのピリカ殿が行方不明になったからだ。

先代剣聖が開いていた道場はフルハルト王国にあるのだが、何度連絡しても返事がない。フルハルト王国に尋ねても、濁（にご）した返事しかされない。

どうなっているのだと憤（いきどお）っていたときに、剣聖の所在……ピリカ殿の所在が知らされた。

俺は少し悩んだが、当代剣聖であるピリカ殿に会いに行くことにした。

半年に及ぶ長旅の始まりだった。


ピリカ殿がいたのは、魔王国の〝五ノ村〟。

フルハルト王国は魔王国と戦争をしている。なるほど、剣聖が魔王国にいるとなれば、フルハルト王国も濁した返事しかできないだろうと納得できる。

しかも、先代剣聖の開いた道場の門下生も一緒だ。剣聖は魔王国についたのか？　フルハルト王国と揉めたという噂は聞いていたが、ここまで拗（こじ）れていたとは。

…………。

このまま放置していいのだろうか？　剣聖の剣技は、元を辿れば英雄女王ウルブラーザの剣技と言われている。

代々、受け継がれているであろう剣技を、魔王国に置いておくのはどうなのだ？　フルハルト王国に戻れとは言わない。私のいるレイワイト王国に来いとも言わない。魔王国以外に居を移すのはどうだろうか？

…………。

すでにここで働いており、居を移す気持ちは欠片もないと断られた。

ううむ、どうしたものか。

私が困っていると、青銅騎士と赤鉄騎士がピリカ殿を煽り始めた。

青銅騎士と赤鉄騎士は、白銀騎士と並び称される騎士。この二人とは、魔王国で出会った。

二人の目的は、俺と同じく当代の剣聖であるピリカ殿に会うこと。

ただ、出会ってみればピリカ殿は二十代後半の女性。剣聖の称号には相応しくないように見えたのだろう。

また、当人が剣聖の称号はまだ重いと、剣聖を名乗らないのが気に入らなかったのかもしれない。

しかし、ピリカ殿の実力が見たいのかもしれないが、あまり相手を馬鹿にするようなことを言うのは感心できないぞ。

おい、よせ。

先代剣聖の悪口は俺も怒る。いや、たしかに後継者を育てられなかったことを言われると……待て待て、まだピリカ殿が剣聖に相応しくないと決まったわけではないだろう。

万が一、そうであったら先代剣聖の不手際だったと言えるかもしれないが……。

大きな音がした。なにが起きたかわからなかった。

音がした方向を見たら、青銅騎士が近くの民家の壁に上半身を突き刺していた。

……………。

自分で突っ込んだりはしないよな。つまり、ピリカ殿がやったということか。

俺は剣を構えた。

先代剣聖には今でも勝てる気がしない。だが、当代剣聖であるピリカ殿はどうかな？

俺もこれまで遊んでいたわけではない。どこまで通用するか試してみたい。赤鉄騎士よ、ここは譲ってもらうぞ！

俺はピリカ殿に斬りかかった。

ピリカ殿はそれに対し、俺の顔面にパンチ。

え？　俺の鼻が折れた。そして、意識が少し飛んだ。

え、あ、いや、待て。ピリカ殿、剣を抜け。お前、剣聖だろ。まさか、俺ごときでは剣を抜く必要もないと言うのか？　あ、剣を抜いてくれた。よかった。

では、仕切りなお……剣を投げつけられた。

びっくりした。凄くびっくりした。

大きく避けた俺に、ピリカ殿が二本目の剣で斬りかかってくる。

ちょ、お、おい！

俺は転がって避ける。白銀の鎧が土に汚れてしまった。

ええい、そんなことを気にしている場合ではない。ピリカ殿は俺を相手に、真面目にやってくれないのか？　それとも、真面目にやってそれなのか？　それなら、がっかりだ。

あまり俺を馬鹿にしないでもらおう！　俺は気合を入れ直し、剣を構えた。もう油断はない。全ての攻撃を斬り落とす！　殺しはしないが痛い目は見てもらうぞ！

そう覚悟した俺に、ピリカ殿がローキック。くっ、足癖が悪い！

痛くはないが、俺の体勢が少し崩れた。反省。

相手の攻撃は剣だけではない。いい加減、学習しろ俺。

いや、それよりも先にピリカ殿の追撃を防がねば。さすがに剣で斬ってくるだろう。俺はピリカ殿の剣を見る。

なかった。

ピリカ殿の剣は、ピリカ殿の後ろにあった。ピリカ殿の体で、剣の出所を隠しているのだ。しかも両手を背中にして、剣を持っている手をわからなくしている。

面倒な。

だが、大丈夫だ。剣を持っているのが右手だろうが左手だろうが、防いでみせる。俺は覚悟を決めた。お遊びはここまでだ。

ピリカ殿の右手に持たれた剣が、上から襲いかかってくる。

なんの！　速いが迎撃可能！　舐めるなっ！

ピリカ殿の左手に持たれた剣が、下から襲いかかってくる。

は？　あ、いや、ピリカ殿は二本目の剣を持っていたのだ。三本目の剣がないと誰が決めた？

思い込んだ俺が駄目なのだ。

死んだ。

俺はそう思ったが、ピリカ殿の剣では俺は斬られなかった。

ピリカ殿の両手の剣は、いつの間にか木剣になっていた。


死んだほうがマシというぐらい、ボコボコにされた。

だが、俺の戦いは無駄にはならない。

ピリカ殿の剣技を見ていたであろう赤鉄騎士が俺の仇(かたき)をとってくれるはずだ。

赤鉄騎士は、白銀騎士と並び称される実力者。手のうちさえわかっていれば、なんとでもなるはずだ。

頼んだぞ、赤鉄騎士。

…………。

赤鉄騎士はいつの間にか逃げていた。

…………許さん。

後日。

俺はなぜか〝五ノ村〟警備隊の訓練に参加させられていた。

きつい、苦しい、周囲のエルフたちの優しい目がうっとうしい。

俺の心の安らぎは、青銅騎士と赤鉄騎士も同じように訓練に参加させられていることだ。とくに赤鉄騎士。俺より年齢が上だからだろうか、へろへろだ。

だが、さすがは赤鉄騎士。心が折れない。強がっている。

そういったところは尊敬したい。逃げたことは忘れないがな。


訓練の合間に、ピリカ殿と獣人族のガルフ殿の試合を観た。

ピリカ殿はちゃんと戦っていた。剣聖に相応しい剣技だ。先代剣聖の剣技に勝るとも劣らない。美しい剣技。

というか……ピリカ殿、分身してない？　あまりに速い動きで、二人いるように見えるのかな？

その二人のピリカ殿の攻撃をなんなく避けるガルフ殿。

ピリカ殿は剣だけでなく、手技や足技を使うがそれも通用しない。

…………。

ガルフ殿は軽く木剣を振って、ピリカ殿の行動を止める。俺が手も足も出なかったピリカ殿を、ガルフ殿が圧倒していた。ああ、なるほど。ピリカ殿でも勝てない相手がいるのか。そうであるなら、剣聖は名乗りにくいな。

そして、上には上がいるのだと俺は改めて実感。

強さの頂は遠い。俺もいつかは辿りつけるだろうか？　頂は無理でも、麓ぐらいには辿りつきたいものだ。

そのためには、〝五ノ村〟警備隊の訓練ぐらいは軽くこなさないといけないか。

ふっ、やってやろうではないか。

青銅騎士、赤鉄騎士、休憩は終わりだ！　いくぞ！

9 甘味とお茶の店

〝二ノ村〟の養蚕業でトラブルが発生した。

蚕たちのエサになるであろうと思われた木の葉を、蚕たちは食べなかったのだ。食べるのは俺が育てた蚕のエサ用の木の葉だけ。

しかし、まだ若い木なので葉を取りすぎると木が弱ってしまう。蚕を受け取ったときに、ゴロウン商会からエサとなる木の葉をいくらかもらっているので今すぐ全滅するというわけではないが、急いで蚕のエサとなる木の葉を用意しなければいけない。

俺は慌てて〝五ノ村〟に行き、ゴロウン商会の〝五ノ村〟支店で蚕のエサとなる木の葉を大量に注文した。

俺が行く必要はなかったのだが、〝五ノ村〟で出す店の確認があったのでそのついでだ。いや、蚕のエサが本命で、〝五ノ村〟に出す店の確認がついでかな。


蚕のエサとなる木の葉の注文は無事に済んだ。

入手までが二日ほど掛かるらしいが、もともと常備しているとは思っていないので仕方がない。逆に二日で手に入るのかと驚いた。

詳しく聞けば、蚕のエサとなる木は〝五ノ村〟の周囲の森にいくらでも自生しているそうだ。それなら注文せず、自分で採りにいけばよかったかな？　いや、今後のことを考えれば頼むのが正解だな。

しかし、どうして〝二ノ村〟の周囲にある木の葉は食べなかったのだろうか？　桑(くわ)の木の葉じゃなかったから？　いや、ゴロウン商会が用意してくれた木の葉は複数の種類があったから、そんなことはないのだろう。

〝二ノ村〟のゴードンも、以前の村の蚕には色々な種類の木の葉を与えていたと言っていた。一匹、二匹が食べないなら個体の好みかもしれないが……。

〝二ノ村〟の周囲の木の葉が毒ってことはないよな？　木の種類の問題だろうか？　うーむ。

一応、俺も蚕が食べそうな木の葉を村で探したが、桜や梅の葉は駄目だったし、果樹系の木も駄目だった。蚕はなかなか美食家のようだ。

一つは見つけたのだが、それを見たルーやティアが凄い顔をしていたので止めた。愛する妻たちには心穏やかに過ごしてほしいからな。ははは。

ちなみに、世界樹の葉だ。

蚕たちの食いつきがよかっただけに、残念だ。


蚕のエサはゴロウン商会に任せ、俺は〝五ノ村〟で出す予定の店に向かう。

店舗の準備はほとんど完了していた。いつでもオープンできそうだ。

だが、オープンはもう少し先。まずはスタッフの教育をしなければいけない。

この〝五ノ村〟の店の責任者は巫女のニーズ。

春のパレードに来たときに、ニーズが収入に困っていたようなので相談に乗った結果だ。教会での仕事は安いらしい。

相談中にヨウコが乱入してきてニーズの取り合いになったが、ニーズ本人が店を選んでくれたので通った。

ヨウコに文句を言われたが、〝五ノ村〟に店を出す話はヨウコからの要望だったので素直に譲っ

てほしいと思わなくもない。

ニーズ以外のスタッフは、十五人。

そのうち、五人は〝シャシャートの街〟からやってきたマルーラの従業員。調理、接客、会計と何でもできる優秀なメンバーだ。この五人をメインに店をやっていく。

残り十人は、〝五ノ村〟で雇っている。

「店長の指示通りの者を雇いましたが、本当にこれでいいのですか?」

マルーラの従業員の一人が質問してくる。

この店もマルーラと同じで俺が店長。

なので、ニーズの肩書きは店長代理になる。まあ、俺の本業は村長なのでニーズが店長みたいなものだ。


質問してきた彼の少し後ろには、雇われた十人が揃っている。

全員、女性。そして既婚者、見た目の年齢は四十代から六十代。ドワーフの奥さんは年齢不詳だけど。

店の近くに住んでいる主婦を狙って雇うように俺が指示をしたからだ。

「店長の指示なので雇いましたが、もっと若い女性を集めたほうがお客が来るのではないですか?」

うんうん、気持ちはわかるが、それだと若い男性の客しか来ない店になるぞ。

「そうでしょうか?」

そうだ。

それに、俺としては地域に根付いた店にしたい。そのための第一歩が、店の近くに住んでいる主婦を雇うこと。

新店舗では、近所の主婦のコミュニティを味方にするのは大事なんだぞ。

「そんなものでしょうか？」

そんなものだ。

まあ、若い娘を雇うことを否定はしない。次からは自由に雇ってかまわないさ。ただ、そのときは今いるスタッフの意見を聞くことを忘れないように。

もちろん、君の意見も大事だ。頼りにしているぞ。


ところで、話は変わるが……雇用の責任者はニーズじゃなかったのか？

ニーズはどこにいるんだ？

「店長代理は、西側の店に行っています」

西側の店、俺の出す店の第二店舗のことだ。

俺としては一軒だけのつもりだったのだが、この店に酒を置かない方針が漏れたことによって二軒目を求められた。とくに〝五ノ村〟のドワーフたちから。

ニーズからも、そちらの店舗も受け持つと言ってくれたので、二軒目を開くことになった。ただ、スタッフが足りないから開店はまだ先だ。

なのにニーズが西側の店に行っているということは、何かあったのだろうか？　様子を見に行くべきかな？　いや、まずはこの店だ。

ニーズはいないが、いるメンバーでやれることをやろう。

スタッフの半数が客になっての接客練習、調理練習だ。スタッフには店で出す料理の味を知ってもらいたいしな。

ああ、今もちゃんと給料は払う。当然だ。

プレオープンは十日後。

五日ほど営業して、一度閉める。その後、問題点を潰してから本格的な営業を開始する予定だ。

マルーラのときは距離があって関われなかったが、〝五ノ村〟なので〝大樹の村〟から無理なく通える。頑張りたい。

「店長。すみません、確認忘れがありました。確認をお願いします」

確認忘れ？

「はい、お店の上に飾るテントです」

ああ、入るときに見たけど問題はなかった。だが、一応は外に出て確認する。

店の玄関の上にはテントが張られており、そこには大きく《甘味とお茶の店》と書かれている。

うん、注文通りだ。

まず、なにをやっているお店かわからないとお客は入ってくれないからな。

そして、その甘味とお茶の店の文字の下に、遠慮気味に書かれているのがお店の名前《クロトユキ》。そのまま、クロとユキから名前をもらった店だ。

甘味のお店なので《カフェ・妖精女王》とか《シュガー》とかでもよかったと思うが、思いついてしまったのだから仕方がない。

甘味とお茶の店《クロトユキ》。

名前をもらったからには、成功させたい。

閑話　赤鉄騎士の従者〝五ノ村〟報告　前編

私の名はキスン、キスン＝ホリイズ。今年で三十歳になる男性で、独身です。

職業は赤鉄騎士の従者をしています。従者とは、一般的に主人と一緒に戦う人のことを指します。

戦場で一人の騎士の周囲に歩兵が控えているのを見たことありませんか？　騎士が主人だとすれば、その周囲の歩兵が従者です。ええ、私はたくさんいる従者の一人です。

その従者ですが、騎士家に代々仕えている譜代の家臣もいれば、領地で徴兵された者、お金で雇われた者など様々です。

私は領地で徴兵された者になります。平民です。

ただ、私は生まれたときから従者となるべく育てられました。平民にしては家が裕福でしたから。

そして、幸運なことに私の仕える主人が、赤鉄騎士の称号を受ける実力の持ち主だったのです。

ええ、幸運です。

ある日、私は赤鉄騎士に憧れる若い少年から質問をされました。

「従者さまは普段、どのようなお仕事をされているのですか？」

私はこう答えました。

「苦情の受け付けと処理です」

冗談じゃないですよ。真実です。最近はカイザン王国の王様からも苦情係と認識されているのですから。

さて。

私は今、〝五ノ村〟と呼ばれる村で日々を過ごしています。もう二ヵ月になります。

従者の仕事はしばらくお休み。だからでしょうか、朝の目覚めがすっきりです。寝不足気味でなかなかとれなかった目の下のクマも消えました。

寝る前に枕を殴っていた日課をやらなくなったのが、よかったのかもしれません。きっとそうでしょう。


宿で朝食を食べます。

朝食に限らず、宿で用意された食事は美味しいです。しかも、毎食違う料理なのが驚きです。

カイザン王国にある宿では、毎日、同じ料理が出ても不思議ではないというのに。

この宿が特別なのでしょうか？　それとも、魔王国にある宿は全てこうなのでしょうか？

〝五ノ村〟に来る前に〝シャシャートの街〟に滞在しましたが、あそこでは宿で食事をとらず、《ビッグルーフ・シャシャート》と呼ばれる巨大な施設で食事をとっていました。

カイザン王国に帰るときに、ちゃんと調べなければ。

食の多様性は、豊かさの証明です。魔王国が豊かなのは聞いていましたが、どれほど豊かなのかは体感しておきたいところです。


朝食を食べ終わったあと、私は村を散策します。

赤鉄騎士さまの従者を休んでいる今の私の立場は、カイザン王国からの使者。

〝五ノ村〟の村長代理であるヨウコさまに、カイザン王国の王様からの手紙を渡したことで、仕事は完了。あとは赤鉄騎士さまが帰ると言うまでは、やることがありません。

本来なら粛々(しゅくしゅく)と待機するのですが、せっかくの魔王国。色々と見聞したいと思っています。そのための散策です。

さて、今日は……どうしましょう。

二ヵ月も滞在しているので、色々と見てしまっています。困りました。

…………。

仕方がありません。なにを見聞するかを考えるために、いつものお店に行きましょう。

二ヵ月前、私が〝五ノ村〟に来た直後ぐらいに〝五ノ村〟の南側でオープンした《クロトユキ》。甘味とお茶のお店です。

一見、狭いお店のように見えますが、奥に広がってなかなか広いお店です。

開店直後はお客もまばらですが、時間が経つにつれてお客が増えていきます。昼ぐらいになれば、外に行列ができるぐらいです。私はそれを知っているので、昼以降は行きません。行くなら昼前がお薦めです。

指定席のシステムはありませんが、いつも座っている席に座れると心が穏やかになります。会話したことはありませんが、顔見知りの常連客がいたので会釈(えしゃく)。魔族の年配の男性ですが、誰でしょうか？

一度、名前が耳に入ったのですが、長くて覚えきれませんでした。おっと、詮索(せんさく)はマナー違反。

私は従業員を呼び、いつもの注文をします。

このお店、従業員たちは揃いの制服を着て接客をしてくれます。

揃いの制服はいいですね。誰が従業員かすぐにわかります。

ただこのお店。

従業員の年齢が少し高めなのですよね。

個人的にはもう少し若い女性の従業員を期待したいのですが……今の落ち着いた雰囲気が壊れるかもと考えると、難しいところです。

すぐに私の前に、紅茶とミニパンケーキが届けられます。色々と試しましたが、このセットが至高だと思っています。

とくにこのミニパンケーキ。初めて見たときは小さいことにがっかりしましたが、今ではこのサイズがちょうどいいと思っています。

紅茶を一口。そしてミニパンケーキを一口。

ふふふ、私は至福のときを過ごしました。


しまった。見聞のことを完全に忘れていました。

それに気づいたのはお店を出たあと。お店にいる間は、頭の中がお茶と甘味に支配されていました。うっかりです。

まあ、美味しかったのでいいでしょう。

さて、これからどうするかですが……せっかくですから、《クロトユキ》に縁のあるお店を回ってみましょう。

この《クロトユキ》のオープンに遅れること一ヵ月、四軒のお店がオープンしています。南側にオープンした《クロトユキ》に対抗するかのように、西側、東側、北側、そして麓に。

私としては《クロトユキ》が一番と言いたいのですが、お店の種類が違いますからね。優劣はつけられません。では、西側のお店……は、夜のお店なので、東側のお店に向かってみましょう。


東側に開店したお店の名前は、《青銅茶屋(カフェ・ブルー)》。

《クロトユキ》と同じように甘味とお茶のお店です。お店の広さも《クロトユキ》と同じぐらいです。

ただ、明確に《クロトユキ》と違う特徴があります。それは、お店の名前からわかる通り、青銅騎士が働いていることです。いいのでしょうか?


青銅騎士は、四十代の口髭(くちひげ)が似合う男性。男性の私から見ても美形(イケメン)です。その彼が、ビシッとした服装で接客しています。しかも、お客が女性であれば、片膝(かたひざ)をついて目線を合わせての接客。相手の身分などは気にしていません。年齢も気にしていません。常にお客のことをお嬢さまと呼んでいます。

青銅騎士のやることではないと思うのですが、彼は平然とやっています。悔しいですが、似合っています。

そして、当然ながら青銅騎士一人で接客は無理です。当然、ほかの従業員がいるのですが、その従業員たちもイケメンで揃えられています。しかも、年齢の幅は広いです。

だからでしょう。女性に大人気のお店になっています。熱気がすごいです。

男性客お断りのお店ではありませんが、男性一人では入れない雰囲気になっているので私は遠目でお店を見ます。

……青銅騎士、生き生きしているように見えるのは気のせいかな？

この《青銅茶屋》。

商品のラインナップは《クロトユキ》と同じような感じなのですが、お値段は《クロトユキ》より一回り高めに設定されています。

青銅騎士ほか、イケメン従業員の笑顔分、上乗せされているのでしょう。

私は《青銅茶屋》の前を通り、〝五ノ村〟の北側にオープンしたお店に向かいます。

北側にオープンしたお店の名前は、《甘味堂コーリン》。

名前からわかる通り、コーリン教が関わっているお店です。従業員は、コーリン教の関係者でしょう。

〝五ノ村〟の教会で見たことのある顔を見つけることができます。

時々、悪辣フーシュが姿を見せるとの噂がありますが、これは噂ですね。彼女はレイワイト王国から離れられないはずですから、〝五ノ村〟にいるわけがありません。

それに、もし〝五ノ村〟に彼女が来ているなら白銀騎士に対してなにかあるでしょう。なのに白銀騎士はいまでも〝五ノ村〟の警備隊の訓練に参加しています。つまり、悪辣フーシュが姿を見せるというのは完全なるデマ。噂なのです。

なので、お店の前で列整理をしている彼女は悪辣フーシュのそっくりさんでしょう。あ、ひょっとしたら悪辣フーシュの血縁者かもしれませんね。

ははは、フーシュさまと呼ばれていますが、私は聞かなかったことにします。


さて、《甘味堂コーリン》では店内での飲食はできず、持ち帰りオンリーの甘味屋です。

メニューは、お煎餅と季節のお団子の二つだけ。この二つが大人気。

販売される量が決まっており、売り切れで終了となるので手に入れるのはなかなか難しいのが欠点です。本気で欲しいなら、日の出前から並ぶのがいいでしょう。私も一度、日の出前から並んだことがあります。お煎餅も季節のお団子も美味しかったです。日持ちしないのが残念でした。

あと、当然ながら一人のお客が買える量が決まっているので、量を求める場合は人手が必要になります。大商人のところで働く若手が、日の出前に列を作るのは恒例(こうれい)の風景になりつつありますね。

ちなみにですが、季節のお団子は《クロトユキ》の裏メニューにあります。お客が少ないときにしか出してくれませんが、それを知ったときは嬉しかった。

とりあえず、お煎餅を並んで買えそうかチェックして……無理そうなので諦めました。

私は〝五ノ村〟の南側に戻って、麓に向かいます。

閑話　赤鉄騎士の従者〝五ノ村〟報告　後編

〝五ノ村〟の南の麓にオープンしたお店の名前は、《麺屋ブリトア》。

ラーメンと呼ばれるパスタ料理一品だけのお店です。

ラーメンは知っています。〝シャシャートの街〟で食べたことがあります。美味しかった。

初めてこのお店に来たときはその味を期待して食べたのですが、この《麺屋ブリトア》で食べたラーメンはシャシャートのラーメンとは別物でした。

いや、深い器にスープとパスタを入れ、上に具を乗せている料理のスタイルは同じなのですが、味が全然違うのです。これを同じラーメンと言っていいのでしょうか？　駄目だと思う。

私はたまらずに従業員にそう伝えたのですが、従業員は慌てずに丁寧に説明してくれました。

このお店で出しているのは間違いなくラーメン。ただ、〝シャシャートの街〟で出しているラーメンは醬油味、この《麺屋ブリトア》で出しているラーメンは塩味なのだそうです。

パスタ料理でも、味が違うパスタはいくらでもあります。それと同じだと。

なるほど。ラーメンはラーメン料理であって、味付けが違うと。

であるなら、塩味ラーメンと名乗るべきではないかと指摘したのを聞いてくれたのか、翌日からはブリトアラーメンと名前が変わっていました。ちょっと嬉しかったです。


そのブリトアラーメンを求めて、私はお店に入ります。

先ほど食べたミニパンケーキは、すでに消化済み。いけます。

ブリトアラーメンは、シンプルに大サイズと小サイズがあるだけ。ほかのメニューがないので、席に座ったら注文をしなくてもブリトアラーメンが出てきます。

大サイズはミノタウロス族などの大型種族用なので、私の前には小サイズが置かれます。

お店にはフォークが置かれていますが、私は箸(はし)を使います。〝シャシャートの街〟で箸を知ったときは、こんな棒で食べられるのかと思いましたが、使ってみると便利。とくにラーメンを食べるには適していると言えます。箸使いを勉強していてよかった。ブリトアラーメン、美味しい。

《麺屋ブリトア》を出てもまだ日が高く、西側にオープンしたお店に行くには早い時間帯です。

となれば……せっかく麓に来たのですから、あそこに行きましょう。

今、この〝五ノ村〟で人気の場所。

野球場。

野球と呼ばれるスポーツをしている場所で、少々ルールが難解ですが見ているだけでも楽しいものです。

観客席に座り、売り子のお姉さんから麦酒を買います。

くー、麦酒がこれでもかと冷やしてあります。夏場には嬉しいですね。氷系の魔法が使える者を、何人も雇っているのでしょう。贅沢なことです。

そして、直前にブリトアラーメンを食べていなければ、豚の腸詰を挟んだパンを注文していたところでしょう。

……………。

注文してもいいかな？　いや、うーん、一つだけにしよう。

野球は四回裏、三対三で点差はなし。

おっと、ここで守備側の猛虎魔王軍がピッチャーを交代するようです。ああ、なるほど。今までのピッチャーは新人だったのですね。交代したピッチャーの投げる球は、先ほどまでと違って速いです。キャッチャーミットにおさまる音が、ズバンッとここまで響いてきます。

当然のようにその球を空振るバッター陣。あっという間にチェンジです。

五回表。

流れが変わったのでしょうか、猛虎魔王軍が気持ちがいいぐらいに打ちます。

しかし、相手をしている〝五ノ村〟カーペンターズも一方的にやられているわけではありません。

いい守備を見せます。

攻撃、守備に限らず、いいプレイには拍手。これが野球観戦。

あ、売り子のお姉さん、麦酒をもう一杯。


野球は猛虎魔王軍の勝利で終わりました。

終わったあとに、猛虎魔王軍の選手と握手できるので参加します。

女性ながらも代打でホームランを打った選手に握手してもらいます。これからも頑張ってください。

監督が寂しそうにしていたので監督とも握手をします。

八回の代打攻勢、痺(しび)れました。勝っていても手を抜いてはいけませんよね。そう伝えたら、監督にフレンドリーに肩を叩かれました。


野球場ではグラウンドの整備が手早く行われ、別のチームの試合が始まります。

そのまま見ていてもいいのですが、私は野球場をあとにします。

西側にオープンしたお店に行く前に、お腹を減らしておかなければ。少し運動をします。

私が目指したのは野球場の隣にある施設。

野球場の四倍ぐらいの広さがある場所で、高い塀に囲まれています。この塀の中のフィールドには建物が密集しており、さながら小さな街のようです。

ですが、このフィールド内にある建物には誰も住んでいません。

では、なぜ建物があるのかというと〝五ノ村〟の警備隊の訓練のためです。そう、ここは警備隊が街中で適切に戦えるように訓練するための施設なのです。

普通はそんな訓練をしません。行き当たりばったりでなんとかするものですし、やるとしても街の中で強制的にやります。

しかし、〝五ノ村〟では訓練をするために街を作りました。発想が違います。そして、経済力を見せつけられた気がします。


施設には入り口が二箇所あり、片方はフィールド内を高い場所から見られる観客席に行けます。

私はもう片方の入り口から、フィールド内を目指します。

少し歩けば待機場があり、そこには私以外に何人かの若い者たちが待機しています。どう見ても戦うような人ではない人もいます。それも当然。

この施設は〝五ノ村〟の警備隊の訓練に使う施設ですが、常時使われているわけではありません。なので、施設が空(あ)いているときは一般に開放されており、何かしらのイベントというかゲームが行われています。

これまで行われたゲームで私が知っているものとしては……。


【死神遊戯(ゆうぎ)】

フィールド内を舞台に、死神に扮した者たちから逃げ回るゲームです。

一定時間、逃げ切ったら勝利。

捕まったとしても、逃げた時間に応じて賞品がもらえたりします。死神に扮した人、足がすごく速いので見つかったらほぼ捕まってしまいます。

隠れて時間経過を待つ者、常に走り回る者と色々な戦略が見られて楽しいです。


【宝探し】

一定時間内にフィールド内に隠された宝箱を探すゲームです。

宝箱によって賞品が変化するのでギャンブル要素が強いです。

この宝探しは、子供限定回なども用意されていますので、お子さまでも楽しめます。大人限定回では、街中や宝箱に参加者が怪我しない程度の罠がしかけられているので、ちょっと危険だったりします。


【盗賊密偵】

これは【死神遊戯】とは逆で、用意された盗賊を参加者全員で追いかけるゲームです。

盗賊は建物の屋根から屋根へ飛び移ったり、変装したりとあの手、この手で逃げ回ります。参加者の数が多ければなんとかなりそうですが、参加者の中に盗賊側の密偵が紛れており妨害してきます。

盗賊を捕まえたら、参加者全員が賞品をもらえるのですが、密偵を見つけて捕まえた場合、捕まえた人個人が賞品をもらえます。

【争奪戦】

これは参加者が二つのグループに分かれ、自陣の宝を守りながら、相手の宝を奪うゲームです。

武器の使用が禁止なだけなので、怪我人が続出します。しかし、人気があるのですよね。

〝五ノ村〟の住人同士の揉め事の解決に使われたりもします。

他にも、謎と宝が用意された【名推理】や、参加者全員が敵となる【最後の一人】などがありますが、こんな感じでしょうか。

基本、どれも参加費は無料なので私も何回か参加しています。

【死神遊戯】では、本当に死神が怖かった。あれは心臓に悪いです。

今回のイベントは【怪しい男】。

これはフィールド内に怪しい男が何人いるかを当てるゲーム。

怪しい男は、怪しい男マントを装着しているので誰が見てもすぐわかります。しかし、怪しい男は一箇所でじっとしているわけではないので、マント以外の特徴を覚えないと数え間違えてしまったりします。なかなか難しいゲームです。

しかし、制限時間全部を使って動くのでお腹をすかせたい私としてはちょうどいい。実は朝、宿の掲示板に書かれていたのでチェックしていました。

少しすると、私たちの前のグループは戻ってきました。少数の笑顔の人と、大勢の悔しそうな人がいます。

参加するからには笑顔で終わりたいですね。さあ、私の番です。


私はいま、悔しい顔をしていると思います。

フィールド内にいた怪しい男の数は七人。私は八人と答えました。

数え間違えたのは、一人が途中で変装をするという罠にやられてしまったのです。ずるい。

しかし、フィールド内の各所に変装道具が置かれていたので、気付くべきでした。悔しかったのでもう一回参加するために待機場に向かいます。

ちなみに、その変装した怪しい男をやっていたのは白銀騎士。

今日は訓練に参加しなくていいのかな？　あ、こういったイベントに参加するのも警備隊の仕事と。なるほど。


そうそう。

参加費が無料な理由ですが、それはフィールド内の建物に秘密があります。

いや、まあ、秘密と言うほどでもないんですが、いくつかの建物に看板が掲げられており、〝五ノ村〟にあるお店の宣伝を兼ねているのです。

私たち参加者は「《クロトユキ》の建物の裏に怪しい男がいたぞ!」とか「《青銅茶屋》の前にいる人はマントをしてない。フェイクだ!」と建物を使って情報交換をしたりするので、自然と店の名前を覚えていきます。

あと、用意されている賞品の大半が、〝五ノ村〟にあるお店の商品交換札だったりします。

私も一つ、商品交換札を持っていますが……鍋との交換なのですよね。ドワーフが打ったいい鍋のようですが、今は交換しても邪魔になるので、カイザン王国に戻るときに交換しようと思います。

ほどよく日が傾いているので、そろそろ西側にオープンしたお店に向かいます。

西側にオープンしたお店の名前は《酒肉ニーズ》。お酒と焼肉料理をメインにしたお店です。

お店の雰囲気はちょっと特殊で……たぶん、魔王国の東方の文化なのでしょう。店長らしき女性も、東方の服を着ています。

お客はまだ少ないようで、スムーズに席に座れます。タイミングがよかったです。

このお店、料理を頼まないとお酒の注文ができないルールがあるので、食事はほぼ強制です。

テーブルごとに用意された火鉢の上に網を置き、その網で肉を焼き、タレをつけて食べます。このタレがまた絶品。

何度も食べたくなる味で、私を魅了しています。

肉は牛と豚、羊、鶏が中心。肉の種類の指定はできますが、部位の指定はできません。

なので量で注文するだけになります。

「牛肉、四人前お願いします」

一人前で子供が一人で食べられる量の肉が出てきます。大人なら二人前〜三人前が無難な量です。私は四人前いきますけどね。

つけ合せの野菜はセットでついてきます。

「お酒は……麦酒で」

昼にも飲みましたが、かまわないでしょう。外で飲む麦酒と、店内で飲む麦酒は別物です。

ちなみに、私の注文を取ってくれたのは私の主人である赤鉄騎士さま。

赤鉄騎士さまは、昼は警備隊の訓練に参加し、夜はここで働いています。東方の服、似合っていますよ。

なんでも、ピリカさまを剣聖と認めて、鍛えてほしいと頭を下げたそうです。

〝五ノ村〟での滞在費はカイザン王国から頂いているのですが、個人的な理由での滞在なのでそれは使わず、労働で滞在費を稼いでいるそうです。カイザン王国にいたときには考えられない行動です。ですが立派です。

ちなみに、私は実家がそれなりに裕福なので滞在費に困っていません。

主人に貸しましょうかと何回か言ったのですが、なぜかお金の貸し借りには厳しいので断られています。昔、お金で嫌な目にでも遭ったのでしょうか。まあ、私の主人の数少ない美点なので無理には貸しません。私は陰ながら、主人を応援したいと思います。

「すみませーん。豚肉一人前追加。あと、麦酒の追加もお願いします」

10 五つの店

俺は失敗ばかりだな。反省する。

そして、ちょっと後悔もしている。

〝五ノ村〟で店を開く計画だが、最初は一軒の予定だった。それが二軒になり、今では五軒になっていた。

どうしてこうなったかは簡単だ。

ヨウコが確保していた土地に店ができると知った住人たちが、揉めだしたからだ。揉めると言っても出店お断りではなく、どちらかと言えば出店を希望する方向で。正確に言えば、ヨウコの確保していた五つの土地の南側を除いた場所から抗議の声が出た。どうして私たちのいる場所で開店してくれないのかと。

抗議の声が届けられたヨウコは笑って一喝。

「どこに店を開くかは村長の差配。囀って迷惑をかけるな。いずれ、他の地にも何か建ててくださるであろうから、しばし待て」

ヨウコの言葉で騒ぎは収まったのだが、俺が西側に二店舗目を出す計画をしていることが露見すると、ヨウコも笑ってられないぐらいの騒ぎになってしまった。

「西側の抜け駆けか？」

「西側がなにかやったのではないか？」

「取りまとめ役はなにをやっている？」

「我々は出遅れているのか？　協力者を募れ！　数を集めるんだ！」

などの声が住人たちから出て、同時に北側、東側、麓側で人が集まり、これに慌てた南側、西側も人を集め、不穏な空気が〝五ノ村〟を覆った。

これには、さすがのヨウコも切れた。

「此度の話は、もとはお主ら住人の要望を我が村長に伝え、聞き届けてくれたもの！　感謝こそすれ、己が身に利をなさぬからと騒ぎ立てるとはいかなる了見か！　村長の行いに不満があるならこの地より去れ！」

ヨウコは各代表者……らしき者が明確にいなかったので、各所の発言力の強そうな者を集め、通告した。

慌てた発言力の強そうな者たちは弁明。

「村長の行いに不満があるわけではありません。ただ、南側や西側の抜け駆けが気に入らんのです」

「不満ではありません。私たちの住む場所は、南側や西側にも負けぬと思っております。しかし、なぜ我らのいる場所を選んでくださらなかったのかと悲しく思っているだけです」

多少の差はあるが、ほぼこの二つの意見が主流。

「では、どうして待てぬ。村長は南側に店を開き、西側にも計画をしている。ならば東や北、麓にも計画があるとどうして考えぬ」

ヨウコはそう言って、騒動を収めた。

そして、顛末がまとめられて俺に提出された。


はい、どう考えても俺が悪いです。

南側はともかく、簡単に西側にも店を出すって決めたのが駄目だった。

ニーズが乗り気だったし、南側の《クロトユキ》の狙う客層が露骨に酒飲みを外しているから、酒を出す店なら客層も被らないし大丈夫だろうと思ってしまった。

〝五ノ村〟に起こさなくていい騒動を起こしてしまったと反省する。

反省は言葉でするものではない。行動でするもの。

南側の《クロトユキ》はこのままオープンの準備を。少し遅れるが、西側、東側、北側、麓でも店を開こうと思う。

ヨウコからは住人が図に乗ると止められたが、俺は強行する。後回しにすると、今度はオープンする順番で揉めそうだから。


しかし、困るのは店の人手。

店の中心には読み書き計算ができて、店に専従できる人がいてほしい。

〝五ノ村〟の住人は協力してくれるだろうけど、読み書き計算ができて店を任せられる人物ならすでになにかしらの仕事をしている。〝シャシャートの街〟のマルーラから応援を呼ぶにしても限界がある。

とくに〝シャシャートの街〟から計算ができる者を引き抜くと、〝シャシャートの街〟で会計を担当しているミヨが怒る。ミヨが怒らなくても、マルビットの紹介でガーレット王国から会計ができる者がやってきて、やっと〝シャシャートの街〟の会計不足を解消しつつあるところだ。逆の行動はできない。

では、どうするか？　一人で悩んでも仕方がないので、〝五ノ村〟でヨウコや聖女のセレスに相談した。

ヨウコからは、会計に関しては今回の騒動に関わっている商人から出させる意見が出た。無理やりは駄目だぞ。

セレスからは、教会関係者で一店舗の管理なら任せてくださいと頼もしい言葉をもらった。ありがとう。しかし、それでも足りない。

どうしようかと悩んでいると、護衛で同行しているガルフから提案。

「警備隊から人手を集めるのはどうです？　たしか、何人かは商売をやっていた経験があるはずです。あと、エルフ帝国出身の者たちは読み書き計算ができたかと」

なるほど。

俺はすぐさまピリカのもとに行き、相談した。

「全ては村長の意のままに」

いや、相談だから。命令じゃないぞ。

ガルフをあいだに立たせ、相談。

ピリカは、隊員が店で働くことを希望するなら警備隊を辞めてもいいし、警備隊の仕事と兼任してもかまわないと言ってくれた。なので朝礼時にピリカから隊員に伝えてもらった。

最終的に二十人ほどの希望者が出てくれたが、朝礼時に即答したのは警備隊の訓練に参加していた青銅騎士と、エルフ帝国出身の者が二人。


まず、青銅騎士。

君、ここで永住するつもりじゃないだろ？　帰らないといけないんじゃないか？　永住するから訓練から解放してくれ？　いやいや、まてまて。そんな後ろ向きな姿勢で店をやられても困る。

それに訓練は強制じゃないだろ？　嫌ならやめたらいいじゃないか。

白銀騎士や赤鉄騎士が続けているのに、青銅騎士だけがやめたら逃げ出したことになる？

まさに逃げ出そうとしているんだろ？　大義名分が欲しいと。それなら俺がやめさせるように言おうか？　俺になにができるって？　いや、そう言われても……この村の村長だからピリカに言えば、大丈夫だと思うけど。

そう、そのヨウコの上の立場。一応。

いい歳の男性に泣きながら頼まれた。あ、うん、じゃあ訓練から解放するように伝えるから。あとは好きに行動していいよ。

え？　店をやる？　全力で？　貴族出身だけど、商売やってた経験もあるから任せてほしい？

それはありがたいけど……大丈夫なのか？　いや、商売の実力じゃなくて、立場的に。

気にするなと胸を張って言われた。本当に大丈夫だろうか。

エルフ帝国出身の一人目。

「私は元々、帝国皇家の財務を担当していた者の娘です。自身で店をやっていた経験もあります。肉体や精神を鍛えることが無意味とは言いませんが、すでにある知識や経験を使ってお役に立ちたいと考えております」

彼女は文武に自信があったのだけど警備隊の訓練にはついていけず、落ちこぼれのポジションなので商売に関われるなら、そちらのほうがありがたいと訴えられた。

小さい店だけど大丈夫？　店の大小は問題なし？　商売がうまく行けば、いやでも大きくなる？

採用。

エルフ帝国出身者の二人目。

「私は元皇族です。お願いします。助けてください。あの訓練から逃げられるならなんでもします」

なんでも？

「はい。幸いなことにあの訓練で、理不尽に耐える精神力はついたと自負しております。大丈夫です。なんでもします！」

理不尽に耐える精神力がついたのに訓練からは逃げたいの？

「私は元とはいえ皇族です。お姫さまなのですよ。それが今日は何キロの重(おも)りに耐えられるかな、とか。よーし、今日は穴を二メートル掘ってみよう、とかを自然に考えているのが怖いのです。休暇の日、誰に言われたわけでもない腕立てと腹筋を延々とやって終わらせたことが何度あるか。見てください。この腕の筋肉を。これがお姫さまの腕ですか？　違いますよね？　どう見ても違いますよね？」

あー、えっと大丈夫だから。エルフの筋肉は見えにくいから。

しかし、これは予想だけど……店をやっても筋トレは続けるんじゃないかな。もう十分に染まっていると思うから。

そんなことはない？　まあ、それならかまわないんだけどね。

「それで、採用ですか？」

採用で。

「ありがとうございます。このキネスタ＝キーネ＝キン＝ラグエルフ。永遠の忠誠を……すみません。お名前とお立場をお聞きしても？　…………村長？　ここの？　…………………………愛人とかいりません？　本当になんでもしますよ？」

ははは、お気持ちだけで。遠慮します。はっきり言わないと駄目かな？　いりません。

こうして採用した人材を組み込み、各店舗の経営を再構築した。


南側、甘味とお茶の店、《クロトユキ》。

店長代理、キネスタ。

本当はニーズが担当する予定だったが、キネスタに任せた。

マルーラからの応援が多いので、トップが多少不安でも大丈夫だろうとの判断だ。

ニーズには《クロトユキ》の店長代理からは離れてもらったが、五つの店の副総支配人の立場をお願いした。

ちなみに、総支配人は俺。

各店舗の店長も俺。

村長なんだけどなぁ。


東側、こちらも甘味とお茶の店、《青銅茶屋》。

店長代理、青銅騎士。

《クロトユキ》に似た喫茶系の店のつもりだったけど、青銅騎士が自分の武器は顔だと胸を張って言うのでそれを前面に押し出す形にしたら、執事喫茶みたいになってしまった。

住人に受け入れられるかが少し不安だ。

〝五ノ村〟からの集めたスタッフも、青銅騎士が顔で選んだと思われる。男の俺から見ても、イケメン揃い。


北側、《甘味堂コーリン》。

店長代理、聖女のセレス。

ここでは煎餅と団子を売ってもらうことになった。店内で飲食させるスタイルよりは、店頭販売のほうが無理がないからと。

一応、セレスが店長代理だけど、常に店にいることはできない。教会関係者が交代で担当する。人手が足りない可能性があるので、〝大樹の村〟に来ていた始祖さんに相談し、フーシュに人手を追加してもらうことを検討しているそうだ。


麓、《麺屋ブリトア》。

店長代理、元エルフ帝国の財務担当者の娘。

ここはラーメン店をすることになった。ちょうど、〝シャシャートの街〟のマルーラにラーメンを専門にやりたいという者もいて、とんとん拍子に話が進んだ。

その者と財務担当者の娘の二人三脚で頑張ってほしい。もちろん、ほかのスタッフも。

警備隊との兼業スタッフが多いので、トラブルには強いだろう。


西側、《酒肉ニーズ》。

店長代理、ニーズ。

酒を出す店ということで最初は酒場になりそうだったが、近所にある酒場に遠慮して焼肉屋に。

酒だけの注文はなし。

これも近所の酒場に遠慮してだ。

ここは種族に合わせた大中小の火鉢を用意するのが大変だった。あとタレ。

〝一ノ村〟住人と鬼人族メイドが協力して作ったタレを、〝大樹の村〟から卸す形になった。〝大樹の村〟で生産している野菜や調味料をたっぷりと使っているので他店では真似できないだろう。

酒に関しては、ドワーフのドノバンに任せた。専門家に任せるのが一番。

それと、赤鉄騎士もこの店で働くそうだ。本格的に働きたい青銅騎士と違って、感覚的にはアルバイト。滞在費を稼ぎたいそうだ。目的がはっきりしているし、ニーズが採用したいと言っていたので問題なし。

なんだかんだと苦労して五つの店がオープン。

どの店も客足が順調のようで、一安心。

そして、俺の反省を行動で示せたと思うのだが……俺が後悔している点もある。

それは原材料。

とくに甘味に使う小麦と砂糖、お茶の葉、煎餅や団子のモチ米。

今年、来年は〝大樹の村〟の備蓄でなんとかなるが、再来年は怪しい。

なので〝大樹の村〟の畑を拡張することになった。いま、頑張ってる。

閑話　ガーレット王国の動揺

私の名はアッシリアーナ＝ガーレット。ガーレット王国の王だ。

王と聞けば、権勢を握って好き放題していると勘違いする者もいるだろうが、そんな生易しい立場ではない。

私の判断が一つ間違えれば、大勢の国民に被害が及ぶ。判断が正しくとも、被害が及ぶこともある。正解は誰も教えてくれない。相談に乗ってくれる者はいても、最後の決断は自分でしなければならない。

王とは苦しく、孤独な立場の者のことである。

しかし、我がガーレット王国の王は、他国の王よりも確実に楽である。

なぜなら、建国時より歩みをともにする天使族がいてくれるからだ。

天使族は積極的に国家運営に口を出してくることはない。だが、こちらが困ったときには笑顔で相談に乗ってくれる。

長命の種族ゆえ、膨大な知識をため込み、そして使いどころを間違えない知恵の持ち主たち。

我が王国は天使族とともにあり、永遠である。


そんなふうに思っていたら、とある噂が飛び込んできた。

天使族が移住するという噂だ。

別段、驚く内容ではない。天使族の里の位置は、五十年前にも変更されている。前例があれば、慌てたりはしない。

引っ越し作業の手伝いの手配と、引っ越し祝いの準備をしなければ。

私は部下に資料を探しに行くように命じた。


噂の続報が入ってきた。

天使族の移住先がガーレット王国の外という内容だった。

「ありえない」

私はそう断言する。

天使族がガーレット王国の外に移住するということは、ガーレット王国との関係を清算するということだ。そんなことがありえるだろうか？

たしかに力関係でいえば、ガーレット王国よりも天使族のほうが圧倒的に上だ。だが、こちらに一言もなく天使族が出ていくほど薄い関係ではない。

つまり、これは偽の情報だ。我が国を混乱させようとする、他国の謀略に違いない。

相手はどこだ？　魔王国か？　いや、最近の魔王国は大人しい。

となると……やはり隣国が怪しいか。

ガーレット王国は対魔王国の前線に一角を担っているが、積極的に攻勢に出ているわけではない。

後方の国から支援を受けながら、そういった姿勢をとるガーレット王国に、隣国は不満を持っていることを隠してはいない。

我が国を本気にさせるため、魔王国の仕業に見せかけて天使族との仲にちょっかいをかけてきているのであろう。

許せん。

誰しも、越えたら怒る一線というのがある。それは国家でも変わらない。

そして、我がガーレット王国の越えたら怒る一線は天使族関連だ。

この謀略を考えた国には報いを受けさせる。この謀略に協力した国内の者にもだ。


仲良くしている天使族から情報が入った。あの噂は本当だと。

天使族の長であるマルビットさまと補佐長のルィンシアさまが移住を計画しているそうだと。

………………。

またまたー、天使族の二大巨頭が揃って移住するなんてあるはずがないじゃないか。

証拠とかあるの？　天使族が大事にしている世界樹の苗を持ち出そうとしていると。

なるほど。

…………………………。

まさか？　本気で移住するのか？　ガーレット王国の外に？

慌てて天使族の長や補佐長に連絡を取ろうとして、私は気づいた。

気づいてしまった。

私たちガーレット王国と天使族のやりとりは、天翼巫女の役職に就いた天使族が代表してすることになっている。

その天翼巫女なのだが、数年前にいきなりキアービットさまから聞いたことのないゴービットなる者に変更になった。

ゴービットなる者と挨拶はしたが、ゴービットなる者の顔にはフードが被されていた。

名前の感じからマルビットさまやキアービットさまの親類なのだろうが……いまだ、素顔を見たことはない。やりとりも全て補佐長のルィンシアさまが代行していた。

……つまり、天使族は本気だ。

数年前からガーレット王国を捨てることを計画していたに違いない。

キアービットさまは私たちに優しかった。それゆえ、外されたのだ。

どうする？　天使族がいなくなっても我が国はやっていけるのか？

無理だ。

我が国の信用の大半は、天使族がいるからだ。天使族がいなくなったとなれば、国が維持できない。

こ、こうなれば、どんな手段を使ってでも天使族を引き止める。

引き止めるしかない。


数ヵ月後。

なんとか天使族を引き止めることができた。よかった。これで国は保たれる。

しかし……。

「凄かったよな」

「ああ、びっくりした」

「まさか、六十を超えた王が、床に転がって駄々をこねるとは……」

「天使族のかたがたも驚いておられたな」

「あれは呆れていたのでは？」

「驚いていたことにしてあげて」

私の評判が犠牲になったのは悔やまれる。

あと、そこの大臣、警備兵、メイド。聞こえているからもっと小さい声で。

閑話　某国の復讐者

私はとある事件の犯人として、処断された。

たしかに私は怪しい動きをしていた。そこは認めよう。

私以外に容疑者がいなかったことにも理解は示そう。

だが、私は犯人ではない。

私は私を犯人として処断した国に復讐を誓う者。名は捨てた。


しかし、復讐といってもなにをどうすればいいのやら？

国を崩壊させる？　いや、個人の恨みで関係ない一般住人に被害を与えるのはよろしくない。

復讐の対象は国だが、できれば私に罪を被せた者たちに限定したい。となると王だな。

復讐者には復讐者なりの誇りがあるのだ。

復讐を考えてから、五十年の月日が流れた。

だが、私の復讐の炎は衰えることはなく、さらに燃え盛っている。

この五十年、私は少しの間も惜しんで復讐の準備をした。

その成果は明日、そう明日見せつけるのだ。

今日は興奮して眠れないかもしれないが、寝ぼけた頭では失敗してしまうかもしれない。しっかり寝よう。


翌日。

私は自身の体調を確認し、復讐を決行した。

王城への進入路はすでに確保して……あれ？　壁がある？　前はこんな場所に壁なんてなかったはずだが？

「すまない。そこの警備兵よ。この壁はどうしたんだ？」

「この壁？　ああ、そこに穴があったやつか？　なんでも王子の一人がその穴を使って外に出ていたらしくてさ、塞がれたんだ」

なるほど、活動的な王子だな。

ふっ、なに進入路は一つではない。ほかの場所を使えば……あれ？　こっちにも壁？

「そこの警備兵よ。こっちの穴も？」

「ああ、王子の脱走を防ぐために塞がれたよ」

…………。

復讐者リストにその王子を追加しておこう。復讐を邪魔する者は、復讐の対象だ。


少し苦労したが、なんとか王城内に入ることに成功した。

そして、そのまま王の間に……あれ？　王がいない？

「そこのメイドよ。王はどこにいった？　この時間は王の間にいるはずだろう？」

「あー、これはいつものあれですね」

「いつものあれ？」

「さぼって逃げました」

…………。

王としての自覚がなさすぎる！

「ええい、警備兵、警備兵はいるか！　王が逃げた！　捕まえろ！」

私の指揮により、王の捕縛に成功した。

そして、私の前に連れ出される。

「王よ。今日は私から大事な話があると伝えておいたはずですが、逃げるとはどういうつもりですか？」

「い、いや、その、大事な話ってあれのことだろ？」

「察しておられましたか」

「ああ。だが、王として……お前の……宰相の引退話など聞き入れるわけにはいかん。お前がいなくなったらこの国はどうなるんだ。お前がいるからこの国は維持できているんだぞ！」

「ふふふ……それこそが私の復讐！」

国政に参加し、重要な位置を占め、そしてそれを放棄することで私の復讐は完成する！

「いや、その復讐相手は俺の祖父ちゃんだろ？　もう死んでるじゃないか」

そう、復讐相手はすでに亡くなっている。

長生きしてもらえるようにいろいろと手を打ったのに、勝手に死におって……ちくしょう。

だが、幸いなことに孫は健在。

「王位を引き継いだときに、私の復讐を受ける義務も継いだと判断しております」

「そんな義務は放棄だ。だいたい、恨みがあるなら父さんのときにすればよかったじゃないか。十年前の反乱騒動のとき、お前が奮戦して父さんを守ったと聞いているぞ」

「愚かな。国が滅んだら、復讐できなくなるでしょう」

「その復讐する内容も、女子の部屋に入ったどうこうのつまらない話だろ？　祖父ちゃんも父さんもその件は無罪だったって宣言しているじゃないか」

「つまらない話ではない！　あの事件のせいで私は好いていた相手に嫌われ、人生を棒に振ったのだ！　無罪とあとから言われても私の恋は帰ってこない！」

「それ、いまの奥さんに言えるの？」

「言えるわけがないだろうが！　それゆえ、今日なのだ！　妻が実家の領地に帰っているからな！」

「お前の引退話、奥さんは知っているのか？」

「ふっ。さすがに私も六十を超えている。妻もそろそろ後進に立場を譲ってはと言っているから大丈夫だ」

「それ、後進を育てろって話だろ？　お前、全然、後継者を育てないじゃん」

「育てたら復讐にならんだろうが！」

「だから引退話を受けられないんだよ！　いいから引退話はやめろ。お前の奥さんに告げ口するぞ。お前の初恋に絡む復讐の話も含めてな」

「は、初恋じゃないやい！」


私の復讐は失敗した。

だが、諦めん。この程度では私の復讐の炎は消えんのだ。

あ、いや、いまの妻に不満があるわけではない。あの事件で私をかばってくれた妻には感謝している。

うん、だがそれはそれ、これはこれなのだ。

（終章｜“五ノ村”と三騎士）

Farming life
in another world.
Presented by Kinosuke Naito
Illustrated by Yasumo

10

登場人物辞典

Characters
Isekai Nonbiri Nouka

◉人間

【街尾火楽】
転移者であり〝大樹の村〟の村長。夢だった農作業を異世界で頑張っている。

【ピリカ＝ウィンアップ】
若くして剣聖の道場に入門。才覚をみせるも、道場のトラブルで道場主に。剣聖の称号に相応しい強さが欲しいため、現在は剣の修行中。

◉インフェルノウルフ族

【クロ】
村のインフェルノウルフの代表者であり、群れのボス。トマトが好き。

【ユキ】
クロのパートナー。トマト、イチゴ、サトウキビが好き。

【クロイチ　クロニ／クロサン／クロヨン　他】
クロとユキの子供たち。クロハチまでいる。

【アリス】
クロイチのパートナー。おしとやか。

【イリス】
クロニのパートナー。活発。

【ウノ】
クロサンのパートナー。強いはず。

【エリス】
クロヨンのパートナー。タマネギが好き。凶暴？

【フブキ】
クロヨンとエリスの子供。変異種であるコキュートスウルフ。全身、真っ白。

【マサユキ】
クロニとイリスの子供。パートナーが多い、ハーレム狼。

◉デーモンスパイダー族

【ザブトン】
村のデーモンスパイダーの代表者であり、衣装制作担当。ジャガイモが好き。

【子ザブトン】
ザブトンの子供たち。春に一部が旅立ち、残りがザブトンのそばに残る。

【マクラ】
ザブトンの子供。第一回〝大樹の村〟武闘会の優勝者。

◉グノーシスビー種

【蜂】
村の被養蜂者。子ザブトンと共生（？）している。ハチミツを提供してくれる。

◉吸血鬼

【ルールーシー＝ルー】
村の吸血鬼の代表者。別名、「吸血姫」。魔法が得意。トマトが好き。

【フローラ＝サクトゥ】
ルーの従兄妹。薬学に通じる。味噌と醤油の研究を頑張っている。

【始祖様】
ルーとフローラのおじいちゃん。コーリン教のトップ。「宗主」と呼ばれている。

◉鬼人族

【アン】
村の鬼人族の代表者でありメイド長。村の家事を担当している。

【ラムリアス】
鬼人族のメイドの一人。主に獣人族の世話係をしている。

◉天使族

【ティア】
村の天使族の代表者。別名、「殲滅天使」。魔法が得意。キュウリが好き。

【グランマリア／クーデル／コローネ】
ティアの部下。「皆殺し天使」として有名。村長を抱えて移動する。

【キアービット】
天使族の長の娘。

【スアルリウ／スアルコウ】
双子天使。

【マルビット】
キアービットの母親。天使族の長。

【ルィンシァ】
ティアの母親。

◉リザードマン

【ダガ】
村のリザードマンの代表者。右腕にスカーフをしている。力持ち。

【ナーフ】
リザードマンの一人。二ノ村にいるミノタウロス族の世話係をしている。

◉ハイエルフ

【リア】
村のハイエルフの代表者。二百年の旅で培った知識で村の建築関係を担当（？）。

【リグネ】
リアの母親。かなり強い。

【リース／リリ／リーフ／リコット／リゼ／リタ】
リアの血族。

【ラファ／ラーサ／ララーシャ／ラル／ラミ】
リアたちに合流したハイエルフ。

◉ガルガルド魔王国

【魔王ガルガルド】
魔王。超強いはず。

【ビーゼル＝クライム＝クローム】
魔王国の四天王、外交担当、伯爵。苦労人。転移魔法の使い手。

【グラッツ＝ブリトア】
魔王国の四天王、軍事担当、侯爵。軍略の天才だが前線に出たがる。種族はミノタウロス族。

【フラウレム＝クローム】
村の魔族、文官娘衆の代表者。愛称、フラウ。ビーゼルの娘。

【ユーリ】
魔王の娘。世間知らずな一面がある。村に数ヵ月滞在していた。

【文官娘衆】
ユーリ、フラウの学友または知り合いたち。村ではフラウの部下として活躍。

【ラッシャーシ＝ドロワ】
文官娘衆の一人。伯爵家令嬢。三ノ村にいるケンタウロス族の世話係をしている。

【ホウ＝レグ】
魔王国の四天王、財務担当。愛称、ホウ。

◉竜

【ドライム】
南の山に巣を作った竜。別名、「門番竜」。リンゴが好き。

【グラッファルーン】
ドライムの妻。別名、「白竜姫」。

【ラスティスムーン】
村の竜の代表者。別名、「狂竜」。ドライム、グラッファルーンの娘。干柿が好き。

【ドース】
ドライムたちの父。別名、「竜王」。

【ライメイレン】
ドライムたちの母。別名、「台風竜」。

【ハクレン】
ドライムの姉（長女）。別名、「真竜」。

【スイレン】
ドライムの姉（次女）。別名、「魔竜」。

【マークスベルガーク】
スイレンの夫。別名、「悪竜」。

【ヘルゼルナーク】
スイレン、マークスベルガークの娘。別名、「暴竜」。

【セキレン】
ドライムの妹（三女）。別名、「火炎竜」。

【ドマイム】
ドライムの弟。

【クォン】
ドマイムの妻。父親がライメイレンの弟。

【クォルン】
セキレンの夫。クォンの弟。

【グラル】
暗黒竜ギラルの娘。

【ヒイチロウ】
火楽とハクレンの息子。人間と竜族のハーフ。

【ギラル】
暗黒竜。

◉古悪魔族

【グッチ】
ドライムの従者であり知恵袋的な存在。

【ブルガ／スティファノ】
グッチの部下。現在はラスティスムーンの使用人をしている。

◉悪魔族

【クズデン】
四ノ村の代表。村の悪魔族の代表。

◉獣人族

【ガルフ】
ハウリン村からの使者。かなり強い戦士のはず。

【セナ】
村の獣人族の代表者。ハウリン村から移住してきた。

【マム】
獣人移住者の一人。一ノ村のニュニュダフネたちの世話係をしている。

【ゴール】
幼少期に大樹の村に移住した三人の男の子の一人。真面目。

【シール】
幼少期に大樹の村に移住した三人の男の子の一人。喧嘩っ早い。

【ブロン】
幼少期に大樹の村に移住した三人の男の子の一人。しっかり者。

◉エルダードワーフ

【ドノバン】
村のドワーフの代表者。最初に村に来たドワーフ。酒造りの達人。

【ウィルコックス／クロッス】
ドノバンの次に村に来たドワーフ。酒造りの達人。

◉シャシャートの街

【マイケル＝ゴロウン】
人間。シャシャートの街の商人。ゴロウン商会の会頭。常識人。

【マーロン】
マイケルさんの息子。次期会頭。

【ティト】
マーロンの従兄弟。ゴロウン商会の会計担当。

【ランディ】
マーロンの従兄弟。ゴロウン商会の仕入れ担当。

【ミルフォード】
ゴロウン商会の戦隊隊長。

◉？？？

【アルフレート】
火楽と吸血鬼ルーの息子。

【ティゼル】
火楽と天使族ティアの娘。

【ルプミリナ】
火楽と吸血鬼ルーの娘。

【オーロラ】
火楽と天使族ティアの娘。

◉山エルフ

【ヤー】
村の山エルフの代表者。ハイエルフの亜種（？）で、工作が得意。

◉ラミア

【ジュネア】
南のダンジョンの主。下半身が蛇の種族。

【スーネア】
南のダンジョンの戦士長。

◉ミノタウロス

【ゴードン】
村のミノタウロスの代表者。大きな身体に、頭に牛のような角を持つ種族。

【ロナーナ】
駐在員。魔王国の四天王の一人であるグラッツに惚れられている。

◉ケンタウロス

【グルーワルド＝ラビー＝コール】
村のケンタウロスの代表者。下半身が馬の種族。速く走ることができる。

【フカ＝ポロ】
男爵だけど女の子。

◉ニュニュダフネ

【イグ】
村のニュニュダフネの代表者。切り株や人間の姿に変化できる種族。

◉その他

【スライム】
村で日々数と種を増やしている。

【牛】
牛乳を出す。しかしながら、元の世界の牛ほどは出さない。

【鶏】
卵を産む。しかしながら、元の世界の鶏ほどは産まない。

【山羊】
山羊乳を出す。当初はヤンチャだったが、おとなしくなった。

【馬】
村長の移動用にと購入された。グルーワルドに対抗心を抱いている。

【酒スライム】
村の癒し担当。

【死霊騎士】
鎧姿の骸骨で、良い剣を持っている。剣の達人。

【土人形】
ウルザの従士。ウルザの部屋の掃除を頑張っている。

【猫】
火楽に拾われた猫。謎多き存在。

◉大英雄

【ウルブラーザ】
愛称、ウルザ。元死霊王。

◉巨人族

【ウオ】
毛むくじゃらの巨人。性格は温厚。

◉マーキュリー種（人工生命体）

【ゴウ＝フォーグマ】
太陽城城主補佐。初老。

【ベル＝フォーグマ】
種族代表。太陽城城主補佐筆頭。メイド。

【アサ＝フォーグマ】
太陽城の城主の執事。

【フタ＝フォーグマ】
太陽城の航海長。

【ミヨ＝フォーグマ】
太陽城の会計士。

◉九尾狐

【ヨウコ】
何百年も生きた大妖狐。竜並の戦闘力を有すると言われる。

【ヒトエ】
ヨウコの娘。生後百年以上だけど、まだ幼い。

◉妖精

【妖精】
光る球（ピンポン球サイズ）に羽根がある。甘いものが好き。五十匹ほどが村にいる。

【人型の妖精】
小さな人型の妖精。十人ぐらい村にいる。

【妖精女王】
人間の姿をした妖精の女王。大人の女性で背は高め。人間の子供の守護者として、人間界ではそれなりに崇められている。ただし、ドラゴンは妖精女王を苦手としている。

◉フェニックス

【アイギス】
丸い雛。飛ぶよりも走るほうが速い。

◉蛇神族

NEW
【ニーズ】
人の身を得た蛇。蛇の神の使徒でもあり、蛇と会話をすることができる。

Farming life
in another world.
Presented by Kinosuke Naito
Illustrated by Yasumo

異世界のんびり農家

あとがき

えー、まず、『異世界のんびり農家』で好きなキャラクターを一人、思い浮かべてください。ザブトンやクロが人気なのは知っていますが、人型キャラのほうが無難です。

次に、そのキャラクターがガッツポーズをしているところ、もしくは喜びを表現するポーズをしているところを思い浮かべてください。

最後に、そのキャラクターが次のセリフを言っています。


「『異世界のんびり農家』十巻、発売おめでとう！」

（語尾はキャラクターに合わせて変化させてください）


ふう、やりました。

当初目標の二桁巻。一巻のときにタイトルのあとに01と表記されていて、あれっと思ったのを覚えています。

だって、五巻ぐらいが最終巻になったら、十の桁の0をどうするんだって話ですからね。当時の編集者の期待の表れとして受け取っております。デザインの問題で、01と表記しないと締まらないからという理由かもしれませんが、気にしません。

そして、無駄にならなかった十の桁の0にご苦労さまと伝えます。ええ、個人的にこっそりと。

次の目標は十一巻になりますね。ええ、大きなことはいいません。十一巻です。一歩一歩ならぬ一巻一巻着実に進めるのが大事なのです。堅実大好き。

ビッグマウスで大きな目標を作って鼓舞するスタイルは嫌いではありませんが、私には合いません。私のことは私が一番知っているのです。絶対にプレッシャーに潰されます。

なので安全ラインを見極めながら、目標を定めます。はい、クリアできる前提で。このあとがきを書いている時点で、次の巻の原稿を書いていますからね。ふふふ。

おっと、まだスペースがありますね。

それでは、自由なおしゃべりタイムにしましょうか。

えーっと、私が勝手にライバル視している作品があります。まあまあいい勝負をしていると思っていたのですが、相手の作品のアニメ化が発表されました。

ひゅー、さすが我がライバル。すごいぞー。これからも我がライバルとして先を進んでいてくれ！

…………。

嘘です。めっちゃ悔しいです。悶えるぐらいに。ええい、負けるか。悪魔に魂を売ってでも、追い抜いてやる！

「え？　悪魔に魂を売って、のんびりな内容を書くの？」

誰か知らないけど、冷静な突っ込みサンキュー！　落ち着いた。

勝手にライバル視して勝手に悶えて、勝手に悪魔に魂を売るって、わけがわかりませんね。

マイペースを大事に、これからものんびりした作品を書き続けていきたいと思います。

これからも、応援よろしくお願いします。

内藤騎之介

著 内藤騎之介
Kinosuke Naito
こんにちは、内藤騎之介です。
エロゲ畑で収穫された丸々と太った芋野郎です。
誤字脱字の多い人生を送っています。
よろしくお願いします。

イラスト やすも
Yasumo
ゲームやったり絵描いたりしてる
イラストレーターです。
色々描けるようになっていきたいです。

異世界のんびり農家 10

2021年 4月30日 初版発行
2021年12月 5日 第2刷発行

著 内藤騎之介
イラスト やすも

発行者 青柳昌行
編集長 藤田明子
担当 玉井咲

装丁 荒木恵里加（BALCOLONY.）

編集 ホビー書籍編集部

発行 株式会社 KADOKAWA
〒102-8177
東京都千代田区富士見2-13-3
電話：0570-002-301（ナビダイヤル）

印刷・製本 図書印刷株式会社

ISBN 978-4-04-736521-6 C0093 Printed in Japan

火楽&ルーの次号予告ト〜ク

こんにちは、ルールーシー＝ルーです。十巻達成、やりました！

村長の火楽です。十巻達成、これも読者のみなさまのお陰です！

これからも、よろしくお願いします。

末永く、お願いします。

でもまさか十巻まで続くとは思わなかったわね。

いやいや、俺は続くと思っていたぞ。なにせ全巻にわたってルーが活躍する話だからな。

ありがとう。でも、あなたが褒めてくれるほどには出てないの。残念ながら。

そんな。こんなにも綺麗でおもしろいのに。

あなたの活躍で出番が奪われている、とだけ伝えておくわ。

ははは。さて、挨拶はこれぐらいにして、次の巻の予告だ。

2021年9月頃発売予定!!

Next
Farming life
in another world.

はいはい、えーっと、次の巻にはグラルのお母さんが登場するわね。

グラルのお母さん、ギラルの妻だな。

また癖（くせ）の強い竜（ドラゴン）が来るのかしら。

癖が強いって、そんなことはないと思うけどなぁ。

いま、村にいる竜を考えてみて。

……この話は危険だから、話題をチェンジだ！

了解。あとは……アルフレートたちが魔王国の王都に行く話があるかな。

貴族学園に通うためだな。……寂しくなるなぁ。

そうね。でも、村に残る子供たちもいるから、忘れないでね。

もちろんだ。というわけで次の十一巻もよろしく！

よろしくお願いします！

異世界のんびり農家 11

コミックウォーカー＆
ニコニコ静画（マンガ）＆
月刊『ドラゴンエイジ』にて
好評連載中！
ISEKAI NONBIRI NOUKA

「我が名はシャドウ。陰に潜み、陰を狩る者……」

みたいな中二病設定を楽しんでいたら、

あれ？ まさかの現実に!?

BULL BUSTER
ブルバスター
原作
中尾浩之
カバーイラスト
窪之内英策
NAMIDOME
❶～❷巻 好評発売中!

燃料費、人件費、資金繰りetc
コストとせめぎあう怪獣退治!?

“経済的に正しい”
ロボットヒーロー物語、
開幕!!

この男、村人

極致に辿り着いてしまった
村人の青年・鏡浩二(かがみこうじ)は、
滅ぼすべき人類の敵である
魔族の少女・アリスと出逢い、
そして運命に抗う過酷な道を
歩み始める――。

LV999の村人 1

著 星月子猫　イラスト ふーみ

最強。

にして

好評発売中!!

「サイトウがいてくれてよかった！」

はじめて仲間に感謝された。斎藤さんは充実していた。

働きがいのある
異世界転生!!

ComicWalkerにて配信中!!